私を殺す予定の腹黒義弟に陥落させられそうです

日車メレ
Mele Higuruma Presents

fairy kiss

この作品はフィクションです。
実際の人物・団体・事件などに一切関係ありません。

私を殺す予定の腹黒義弟に
陥落させられそうです

序章　すべてを成し遂げた先にある裏切り

そこは深い森の中だった。

抜き身の剣を手にした青年――ウォーレンが、歪《いびつ》な笑みを浮かべている。本来、美しい白だったはずの軍服風の上着には赤黒い血がこびりついていた。

「これまでありがとう、アンジェリカ。それに父上――いや、ハイアット将軍……。さよならだ」

アンジェリカは惨めにも膝をつく。すぐそばには父親のオスニエルが倒れ、ハァハァと荒い呼吸を繰り返していた。

二人とも、服の色がわからないほど血だらけで、とくにオスニエルのほうは瀕死《ひんし》状態だとわかる。

「……ウォーレン、どうして……どうして……っ？　血が繋《つな》がっていなかったとしても、私たち家族だったでしょう？　あなたは、私との未来を望んでくれた……はずでしょう？」

かすれた声で必死に問いかけた。

血染めのアンジェリカが剣を杖《つえ》のようにして起き上がろうとする。けれどウォーレンの近くに控えていた兵士たちに槍《やり》を向けられ、動けない。

「乱世では、そなたたちの持つ圧倒的な武力が必要だった。……だが、これから必要となるのは野蛮な力ではないんだよ」

「そ、そんな！　私に……私に……なにが足りないというの……？」

「ハハッ！　あえて言うなら知性かな？　剣を振るい敵を倒すしか能がないアンジェリカに王妃なんて務まるわけがない。それにもう二十四歳——戴冠式で横に並ぶ者はもっと若くて繊細な姫君がふさわしい」

　ウォーレンはマントを翻し、アンジェリカに背を向けた。

　手負いの二人を部下に任せ、ウォーレンが歩き出す。

「この二人は反逆者だ。……あとは適当に処理しておけ」

「く……っ！　ウォーレン……家族に、こんな……っ、こんな……！」

　アンジェリカは隙をついて槍を向けている兵士たちをかわし、ウォーレンに迫る。

　けれど、ウォーレンに気づかれてしまい、次の瞬間にはもう胸に剣が突き刺さっていた。

「……ウォーレン、許さ、な……」

「王家の異能……〝剣王〟の力を持つ俺に向かってくるとは」

　哀れなアンジェリカは涙を流し必死に手を伸ばすが、やがてその手がだらんと力なく下がり、身体がドサリと地面に倒れ込んだ。

「愚か者が」

　家族を簡単に切り捨てて、自ら手にかけても笑っている——ウォーレンという男がついに本性を現したのだ。

第一章　腹黒義弟がじつは王子で、私は彼に殺されるらしい

「アンジェリカ、賭けをしよう」

日課である朝の鍛錬の途中、義弟のウォーレンからそんな提案をされたアンジェリカは、二つ返事で頷《うなず》いた。

これまでも時々、剣術勝負で小さな賭けをしていたから、ためらう理由はない。

「今日はなにを賭けるの？」

「……負けたほうが、勝ったほうの言うことを聞く。内容は勝敗がつくまで秘密」

人差し指を唇にちょこんと当てる仕草に、つい見とれてしまう。

金髪に青い瞳。顔立ちは優しそうだけれどスッキリとした印象で、勇ましさも感じられる。背が高く、スラリとしていて鍛え上げられた身体。――ウォーレンはまるで王子様のような人だった。

二人に血の繋がりはない。

ウォーレンは、将軍であるアンジェリカの父が迎えた養子だった。

年齢はアンジェリカと同じだが、彼のほうが少しだけ誕生日が遅いから、一応弟である。

そして彼がまだ誕生日を迎えていないため、現在アンジェリカが十九歳、ウォーレンはその一つ下の十八歳だった。

「金貨百枚ちょうだいとか、私の愛馬を譲れとか……そういうのは無理よ？」

あと少ししたらウォーレンの誕生日だ。

先日、こっそり彼へのプレゼントを買ったばかりで、アンジェリカは金欠だった。金のかかる願いは叶《かな》えられそうもない。

「アンジェリカが嫌がることを、俺がすると思うのか？」

「……お、思わないけど！」

クスクスと笑う様子に魅入られて、アンジェリカはわずかに彼から目を逸《そ》らす。

いつからか義弟の言動でソワソワと心が落ち着かなくなる症状に苛《さいな》まれるようになっていた。一応、どうしてそんな心地になるのかはわかっているつもりだが、自分の中ではっきりと答えを出すのはためらわれる。

そんな心情を悟られるのも嫌で、アンジェリカは一旦逸らした視線を気合いでもとに戻す。

物心ついたときには剣の鍛錬が一番の遊びで、そこらの軍人にも引けを取らない剣技を身につけているアンジェリカだが、ウォーレンには負け越している。

アンジェリカが弱いのではなく、ウォーレンが強すぎるのだ。

とくに彼が十六歳で軍に入隊してからは差が広がる一方だった。

違う流派の者と剣を交え、命を守るために実戦的な戦術を学び、野営訓練などで生存するための方法も覚えていく。

そうしているうちに、ただ剣術を習っているだけのアンジェリカとの差が広がっていったのだ。

（なんで女性は軍人になれないのよ！）

心が不安定な状態で、そんな強敵に敵《かな》うはずはない。

三本勝負をして、結果は惨敗だった。

余裕がありそうなウォーレンは、無様に尻もちをついたアンジェリカに手を差し伸べてくれる。

「俺の勝ちだね」

「……ちょっと調子が悪かっただけだわ」

「でも勝ちは勝ちだから。……アンジェリカ、こっちに来て」

悔しい気持ちと尊敬が入り混じる不思議な感覚で、アンジェリカはその手を取った。

ウォーレンはアンジェリカを立たせ、片づけもそこそこにどこかへ連れていこうとする。

「も……もう！　引っ張らないで」

頬を膨らませつつも、アンジェリカは素直に従う。

将軍家の家訓は「とにもかくにも誠実であれ」だった。だからどんな内容でも、賭けに乗った以上ウォーレンの願いは聞かなければならない。

ただ、最近彼に手を握られると、自分とは違うゴツゴツした感触に戸惑って、平静ではいられないのだ。

端整な顔立ちと手の硬さがちぐはぐなせいかもしれない。

だからつい大げさな態度でごまかしてしまう。

（お父様と手を繋いだときの緊張感とはちょっと違う……）

小さな頃、父と手を繋いだときに感じたのは「私の手、骨折しないかしら？」だった。

ソワソワするのは同じだが、ウォーレン相手だとより落ち着かない。

彼の手は骨折の不安以上に、アンジェリカの心をかき乱す。

ウォーレンの目的地は屋敷の裏手だった。

「もしかして、お願いって厩舎《きゅうしゃ》の掃除当番？」

愛馬へのブラッシングはそれぞれが、厩舎の掃除は父や門下の弟子たちと当番制で行っている。

ウォーレンはそれを一回交代するつもりなのだろうか。これまでも賭けで同じようなことがあったため、勝負の前に秘密にした意味がわからなかった。

「違うよ」

ウォーレンは厩舎を通り過ぎて、裏庭へと進む。

そこにはアンジェリカが幼い頃からよく木登りをしている楓《かえで》の木がある。

初夏の楓は、過ごしやすい日陰を作ってくれるから、お気に入りの場所だった。

「キス……してみたいと思わない？」

「キス？」

それは唐突な言葉だった。

「そう」

アンジェリカが戸惑っているあいだに、木の幹のほうへと追いやられる。

「なに言って……私たち一応、姉弟《きょうだい》じゃ……」

ウォーレンが小さな顎にそっと触れた。

逃げようと思えば、きっとアンジェリカなら逃げられるはず。けれど身体が動かない。

綺麗《きれい》な青い瞳に魅入られて、金縛りにあったみたいだった。

「あくまで一応だ。俺が君を特別に想《おも》っていることくらい、とっくに気づいているはず。……俺だって君に好かれている自覚がある。それに父上も反対しない」

気づいているという彼の指摘はほぼ正しい。アンジェリカはきっと、彼に対する好意の種類を一つに絞り込むことが嫌だったのだ。

ウォーレンは、父の親友だったラッセル・ロドニー退役将軍の息子だ。

ロドニーが病で亡くなり、十二歳にして天涯孤独となったウォーレンを、ハイアット将軍家が引き取ったのだ。

確かになんとなくではあるのだが、ウォーレンとアンジェリカが結婚して二人で将軍家を継ぐことを父が想定している気がしていた。

そういう雰囲気を察していたのに、避けていたのは変化が怖かったからだ。

特別な関係になってしまったら、これまで築き上げたものが壊れてしまいそうで、今もためらう気持ちが強い。

「ででで、でも、私……社交界で『中身が残念な令嬢第一位』の称号をもらったダメ女なのよ」

逃げるための理由を咄嗟《とっさ》に口にしてしまう。

アンジェリカもかなり容姿が整っている。艶やかな黒髪も、サファイアみたいな瞳も綺麗だと皆から賞賛されていた。腕や腹に筋肉がついてはいるが、細身だからドレスのデザインによっては儚《はかな》げに見える。

けれど、残念なことに社交界での評判はすこぶる悪い。

そもそも一般的な令嬢は男装で剣術の鍛錬に明け暮れるなんてことはしないはずだ。

身体を動かさないときはドレスを着ているのだが、一歩一歩が大きすぎるとか、背筋が伸びすぎていて変だとか、いろいろと言われてしまう。

それから、女性に不埒《ふらち》な行為をしようとした男を拳でわからせたことが何度もある。助けた女性からは感謝されたが、社交界では乱暴者と認定されている。

顔がいいからデートのお誘いや求婚はひっきりなしに来るけれど、どれも真面目なものではない気がしている。目立つアンジェリカを誰が籠絡するかの賭けでもしているのかもしれない。

とにかく令嬢失格なのだ。

「将軍家の娘が、社交界の型にはまる必要なんてあるのか？　とびきりの美人でダンスだってうまい――残念と言われているのは、不埒な男に鉄拳制裁を加えたとか、剣術馬鹿なところとか、狩猟大会で男性そっちのけで活躍してしまうところだろう？　全部、弱い男の負け惜しみだ」

フォローしているつもりみたいだが、ウォーレンは『中身が残念な令嬢第一位』の罪状を読み上げているだけのような気もした。

「いいえ、それだけじゃないわ。令嬢からの嫌みに『要するになにが言いたいんですか？』って真顔で聞き返したのがいけなかったみたい。私、社交界のスマートな嫌みの作法を知らなくて……本当に恥ずかしい……」

嫌みというのは、剣術で例えるのなら演武のようなものらしい。張り合う場合はそれを超える剣術の型を披露しなければならない。つまり、嫌みを言われたら嫌みで返すのが社交界におけるコミュニケーションの方法なのだ。

父譲りの素直さが災いして思ったことを口にしてしまいがちなアンジェリカには、うまい返しが難しい。

これは、演武の大会に出場しながら、真剣で相手に斬りかかるのと同等の愚行だった。

「……そんな作法、一生知らなくていいよ」

「そうかしら?」

「アンジェリカ、話を逸らさないで」

捨て犬みたいに瞳を潤ませるのはずるかった。

「うっ」

吐息がかかる距離までウォーレンが近づいてくる。

こんなに間近で彼の顔を見るのは、義理の姉弟という関係であってもさすがに初めてだ。逃げたい思いはあり続けるのに、本気で拒絶できないのはどうしてか。混乱して、考えがまとまらない。

「……嫌なら俺を殴って止めればいい。アンジェリカにならそれができる。……本気で抵抗できないのなら、アンジェリカも俺とキスがしたいってことだ」

ふるふると首を横に振ってみるが、ウォーレンは取り合ってくれなかった。

「……ん!」

ただ柔らかいものがちょんと押しつけられただけで、急に心臓のあたりが痛くなる。

そして常に身につけているラピスラズリのピアスが熱くなった気がした。実際には耳のあたりが羞恥心で熱を持ち、そう感じているだけかもしれない。

「どう?」

「……私、あの……」

気絶したほうが楽ではないかと思えるほど、心臓がバクバクと音を立てている。剣を極めるために心を落ち着かせる方法も呼吸法も習ったはずだが、まるで役立たずだ。

こんな状態に陥ったのは、父の厳しい稽古のときですら滅多にない。

正直、頭が爆発してしまいそうで、感想が思いつかなかった。

「もう一回したいって顔だ」

「私は……そ、そんな顔していないわ！　あなたのほうが……そういう顔を……」

「さすがアンジェリカ。……俺はもう一回したいんだけど、ダメ？」

許可を出す前に、ウォーレンが顔を寄せてきた。

また心臓がギュッとなる。

ウォーレンが求めてくれることにアンジェリカは喜びを覚えている。それと同時に、二人の関係が変わってしまうのが怖かった。

それでも動けないのは、彼が言うように「もう一回したい」からかもしれない。

益々《ますます》耳たぶが熱を持ち、胸の痛みが増していく。だんだんと平衡感覚まで失いはじめた。

（あれ……？　なにこれ……心臓がドキドキなんてものじゃない……やっぱりなんだか変……キスってこんなに胸がざわつくものなの？）

「アンジェリカ？　どうしたんだ！　アンジェ——」

急に視界が狭まったと感じた次の瞬間、自分の身体が傾いていることに気がつく。けれどうまく力が入らなくて、体勢を立て直すことができなかった。

（キスって……こんなに危険な行為……だったの……？）

初めてだと誰でもそうなるのだろうか。それとも美しい義弟の技巧が人知を超えているせいだろうか――そんなことを考えながら、アンジェリカは意識を失った。

◇　◇　◇

目前には闘技場があった。アンジェリカは宙を漂い、引き寄せられるようにしてそこへ近づいていく。やがて歓声が聞こえだす。闘技場に多くの人々が集まっているのがわかった。

（ここは……武術大会の……？）

毎年国王の名で開かれる武術大会。身分を問わずこの国――ウェスタラント中から腕に覚えがある者が集まり、最強の剣士を決める日だ。

直近十九年間の優勝者はアンジェリカの父オスニエルである。

オスニエルは〝豪腕〟の異能を持っているため、向かうところ敵なしだった。

「今年で二十回連続優勝になるな。……ハハハッ！　たとえ息子であろうが弟子であろうが、手加減などせぬ！」

どうやら決勝戦みたいだ。オスニエルの対戦相手はウォーレンだった。

「こちらこそ、養父だとか師匠だとか関係ない。勝って……勝利をアンジェリカに捧げましょう」

堂々とした宣言に、観客たちは大盛り上がりだった。

このような勝負の場で勝利を捧げるというのは、求婚と同じ意味がある。

ウォーレンは要するに「勝ったら、アンジェリカとの結婚を認めろ」とオスニエルに求めているのだ。

（ど……どうしよう!?　私、なんて答えれば……？　まだ決意なんてできていないのに……）

心の中でそう叫びながらも、喜びが込み上げてくる。

ウォーレンの勝利を望んでしまっていることをアンジェリカは自覚していた。

「十年早いわ！　……だが、その心意気はよし。私より強いことを証明してみせよ」

オスニエルは日頃から、自分より強い者にしか娘はやらんと宣言している。

（十年後なら、私……行き遅れになってしまうじゃない……。……あ！　あそこにいるの私……？　めちゃめちゃ嬉《うれ》しそう……）

最前列の特等席に自分自身の姿があった。

新調したと思われるドレスを着て、頬を赤らめ腰をクネクネとさせながら喜んでいる。

（頬を赤らめるのはいいけれど、腰をクネクネさせるのは格好悪いわ。さすが……『中身が残念な令嬢第一位』の称号は飾りじゃないのね……。そういえば、なんで私があそこに……？）

アンジェリカは今更ながら、自分が二人いることや宙に浮いていることがおかしいと気づいた。

まるで劇を見ている感覚だった。主役はこれから求婚の権利をかけて戦うウォーレンと、それを見守るアンジェリカの二人だ。

少なくともこの劇の中では、相変わらず腰をクネクネさせながらウォーレンに声援を送るアンジェリカこそが、本物のように思える。

（なるほど……これはきっと夢なんだわ！）

不思議なほどすんなりと、そう思えた。そして、自分を客観的に眺める機会は貴重だと考えて、前向きに状況を見守ることにした。

やがて試合が始まる。人知を超えた剣の腕前を持つオスニエルに対し、ウォーレンは一歩も退《ひ》かない。

白熱した戦いのすえ、勝利したのはウォーレンだった。

悔しそうにしながらもどこか誇らしげなオスニエルは義理の息子の手を大きく掲げる。

怒号のような喝采が闘技場に響き渡った。

ウォーレンは挨拶が終わると、まっすぐにアンジェリカのほうへ歩いてくる。

「アンジェリカ……。どうか俺と結婚してくれ」

「……は、はい。もちろんよ」

アンジェリカは涙ぐみながら勝利を祝福するため、彼の頬にキスをした。

(私、ウォーレンと結婚するんだ。……これは夢だから、もしかして私の願望かしら？)

宙を漂うアンジェリカは、自分とウォーレンが抱き合う場面をしばらく見守っていた。

そのうちに目の前の光景がぐるぐると回り、平衡感覚を失う。

気がつけば、景色が変わっていた。

(ここって……ハイアット家の所領……？)

都から離れた所領にある領主の屋敷だった。

相変わらず宙に浮かんでいるアンジェリカは、ゆらゆらとしながら屋敷に近づく。

しばらくするとバルコニーに人影を発見する。吸い寄せられるようにしてそこへ行くと、ウォーレンとアンジェリカの姿を見つけた。

「アンジェリカ。俺は冤罪《えんざい》により一族が処刑されたスターレット侯爵家の無念を晴らす。……謀略で王家を謀《たばか》ったゴダード公爵も……たやすく騙《だま》され母を信じなかった国王も、決して許しはしない」

ウォーレンは豪華なマントをまとった軍服姿だ。将軍職の父《ちちおや》よりも派手な装いで、益々凜々《りり》しさが増している。今よりも少し大人の彼だった。

(うわぁ、格好いい！　大人っぽいウォーレン……。それにしてもスターレット侯爵家の無念……って？)

あと一、二年で彼はこんなふうになるのだろうか。

少し表情が暗く愁いを帯びているのが気になったが、少年っぽさがなくなったせいでそう見えるだけかもしれない。

ウォーレンの視線の先には軍服をまとったアンジェリカがいて、彼の前に跪《ひざます》いていた。

「ウォーレン……いいえ、正統なる王位継承者、第一王子クラレンス殿下。私はあなたの剣となり、あなたの悲願のために命を懸けます」

「それは違うよ、アンジェリカ。君は俺の妻——未来の王妃なのだから。……ほら立って。跪くのではなく、俺の隣か……それとも腕の中か。俺たちはそういう関係だろう?」

ウォーレンがアンジェリカの腕を軽く引いて立ち上がらせた。

それからギュッと抱きしめる。

(将来、女性でも軍に入隊できるようになるの?　それに妻って……！　恥ずかしいわ……フフッ！　あと第一王子クラレンス殿下ってなんなの……?)

二人がキスをする場面をアンジェリカは食い入るように見つめた。

けれどだんだんと視界がぼやけ、また景色が変わってしまう。

気づいたときには戦場を見下ろしていた。

(……ここは?)

この国の王宮である。いつもなら、王家の紋章のグリフォンが描かれた赤い旗が掲げられているのだが、少しおかしい。いくつもある旗が燃えていたのだ。

「スターレットの青薔薇《あおばら》を掲げよ!」

力強い声と同時に白い旗が掲げられた。中央には青い薔薇が描かれている美しい旗だった。

王宮の最上階――見張り台のある屋上にはウォーレンとアンジェリカ、そして父オスニエルもいて、兵士たちからの声援に応えている。

(またスターレット……? スターレット侯爵家? 青薔薇? 聞いたこともないわ)

勉学が苦手なアンジェリカも一応社交界デビューしているため、侯爵家くらいまでなら家名が頭に入っているはずだった。

目立つ青薔薇の紋章すら知らないなんてことは考えられない。

懸命に思い起こそうとするが、その前にまた景色が変わる。

今度は深い森の中だった。

一際豪華な軍服風の白い衣装をまとうウォーレンが、抜き身の剣を手にして笑っていた。

冷ややかな表情でアンジェリカを眺める彼の服が汚れているのは、返り血のせいだろうか……。

「これまでありがとう、アンジェリカ。それに父上――いや、ハイアット将軍……。さようならだ」

彼の前にはアンジェリカが跪き、オスニエルが倒れている。

二人ともウォーレン以上に服が真っ赤に染まっていた。

「……ウォーレン、どうして……どうして……っ？　血が繋がっていなかったとしても、私たち家族だったでしょう？　あなたは、私との未来を望んでくれた……はずでしょう？」

かすれた声で必死に問いかけた。

血染めのアンジェリカが剣を杖のようにして起き上がろうとする。けれどウォーレンの近くに控えていた兵士たちに槍を向けられ、動けない。

（ウォーレンが……私たちを裏切る……？　そんな、まさか……）

これはアンジェリカが見ている夢のはずだった。

けれど目の前の光景があまりにも悲惨で、悲しみと苦しみが同時に押し寄せてくる。これ以上見ないために、目をつぶろうとしたが、うまくできない。

それどころか、遠ざかることも、目を背けることすら許されなかった。

アンジェリカがもがいているあいだにも、ウォーレンともう一人の自分の会話は続く。

「乱世では、そなたたちの持つ圧倒的な武力が必要だった。……だが、これから必要となるのは野蛮な力ではないんだよ」

「そ、そんな！　私に……私に……なにが足りないというの……？」

「ハハッ！　あえて言うなら知性かな？　剣を振るい敵を倒すしか能がないアンジェリカに王妃なんて務まるわけがない。それにもう二十四歳——戴冠式で横に並ぶ者はもっと若くて繊細な姫君がふさわしい」

ウォーレンはマントを翻し、アンジェリカに背を向けた。

「この二人は反逆者だ。……あとは適当に処理しておけ」

手負いの二人を部下に任せ、ウォーレンが歩き出す。

「く……っ！　ウォーレン……家族に、こんな……っ、こんな……！」

アンジェリカは隙をついて槍を向けている兵士たちをかわし、ウォーレンに迫る。

けれど、ウォーレンに気づかれてしまい、次の瞬間にはもう胸に剣が突き刺さっていた。

「……ウォーレン、許さ、な……」

「王家の異能……〝剣王〟の力を持つ俺に向かってくるとは」

哀れなアンジェリカは涙を流し必死に手を伸ばすが、やがてその手がだらんと力なく下がり、身体がドサリと地面に倒れ込んだ。

「愚か者が」

家族を簡単に切り捨てて、自ら手にかけても笑っている――それが、ウォーレンという男の本性だった。

（……え？　ちょ、ちょっと……ウォーレン……ひどすぎない？　なにこれ……意味がわからないんだけど……。どういうこと？　私、死ぬの……？）

目の前にはもうピクリとも動かなくなったアンジェリカがいた。

宙を漂うアンジェリカは、どうにかして血まみれの自分に駆け寄ろうとしたが、身体が思うように動かない。

「どういうこと――っ!?」

叫んだ瞬間、目の前がパッと明るくなった。

◇◇◇

「アンジェリカ！　アンジェリカ！　しっかりして。俺がわかるか？　……大丈夫か？」

目を開けると、ウォーレンが不安そうな表情で見つめていた。

（悪の大魔王、黒幕だ……）

彼の背後で楓の葉が揺れている。きっとまた場面が変わったのだ。

先ほどよりも若くなったウォーレンが、不安げな顔で覗《のぞ》き込んでくる。

（心配してくれているの？　……だけど……こんな優しさも全部、私を利用するための嘘《うそ》だったのね……！）

騙されてなるものか――アンジェリカはよろよろと身を起こし、右の拳に力を込めた。

そして倒れた義姉を労《いたわ》る素振りをする黒幕《ウォーレン》の左頬に容赦なく拳をめり込ませる。

剣術も体術もすでにアンジェリカ以上の腕前を持つ彼であっても、予告なしの攻撃はさすがに避《よ》けられない。

一瞬綺麗な顔が歪《ゆが》み、よろめいた。

「悪い男……許すまじ！　あなたのせいで、私……っ、私は！　……って、あれ？」

また捨て犬のようになって瞳を潤ませるウォーレンを眺めているうちに、アンジェリカは我に返った。

あれは現実ではない、ただの夢だ。アンジェリカは自分の妄想でウォーレンを悪の大魔王と決めつけて、殴ってしまった。

そしてようやく今、現実に戻ってきたのだ。

ここは屋敷の裏庭だった。アンジェリカは倒れた場所で寝かされていたのだと理解する。

ウォーレンはいつの間にか上着を脱いでいた。

その上着は折りたたまれて、地面に置かれている。きっと先ほどまでアンジェリカの枕になっていたのだろう。

「アンジェリカ……キス、そんなに嫌だったのか？」

「ち、違うの！　キスは気持ちよかった――じゃなくて！　ごめんなさい、夢の中でウォーレンが極悪人で私を利用して捨てる最低クズ野郎になってしまったの。……それで混乱していて」

大げさな身振り手振りで言い訳をしていると、ウォーレンがギュッと抱きついてきてアンジェリカの動きを制止した。

「倒れたばかりで頭を動かすのはよくない。……大丈夫、拳で殴られるくらい、俺にとっては大したことではないよ」

「で……でも、少し腫れているわ。早く冷やさないと」

あざになる可能性があるくらい、思いっきり殴ってしまった。

それなのに彼は怒りもせず、アンジェリカを気遣ってくれる。その優しさに胸が高鳴った。

「俺のことはいい。それより倒れた原因に心当たりは？　医者を呼ぼう」

アンジェリカは一度空を見上げてから、キョロキョロとあたりを見回した。太陽の位置や影の長さなどに変化が見られない。

とても長い夢を見ていた気がするのに、倒れていたのはほんの短いあいだだったみたいだ。

原因を問われ、思い当たるのはキスだった。

「だ……大丈夫だと思う。ウォーレンに、キ……キ……されたら、心臓がバクバクってなって、あと呼吸もしていなかったかもしれないわ。そんなに長いあいだ息を止めていたのは久しぶりで……」

激しい鍛錬のあとだったのに無理に息を止めたせいで、酸欠になって倒れたという予想を、アンジェリカは恥ずかしさをこらえながら説明した。

抱きしめられたままの状態で詳細を語ると、あの感覚が再燃しそうになり、どうしたらいいのかわからない。

「そう……。次から鼻で息をすればいい」

「つ、次!?」

アンジェリカはその言葉に動揺し、耳まで真っ赤になった。もうウォーレンの顔を見ていられなくなって、うつむくしかない。

「ひっ！」

そうしているうちに、身体がふわりと浮く。

ウォーレンがアンジェリカを抱き上げたのだ。私室に運ぶつもりだというのはわかるけれど、急に遠慮をしなくなったウォーレンの態度に動揺し、アンジェリカは声も出せず、されるがままになってしまう。

彼に抱き上げられている中で、ウォーレンの腕や胸が予想以上にたくましいことに気がついた。

心が落ち着くことは一切なく、心臓の音が鼓膜に響くような感覚だ。

「アンジェリカ？」

「おぉぉぉ、おも、おもく……ない？　わわわ、私、あるけるる、よ」

「あるけるる……か。動揺しちゃって、本当に可愛いな」

彼にはアンジェリカを放す気がないみたいだった。

（そ、そうだ……ちゃんと掴《つか》まらないと！）

運ばれている者の心得としては、負担が分散するように相手の肩に手をかけて姿勢を維持し、できるだけ身体を密着させるべきだった。

訓練で習ったことをさっそく実行に移すが、そうするとウォーレンの体温が伝わってきて、動悸《どうき》と息切れが悪化する。

（ウォーレンがキスなんてするから……）

裏口から建物の中に入り、廊下を進む。

女性一人を抱え、かなり長い距離を歩いて、おまけに二階まで階段を上ってもウォーレンには余裕がありそうだった。

なんだか、彼が自分の知っている義弟ではない気がして、アンジェリカは少しせつなくなる。

「急に大人しくなってどうしたんだ？　やっぱり、具合が悪いんじゃ？」

「ううん……。差がついてしまったな……と思って。あなたを抱き上げて運べるくらい精進しなきゃ。正規の軍人は訓練の量も違うでしょうし、ウォーレンがたくましくなるのは当然よね。……ああ……せめて私にもお父様みたいな異能があれば」

異能とは、その人物が神から与えられたとされる希有《けう》な力だ。

妄想ではあるものの、アンジェリカの夢の中ではウォーレンは神がかった剣の才能があるという〝剣王〟の異能を持っていた。

そしてアンジェリカの父オスニエルが持っているのは〝豪腕〟――とんでもない腕力を発揮できる異能だ。

例外はあるけれど、異能は血縁者に受け継がれていくものだ。

ハイアット家は〝豪腕〟の異能を活《い》かし、代々軍人を多く輩出している。

そのため、一応伯爵位を持っているのだが「伯爵家」ではなく「将軍家」と呼ばれることが多い。

残念ながら〝豪腕〟の異能はアンジェリカには受け継がれなかった。

ただ、異能は生まれてすぐにその力を発揮する場合もあれば、大人になるまで気づかない例もある。

アンジェリカが異能に目覚めれば、いつの間にかできていたウォーレンとの差を縮められるかもしれない。

「俺を抱き上げるアンジェリカなんて見たくないよ」

確かにそうかもしれないが、弱いままでいいと言われているようで、アンジェリカとしては悔しいのだ。

けれど同時にウォーレンの胸のあたりにもたれているとなんだか心地よくもある。

もっと廊下が長ければいいのに、などと考えてしまう。

せつなくなったり、心地よく感じたり、心情がコロコロと変わっていった。

「アンジェリカ!?　どうしたんだ？」

二階の廊下を歩いていると、二人の父であるオスニエルと出くわした。

口ひげを生やしスラッとした上品な見た目の紳士だが、この国最強の剣士として名高い将軍だ。

見た目からその強さが推測できないのは、やはり〝豪腕〟の異能のせいだ。

キリッとしつつも人好きのする印象なのだが、社交界では『中身が残念な紳士殿堂入り』を果たしている。

「お父様……あの……」

なぜ運ばれているかを説明すると、キスの件を告げなければならなくなる。

はっきり宣言されたわけではないが、オスニエルはウォーレンとアンジェリカが将来二人で家を継ぐことを想定していそうだった。

だから正直に話してもいいのかもしれないが、親への報告なんて恥ずかしすぎるのでできるだけ避けたい。

そして、オスニエルは婚前の接し方についてはとても厳しそうなのだ。そんな予想があったため、焦ってしまう。

ごまかしたいアンジェリカを余所《よそ》に、ウォーレンは堂々としている。

「大丈夫です、父上。事前の準備なしにキスに挑んだら、呼吸方法がわからずアンジェリカが酸欠になっただけですから」

（ちょ……ちょっと！　なんで正直に言ってるのよ……）

「ふむ。慎重なウォーレンが準備不足とはめずらしいな？　日々の鍛錬を怠るでないぞ。アンジェリカも弟にたやすく負けてどうする。二人とももっと励め」

「はい、父上。……未熟者というそしりを受けないように努めます」

（もっと励む……の？　親公認なの？）

ウォーレンはそのままオスニエルを追い越して、何事もなかったかのように廊下を進んだのだが
――。

「……んん？　待て待て待てぇ！　今、キッス……という言葉が聞こえた気がするのだが？　ま、まままま、まさかおまえたち……」

どうやらオスニエルは、「キス」という言葉の先にある二人の関係を理解するより前に発言していたらしい。

若い二人を鼓舞するような先ほどの態度から打って変わって、両目が見開かれ、眉間には深いしわが刻まれている。かなり怒っているようだった。

（やっぱり……ウォーレンの馬鹿！）

恨めしく思ったアンジェリカがにらんでも、ウォーレンは涼しげな笑みを崩さない。

「父上！　アンジェリカは具合が悪いんです。病人がいるのに騒いだらダメでしょう？　お話はあとでうかがいます。まずはアンジェリカが優先ですよ」

まるで、オスニエルのほうが悪いことをしたからたしなめているかのような言い方だ。

「……ふむ、それもそうか。すまなかった」

明らかにウォーレンがおかしいのだが、オスニエルは素直な性格だからすぐに矛を収めてくれる。

結局、大した騒ぎにもならず二人は私室にたどり着いた。

「父上は一度しか燃え上がらないタイプのさっぱりとした性格の紳士だから、これで俺とアンジェリカがそういう関係になったという事実だけ植えつけて、お咎《とが》めはないはずだ。初期消火は大切だよね？」

ウォーレンはかなりご機嫌だった。義弟にはいつも要領がいいと感心させられているアンジェリカだが、彼が急に悪い男に見えてきた。

「初期消火……」

「そう、初期消火」

ベッドに下ろされようやくほっとしていた隙に、ウォーレンが額のあたりにキスをした。キスは唇でなくとも十分な効果があった。

本日何度目かの動悸が始まり、アンジェリカはシャツの胸元付近をギュッと握りしめる。

「急にどうしちゃったの？　ウォーレン」

「もう君に気持ちを知られてしまったんだから、我慢して弟のふりをする必要性を感じないってだけだ」

「そんなの困るわ！」

アンジェリカは思わず叫んでいた。彼への好意を認めているが、まだ特別な関係になるための心の準備ができていない。

「少しずつでもいいから、受け入れてくれないか？」

「でも……動悸が……動悸はどうしたら？」

家族として暮らしているのに、そんなふうにされたらアンジェリカは常に動悸に悩まされ続けるはずだ。

「大丈夫、俺も一緒に動悸と付き合うから」

「あんまり、なぐさめになっていないような……」

「それより覚悟して、アンジェリカ」

ウォーレンは急に積極的になっただけではなく、なんだか意地悪になってしまった。

アンジェリカの戸惑いくらい察していそうなものなのに、不安を煽《あお》る言葉しかくれない。

「覚悟なんて」

「これからは弟だとは言わせないから」

一方的に宣言をしてから、ウォーレンは部屋を出ていった。

一人になったアンジェリカは、ベッドの上でぼんやりと天井を見上げながら考える。

先ほどのキスのこと、そして妙な夢のこと……。

あんなに情熱的なまなざしを向けてくれるウォーレンが、じつはハイアット将軍家を利用しているだけだなんてあり得ない。

「やっぱり、ただの夢だわ……」

そう自分に言い聞かせたのだった。

◇　◇　◇

武術大会が行われる日が訪れた。

この日のウォーレンは、試合を控えているため朝の鍛錬を行わないことになっていた。手合わせの相手がいないアンジェリカは、いつもよりは遅めの起床だ。

あれからアンジェリカは、妙な夢の内容を気にしないように努めていた。

普段の夢のように記憶が薄れることはなく、なぜか本当に体験したみたいに頭の中に刻み込まれている。

けれど、初めてキスをしてからウォーレンがずっと甘くて、あの残虐非道な男が同一人物であるはずがないとも思っていた。

(めちゃくちゃな夢なんてよくあるけれど……ウォーレンに申し訳ないわ)

夢はいつも荒唐無稽《こうとうむけい》だ。

かつて自分が天才学者になってしまう夢を見たことがあるし、〝豪腕〟の異能に目覚めて、なぜか外見がオスニエルそっくりの男に変わっている夢も見たことがある。

真に受けても仕方がない。

(でもウォーレンの勝利は……当たったらいいなぁ……)

オスニエルに勝利したあとに、ウォーレンが求婚してくれる妄想をしただけで、アンジェリカの頬は熱くなる。

火照りを鎮めるために、顔を洗い、着替えを済ませてから家族が集まる朝のダイニングルームへと向かった。

ハイアット将軍家の家族構成は五人だ。

父のオスニエル。母は実年齢より十歳若く見えるという評判のジェーン。アンジェリカとウォーレンのほかに、十二歳の妹チェルシーがいる。

チェルシーはアンジェリカと同じ母譲りの黒髪に深い青の瞳を持つ美少女だった。

そして残念な頭をしているアンジェリカとは違い、知性も母から受け継いだ将来有望な娘である。

ダイニングルームの扉を開けた瞬間に、そのチェルシーが近づいてくる。

部屋の中には、すでに家族が集まっていた。ハイアット将軍家では、できるだけ皆で一緒に食事をとる決まりになっているのだ。

「お姉様、おはようございます。今日もお姉様は最高に美しいです」

「チェルシーこそ、心配になってしまうくらい可愛いわよ」

チェルシーは、いつもフリルたっぷりのワンピースを着ている。黒い髪の上にはレースのヘッドドレスを載せて、紅もつけていないのに唇は透き通るピンク色である。

まだ社交界デビューを果たしていないのだが、縁談が月にいくつも持ち込まれるほど、ウェスタラントの都で評判の美少女だ。

もちろん、オスニエルが「私より強い者しか認めん」と言い放ち、すべての縁談を断っている。

将来有望だが、可愛すぎて心配な妹だった。

そんなチェルシーの様子が少しおかしい。ハイアット将軍家の者は皆、早寝早起きを心がけ、健康には気を使っている。それなのに彼女が小さなあくびをしたのだ。

「チェルシー、寝不足なの？」

「……ええ、お恥ずかしいです。昨晩、賊がお屋敷の塀を越えてきたでしょう？　それで目が覚めてしまって」

「塀のあたりがうるさいし殺気を感じると思ったら、それだったのね」

確かに昨晩、外が騒がしかったことをアンジェリカは今になって意識した。

アンジェリカが物心ついたあたりから、この国はずっと平和である。

それでもオスニエルは過去の戦で敗れた者たちから恨まれているし、治安維持に努めた結果、国内の悪人からも狙われている。

そのためハイアット将軍家が襲撃されるのは、さほどめずらしいことではないのだ。

「もし怖くて眠れなかったら、私の部屋に来てもいいのよ」

チェルシーも慣れているはずだが、まだ十二歳の少女だから、不安になるのは当たり前だった。

普段あまり頼られていないアンジェリカは、こういうときくらい姉の役割を果たそうと思い、そんな提案をしてみる。

「お姉様、大好き！　次は絶対にそうします。あぁ、早く次の襲撃者が来ないかなぁ」

「それは……さすがに……」

「冗談ですよ。……お姉様はきちんと眠れましたか？」

「もちろんよ。殺気が近づいてきたら起きようかなぁ……って、一応思っていたの。でも庭までだったからわざわざ見に行くのも面倒くさくて。そのあとはぐっすり夢の中だったわ」

起き上がって、様子を見に行くことはしなかったが、アンジェリカだって敵の気配を察する力は持っているのだった。

「さすがです！　私も、お姉様を見習って次からは殺気の距離をちゃんと測って、いざというときのために身体を休める技術を身につけなければなりませんね」

「偉いわ！　可愛くて、賢いうえに勤勉だなんて」

いい子、いい子、とヘッドドレスがずれないように気をつけながら頭を撫《な》でる。

チェルシーは子猫みたいにゴロゴロと心地よさそうにしていた。

いつまでも着席しないのはよくないため、アンジェリカはチェルシーの手を引いて椅子に腰を下ろす。

「お父様、お母様、ウォーレン……おはようございます」

「おはようございます、アンジェリカ」

「うむ、おはよう」

「おはよう、いい朝だね」

オスニエル、ジェーン、そしてウォーレンが順番に挨拶を返してくれる。昨晩賊が侵入したとは思えないくらい、いつもどおりの朝だ。

「それにしてもお父様ったら、いったい誰の恨みを買ってしまったんですか？」

給仕のメイドが運んできた紅茶にたっぷりの砂糖を加えながら、アンジェリカは父に問いかけた。

「うむ。……思い当たる節が多すぎて、よくわからん。一応生け捕りにして自白させたんだが、ただの雇われ者だったようだ」

いくつもの組織を経由して、実行犯から黒幕にたどり着けないように工作するのは悪人の常套《じょうとう》手段だ。

そういうことができるなら、敵はかなりの大物だと予想がつくが、それだけだ。

「……物騒で、困りますね。安眠妨害も甚だしいわ」

アンジェリカが感想をこぼすと、フッと笑い声が聞こえた。

犯人はウォーレンである。

「そんなこと言うけれど、アンジェリカはしっかり眠っていたんだろう？　異変を感じていたのに気にしないで過ごせるのはアンジェリカくらいだよね。本当に図太い」

「だって無駄じゃない。私がたどり着いたときには、どうせ私兵とウォーレンとお父様で終わらせているんだから」

アンジェリカだって、本当は屋敷を守るために戦いたいのだ。

けれど真に危険が迫っているときを除き、寝間着で部屋から飛び出してはいけないとウォーレンから命じられているので、どうしても出遅れてしまう。

ハイアット将軍家の別棟には多くの門弟が暮らしている。その中でもオスニエルから認められた者の一部は私兵として屋敷の警備を担ってくれていた。

彼らとウォーレン、そしてオスニエルがいるから、正直、出る幕がない。

アンジェリカは頬を膨らませ抗議したのだが、隣から殺気が放たれているのに気がつきハッとなる。

「少しよろしいでしょうか、お兄様……」

チェルシーがウォーレンをにらみつける。可愛くないからという理由で、剣術の鍛錬は積極的に行っていないチェルシーだが、他者を威圧する天性の才能を父から受け継いでいるらしい。

「なんだい、チェルシー」

チェルシーの殺気は、ウォーレンに通じないみたいだ。

涼しい顔で妹に笑みを向ける。そういう態度がまた、チェルシーの怒りに拍車をかけていた。

「お姉様はおおらかで合理的なのです！　図太いなんて言い方は間違っておりますわ。訂正してください」

「君、俺にだけ厳しくないか？」

「だって、お兄様だけが私を怒らせるんですもの」

チェルシーはアンジェリカの代わりに怒ってくれていたのだ。

原因が自分ならこの兄妹喧嘩《げんか》を止める責任がアンジェリカにあるはず。けれどうまい言葉がないものかと探しているうちに、ジェーンが仲裁に入った。

「あらあら……チェルシーったら。兄妹なのだから、仲よくしなければなりませんよ」

「兄妹？　たぶん、お兄様が率先して私たち……というか、とくにお姉様のことを姉として敬っていませんよね？　だから厳しくなるんです！　この男、とても危険です！」

以前からウォーレンとチェルシーは仲が悪い。

ウォーレンが将軍家に引き取られたのは彼が十二歳の頃だ。

同じ年のアンジェリカは単純だから、当時身長がさほど変わらなかったウォーレンのことをちょうどいい手合わせの相手程度の感覚ですんなり受け入れてしまった。彼が軍に入隊するまでは、日中のほとんどの時間を一緒に過ごし、厳しい鍛錬に耐えることで、仲を深めていったのだ。

けれど繊細なチェルシーは突然できた義兄を、アンジェリカほど素直には受け入れていなかったみたいだ。

前からわかっている事実だが、アンジェリカにとっては二人とも大切な人であるため、少し寂しい。そして、ウォーレンがアンジェリカを敬っていないという指摘は、きっと正しいのだがショックだった。

「私……本当に二人に比べたらお馬鹿さんだから、確かに尊敬はされていないかも……」

「そういう意味じゃないよ。アンジェリカ」

「じゃあ、どういう意味？」

「ちょうどいいし、はっきりさせておくか」

急に真剣な表情となったウォーレンが、アンジェリカをまっすぐに見据えた。

「……アンジェリカ、あとで部屋にドレスを届けるから、今日はそれを着て観戦に来てほしい」

「観戦にはもちろん行くつもりだけど……ドレス？」

「絶対に優勝する。だから、わかりやすい場所で応援してくれ」

「……う……うん、わかった……」

賢さとは無縁のアンジェリカだが、先日キスをしたばかりの関係だったから彼の言わんとするところを理解できた。

もしかしたらあの夢の一部はアンジェリカの願望だったのかもしれない。

「ウォーレンよ、よいのか？」

腕を組み、時々うーんと唸《うな》りながら、オスニエルが問いかけた。

「ええ、父上。もう逃げることはできそうにないですし。全力で戦わせていただきます」

「そうか」

（お父様との勝負から逃げることはできない……という意味ね！　ウォーレン……頑張って……）

彼は結婚の権利をかけて勝負を挑むつもりなのだ。

しかも相手は戦闘に特化した異能持ちの最強将軍という恋愛物語で描かれそうな状況に、アンジェリカはときめいてしまったのだった。

けれど、浮かれていられたのは短い時間だけだ。

食事のあとにウォーレンから渡されたドレスが、夢の中でアンジェリカが着ていたドレスそのままだったのだ。

（な……なにこれ……？　私が選んだわけじゃないのに……どうして？）

昼間の装いとしてふさわしい露出が少なめのドレスは可愛らしい印象で、さわやかな水色だった。

繊細なレースとの組み合わせが流行最先端で、とにかくセンスがある。

どうしてこのドレスを選んだのか、ウォーレンにたずねてみたくても、彼はすでに武術大会の会場に向かったあとだった。

考えても考えても、答えが出ない。

ぼんやり上の空でもチェルシーやメイドが世話を焼き支度を終わらせてくれる。

気づいたときには闘技場の最前列にいた。そして――。

オスニエルの二十回連続優勝を阻んだのは、ウォーレンだった。

試合前の宣言も、繰り出した技も、打ち合いの数も……すべてが同じで……。

「アンジェリカ……。どうか俺と結婚してくれ」

「……あの、あのね……ウォーレン、私は……」

違いがあるとすれば、アンジェリカが身体をクネクネとさせる踊りを皆に披露しなかったことと、求婚への返事がすぐにできなかったことくらいだ。

あちらこちらから拍手と気の早い祝福が聞こえる。中にはアンジェリカへ「さっさと返事をしておやりよ」と催促する声もあった。

アンジェリカの隣にいるチェルシーが「断ってもいいんですよ、お姉様」と小声でささやいて、それをジェーンがたしなめていた。

アンジェリカは嬉しさよりも戸惑いが勝るという心境だ。

「少しずつでもいいから……って、言っていたのに……」

「照れちゃって可愛いな、アンジェリカは」

「……」

「答えは急がないよ」

急がないと言いながらも、ウォーレンはアンジェリカが断るなんて微塵《みじん》も考えていない様子だった。ただ緊張しているだけだと勘違いしたようだ。

そのまま彼に引き寄せられて、アンジェリカは唇を奪われる。人生二度目のキスだけれど、それどころではない。

（ど……どうしよう？　ここまで同じだなんて……完全に予知夢じゃない！　まさか、私の異能なの？）

ウォーレンの実力からして、勝敗はたまたま当たっただけという可能性はある。

ただし、勝敗だけならまだしも、アンジェリカのドレスや打ち合いの様子、繰り出した技まで一緒だなんてあり得るはずがない。

つまり……ウォーレンに裏切られ、殺される未来も実際に起こることになってしまう。

本来のアンジェリカならばすぐ誰かに相談しただろう。

けれど、誰よりも信頼しずっと一緒にいたいと思っている人間に裏切られる未来を夢に見たせいで、打ち明けられなくなっていた。

少々挙動不審であっても、皆が求婚に驚いているだけだと解釈してくれるのは都合がいい。


その日の夜。ウォーレンの優勝を祝う豪華な晩餐《ばんさん》の席で、オスニエルから二人の結婚についての意思確認があった。

アンジェリカは、これまで義理の姉弟として暮らし、意識しはじめたのがつい先日であることを理由に、考える時間をもらった。

ウォーレンはかなり残念そうにしていたが、最後には笑って納得してくれた。

（今のウォーレンが、私や将軍家を裏切っているだなんて……そんなはずないのに……）

それでもこんな偶然があるとも思えず、アンジェリカは悩む。

不吉な夢――これは、自由気ままに生きてきたアンジェリカが、人生で初めてぶち当たった大きな試練だった。

第二章　近い歴史ほど隠されるものなのです

年に一度の武術大会は、ウェスタラントの都で暮らす者たちの関心事だ。そのため、大衆紙を発刊している新聞社から号外が出る。

アンジェリカも門弟が手に入れたそれを読ませてもらった。

オスニエルの二十回連続優勝を阻んだ者が、彼の養子で弟子でもあるウォーレンというのは、かなりドラマティックなストーリーだから、当然好意的に書かれている。

そして、ウォーレンの求婚や、アンジェリカが恥ずかしがって、はっきり答えなかったこともしっかり記され『純情な若人たちの今後に注目！』という言葉で締めくくられていた。注目されたくないアンジェリカだが、求婚に応じたという内容にはなっていなかったことに胸を撫で下ろす。

そして翌日。アンジェリカは夢について調べることにした。

あの日見た夢は、時間が経《た》ってもまるで本当に経験したかのように記憶が薄れない。「スターレット侯爵家」「青薔薇」「第一王子クラレンス」……聞いたこともない名がずっと頭の中に残っている。

（未来の出来事だとしても、出てきた名前は存在しているはずだもの）

もし、知らないはずのそれらが存在するなら、やはりあの夢は異能によって見た予知だという可能性が高まる。

そして存在しなかったら、あれは予知夢ではなく、昨日の光景は奇跡的に似ただけだと思える気がした。

国中の貴族の情報を網羅している貴族名鑑は屋敷の図書室にあるはずだ。

さっそくそこへ向かい扉を開けると、先客がいた。

「まぁ！　アンジェリカがこのような場所に来るなんて、明日は雪かしら？」

いくつかの本を抱えちょうど図書室を出ようとしていたのは、アンジェリカの母ジェーンだった。

季節は春で、雪が降る時期はとっくに終わっている。

「お母様ったら、私のことをなんだと思っているのですか？」

「お父様にそっくりな、わたくしの可愛い可愛い娘よ」

冗談めかして笑うジェーンには、到底四十代とは思えない若々しさがあった。

長く豊かな黒髪に深い青の瞳――ジェーンは未婚の頃、社交界の花ともてはやされた美女である。

子を産んでもなお美しさの衰えない貴婦人だが、オスニエル一筋でもあるため、今では男性よりも女性から羨望のまなざしを向けられている。


ジェーン様のように、いつまでも美しくありたい。

ジェーン様のように、幸せな結婚をしたい。

ジェーン様のように、狂犬を飼い慣らしたい……。

狂犬というのはオスニエルのことだ。

ジェーン自身に戦う力はないが、猛将オスニエル・ハイアットが彼女に付き従っている姿を見て、女性たちはあんなふうに夫を尻に敷きたいという憧れを抱くらしい。

アンジェリカの容姿は母親似だが、脳みそを父から引き継いでしまったので、『中身が残念な令嬢第一位』と呼ばれているのだった。

「貴族名鑑？　……フフッ、あなたは将来このハイアット将軍家を継ぐんですものね。社交のためのお勉強も必要だから、いい傾向だわ」

「将軍家を継ぐ……」

ジェーンにはそんな意図はなかったかもしれない。それでもアンジェリカは「将軍家を継ぐ」という言葉から、ウォーレンの姿を想像してしまう。

アンジェリカの夫候補はやはり彼なのだから……。

母のまなざしは朗らかだが、なにかを察しているような雰囲気もあって、アンジェリカは罪悪感に似た気まずさに心が苛まれていた。

家族の期待に応えていない気がしたのだ。

「わたくしはそろそろ行くわね。……それから、大事なことは焦らず、あなたが思うとおりに、ゆっくり考えていいのよ」

「はい、お母様。……ありがとうございます」

ウォーレンからの求婚について、アンジェリカの気持ちを無理に聞き出すことはしないでいてくれる。それが母の思いやりだった。

「頑張りなさい」

ジェーンはいくつかの本を抱えて図書室を去った。

一人きりになったアンジェリカは滅多に訪れない図書室の端から、目当ての本を探しはじめる。

綺麗に整理整頓されている書架を順に見ていくと、すぐに見つかった。この国の貴族について記されている貴族名鑑だ。

夢の中に出てきた家名はスターレット侯爵家とゴダード公爵家の二つだ。

『アンジェリカ。俺は冤罪により一族が処刑されたスターレット侯爵家の無念を晴らす。……謀略で王家を謀ったゴダード公爵も……たやすく騙され母を信じなかった国王《ちちおや》も、決して許しはしない』

ウォーレンのこの言葉から、ゴダード公爵家がスターレット侯爵家を冤罪で陥れたという予測ができた。

(ゴダード公爵家はさすがに知っているわ。公爵家当主はなんとか大臣……つまり、すごく偉い人よね？　それから、王妃デリア様の生家……のはず)

王家の次に権力を持つ名門中の名門がゴダード公爵家だ。

残念ながらデリア妃はすでに故人だ。それでも王妃の父にして王太子パーシヴァルの祖父である現当主は、国政への強い影響力を持っている。〝鑑定〟という、異能の有無やその性質を知るめずらしい異能を受け継ぐ家系であることも有名だ。

それに対し、スターレット侯爵家という名は聞いたことがなかった。

適当な椅子に座り貴族名鑑をいくら眺めても、そんな家名は見つからない。

伯爵家は百家以上あるが、侯爵家は二十家しかないし、見逃すわけもなかった。

「やっぱり私の妄想？　ああ、でも……冤罪により一族が処刑されたスターレット侯爵家……ってことは、今は存在しない家名なのかもしれない」

アンジェリカは立ち上がり、もう一度書架を漁《あさ》る。

そして昔の貴族名鑑を探し出す。

「……三十年前の貴族名鑑。スターレット侯爵家、スターレット侯爵家……」

貴族名鑑は家の序列順に記載されている。侯爵家は本の最初のほうになるから、探すのは簡単だ。

そしてスターレット侯爵家は、侯爵位を持つ家の中では最初に記述があった。

見つけた瞬間からジワジワと嫌な感覚が胸のあたりを支配しはじめた。本当は知りたくない事柄を調べているのだから当然だ。

「建国以来の名家……紋章は青薔薇。本当に存在したのね」

あれはとても不思議な夢だった。

いつものアンジェリカならば、夢で起きた出来事なんてすぐに忘れてしまう。それがまるで実際に経験したことのように、まだ鮮明に残り続けている。

（やっぱり……異能？）

一瞬そう考えて、アンジェリカはすぐに首を横に振る。

もしあれが本当に予知夢だったら、ウォーレンがいつかアンジェリカとハイアット将軍家を裏切るということになるのだから、到底認められなかった。

実際には小さな頃に聞いていた家名だったのかもしれない。必死になって、昔の記憶を呼び起こそうとするが、思い出せなかった。

「でも、第一王子クラレンス殿下って……なんだろう？　この国の王子様は王太子パーシヴァル殿下ただお一人のはず」

夢ではウォーレンのもう一つの名が「第一王子クラレンス」だった。せめてその名だけでも嘘であったなら……。

スターレット侯爵家が消えた経緯を調べたらなにかわかるのだろうか。

アンジェリカは夢が予知夢ではないという証拠を欲している。夢は所詮、妄想でしかなかったと知って安心したいのだ。

「ウォーレンはもうすぐ十九歳だから……ちょうどそれくらいの話ってことになるのかしら？」

父親譲りの頭で、アンジェリカは必死に考える。

『正統なる王位継承者、第一王子クラレンス殿下』

これは、夢の中でアンジェリカが発した言葉だ。けれどアンジェリカには自分が三歳の頃に、王家に待望の王子が誕生したという記憶がある。

誕生に合わせて様々な祝賀行事が行われ、子供でも参加できる祭りではしゃいだからよく覚えているのだ。

つまりその時点で王子はパーシヴァルただ一人だった。

それならば、ウォーレンが生まれた以降で、少なくとも三歳になる以前の歴史を調べればはっきりするはずだった。

歴史書が並ぶ書架はすぐに見つかる。

「……新しいもので五十年前か。もっと最近の歴史ってどうやって調べたらいいの？」

なんとなく昔のことほどいい加減で、最近のことを調べるほうが簡単だと思っていたアンジェリカは途方に暮れた。

まだ「歴史」とは言えない近年の出来事を知る方法が思いつかない。

(新聞……？　数ヶ月分しかないし、お父様かお母様に直接聞けばいいのかしら？)

けれど、それはダメだと直感が告げている。

なぜ調べているのかを問われたら、不可解な夢について説明しないといけなくなる。

あの夢をただの夢だとは思えずにいる一方で、予知夢を見たということを客観的な証拠を添えて説明できない。

ドレスが夢に出てきた、勝敗が予想どおりだった、聞いたことのない家名が実際にあった――それは今の時点では終わってしまった出来事だ。

事前に見ていたなんていう主張をしても「なにを言っているんだ？」と一蹴されてしまうだろう。

家名についてはそもそもアンジェリカが知らなかったという証明ができない。

(ウォーレンが裏切る未来が見えた……なんて言っても、信じてもらえるはずがないわ。私だって信じられないのに……)

だとしたら自力で調べるしかないのだ。

うーん、と腕を組み考えてみるが妙案は浮かばない。そうしているあいだに、またもや誰かが図書室に入ってきた。

「アンジェリカ……どうしたんだ？　こんなところで」

姿を見せたのはウォーレンだった。

「ウ、ウォーレン!?　あ、あのね……ご、ごきげんよう」

不自然な挨拶をしても、ウォーレンは笑みで返してくれた。

昨日の晩餐以降も朝の鍛錬と朝食の席で顔を合わせているけれど、アンジェリカはそのたびにぎこちない態度を取ってしまう。

ウォーレンのほうはアンジェリカに考える時間をくれるつもりのようで、求婚した翌日とは思えないほど普段どおりだ。

そういう大人の対応が、アンジェリカに罪悪感と少しの劣等感を抱かせた。

読んでいた本を返しに来たのだろうか。小難しそうな本を抱えている。数冊の本を丁寧に書架に戻すウォーレンの横顔をチラリと見ながら、アンジェリカは彼について考えていた。

（お父様とお母様は苦手な部分を補い合う関係だけど、ウォーレンと私は……）

オスニエルは伯爵だが、当主としての職務はジェーンが代行している。

仮にウォーレンとアンジェリカが家を継いだらどうなるのだろうか。

アンジェリカは自分が彼より勝っている部分が一つもないような気がしていた。

ほぼ互角だったはずの剣の腕前もいつの間にか抜かれて、最近は本気を出してもらえていない。

考えなしのアンジェリカと違い、ウォーレンは頭もいい。

すでにジェーンから、領地運営に関する職務の一部を割り当てられている。

アンジェリカも時々手伝ってはいるのだが、ウォーレンに「教えてもらっている」という状態になってしまう。

（ウォーレンは私のどこを好きになったんだろう……？　いいところなんてあまりないのに）

あえて言うのならば、アンジェリカの婿になれば将来爵位を得られる可能性が高いという利点があるくらいだ。けれどそれは、アンジェリカ自身の魅力とは言い難い。

考え事をしているあいだに、ウォーレンがアンジェリカの近くまでやってきて、持っていた本に視線を向けた。

「歴史書？　……明日は雪か……」

「なんでお母様と同じことを言うのよ！」

目を見開き心から驚いているという様子に、カチンときた。

「ごめんごめん、それでどうしてアンジェリカが歴史書なんて読んでいるんだ？」

「ちょっと昔のことを知りたかっただけなの。でも目当ての本はないみたい」

「どんな本を探していたんだろうか？」

「あのね……十九年前とか十八年前とか、それくらい昔のことを知りたくて」

素直に言ってしまってから、アンジェリカは少々焦りを覚えた。「十九年前」という言葉で、彼がなにかを察してしまうようなことがなければいいのだが……。

「それは、なぜ？」

「……なぜって」

アンジェリカは言葉に詰まった。信じてもらえそうにない予知夢の話なんてできるわけがない。

しかも夢を根拠に将来彼が裏切るかもしれないという疑惑を調査しているだなんて、本人には口が裂けても言えなかった。

「……ええっと、お父様がどんな活躍をしていたのか気になって！」

咄嗟に嘘をつくが、手の内側が汗ばむほど動揺していた。

「だったらあるにはあるよ。読み物としておもしろいかどうかはわからないけれど。……ほら、おいで」

ウォーレンは手招きをしてからアンジェリカに背を向けて図書室の隅のほうへと向かった。どうやら父の活躍という言葉に納得してくれたみたいだ。

アンジェリカも彼に続く。たどり着いた書架には白っぽい本が並んでいた。

同じデザインだけれど、左のほうはくすんでいて薄茶色に変色してしまっていることから、発行された時期が違うのだとわかる。

「白書っていうんだ。軍部、財務、内務……政《まつりごと》に関わるそれぞれの機関が年ごとにまとめている報告書だ。父上の活躍を知りたいのなら国防白書を読むといい」

そんな説明をしながら彼は、並べられた本の中央あたりから数冊を引き出してアンジェリカに渡した。

「ありがとう」

「どういたしまして」

ウォーレンはしばらく書架を眺め、また難しそうな本を手にして図書室を去っていく。

一人になったアンジェリカは、気を取り直し、さっそくなんとなくの予想で一冊の本を手に取った。人を疑う罪悪感はずっと胸の中にあるけれど、これはどうしても確認しなければならないことだった。

目当ての記述はあっさり見つかる。

今から約十九年前。国王主催の舞踏会に暗殺者が紛れ込んだ。

若手士官だったオスニエルは、暗殺者を捕らえることに成功し、国王を守る。その功績により将軍職が与えられたのだった。

調査により、暗殺者はスターレット侯爵家が放ったものだと結論づけられる。

国王はすぐさまオスニエルとラッセル・ロドニーの二人の将軍に討伐命令を下す。

スターレット侯爵家側は冤罪を主張し、このとき小規模ではあるものの内乱が起こった。

最終的に将軍二人の活躍により、スターレット侯爵および跡継ぎである侯爵子息など合計十名が罪人として捕らえられる。

暗殺未遂事件に関わったとして、その全員が死罪となった。

(ラッセル・ロドニー将軍ってウォーレンのお父様よね?)

ロドニー将軍は、オスニエルの親友にしてウォーレンの父である。

正義感の強い、すばらしい武人だったと、オスニエルはよく話してくれた。

(お父様とロドニー将軍が、スターレット侯爵家を討伐して……それから……)

軍部の資料はあっさりとしていて事実の羅列と誰がどんな褒賞や勲章をもらったかということしか書かれていない。

ウォーレンからの助言で、内務に関する出来事は内務白書に記されているという予想ができたため、急ぎ該当しそうな年代の白書を調べていく。

小難しい長文を読むのが苦手なアンジェリカは途中で投げ出しそうになったが、命がかかっているためにどうにか踏み留まった。

読み進めるほどに、どんどんと知りたくない事実が出てくるとわかっていた。それでも今、過去を知るべきだった。

軍部と内務……二冊の本を照らし合わせると、概要が掴めてきた。

（第一王子クラレンス殿下……本当に存在したんだわ）

内務白書には、クラレンスの誕生がはっきりと記されている。それはきっとウォーレンの昔の名なのだろう。

アンジェリカの頭の中に、家族と身分を奪った者たちへの復讐《ふくしゅう》を誓うウォーレンの姿が浮かんだ。

（スターレット侯爵家謀反の騒動から大体一年後に、イヴォン妃と第一王子クラレンスの襲撃事件……が起こるのね）

アンジェリカは知らなかったのだが、王太子パーシヴァルの生母であるデリア妃は後妻だったらしい。

当時の王妃はスターレット侯爵家出身のイヴォン妃だ。

妃《きさき》が事件に関与している直接の証拠はなかったものの、生家が取り潰しとなったため、スターレット侯爵家の罪が確定したところで、王妃は一歳に満たない第一王子クラレンスとともに王宮を追われることとなった。

身分は奪われず、静養というかたちだったが、実質的な幽閉だ。

けれど、幽閉先となるはずの離宮へ向かう旅路で、王妃と第一王子を乗せた馬車が何者かの襲撃を受ける。

護衛とイヴォン妃は剣で斬られ死亡。クラレンス王子は馬車に乗ったまま谷底に滑落したと思われた。

行方不明の王子も死亡扱いとなり、この事件は幕を閉じた。

おそらくスターレット侯爵家についての話題は、社交界でタブーとなっているのだろう。

だからアンジェリカは自分が赤ん坊の頃に起こった出来事をこれまで知らずにいたのだ。

歴史とは不思議なものだ。

遠い昔に生きていた王族についての話題なら、醜聞でも自由に語ることができるのに、近い時代に起こった出来事は皆が口にするのをためらう。

「第一王子クラレンス……やっぱり、初めて知った名だわ……」

夢に出てきた「スターレット侯爵家」「青薔薇」「第一王子クラレンス」——これらの言葉を幼少期に耳にしていた可能性は確かにある。けれどそこから過去の歴史と矛盾しない物語を妄想して、夢の中で再現できる想像力がアンジェリカの中にあるのだろうか。

「……ない！　ないわ、絶対にない」

アンジェリカは自分がどれくらいお馬鹿さんなのかよく知っている。

そう考えるとあの夢がなんだったのか、答えは一つしか考えられない。

「私の異能……。やっぱり未来に起こる出来事を見る〝予知〟だったのよ……！」

予想が確信に変わっていく。

家族の中で、アンジェリカはこれまで、父のような異能がほしいと望んでいた。

アンジェリカだけが「誰にも負けない」部分が一つもない気がしていたからだ。

剣術は得意だけれど、だんだんと腕力のある男性には敵わなくなっている。母のように、伯爵家を取り仕切る能力や社交性もなく、妹のような完璧さもない。

とにかく残念な人間がアンジェリカだ。

「せっかくの異能なのに……ぜんぜん嬉しくない」

あれだけほしいと思っていたのに、高揚感は少しもなかった。

異能よりも夢で見た内容が問題だ。

ウォーレンがいつかハイアット将軍家を裏切り、アンジェリカを殺す——好きな相手に殺されることを知って喜べるはずなどなかった。

「ずっと好きだったのに。嘘でしょう……？　ウォーレン」

気づけば、頬に涙が伝っていた。

その日、アンジェリカは具合が悪いと嘘をついて、夕食もとらずにベッドにもぐり込んだ。

◇◇◇

考えても考えても、どうすればいいのかわからない。

これまでなにかに迷ったら、真っ先にウォーレンに相談していたのだ。彼のアドバイスに間違いなどないと信じ、頼りきっていたのかもしれない。

家族にも言えなかった。

異能は血筋に受け継がれるもので、ハイアット将軍家の場合は〝豪腕〟である。急によくわからない異能によって予知夢を見たという主張をしても、信じてもらうのは難しい。

それに自分の中では確証を得た能力だとしても、他人に夢を伝達する手段がない以上、どうやっても証明ができなかった。

「私、本当にどうしたら……？」

いっそ、ウォーレンを憎めたらいいのに、そんなことは不可能だ。

今の彼に悪い部分など一つもない。悪いのはすべて夢の中に出てきた未来のウォーレンだ。

けれど、破滅する未来が見えていて、彼に協力するなんて無理だった。

（この家から追い出せば……？）

ウォーレンだって家族の一員で、アンジェリカと同様にここで暮らす権利を持っている。なによりアンジェリカもあの夢さえ見なければずっと一緒にいるつもりでいた。

追い出すという考えは間違いなく彼を傷つける。

わかっていてもなにも手を打たないなんて無理だ。ウォーレンも大切だが、家族も、自分の命も大切だった。

一晩悩んだすえ、すべてを守るために、アンジェリカは恋心を捨てなければならないという結論に至る。

（私たちが協力しなければウォーレンは復讐もできないし、国王になるのも難しいはず……。それにちゃんと仕事はしているんだから路頭に迷うわけじゃないし）

だから夕方になってから、職務を終えて帰宅したオスニエルにそのことを告げようと試みた。

「お、お父様……！　ウォーレンはもう軍人ですし、いつまでも我が家に置いておく必要なんてないと思います」

父の書斎に入るやいなや、アンジェリカはきっぱりと言い切った。

「急にどうしたんだ？　喧嘩でもしたのか？」

「喧嘩じゃなくて……その、ウォーレンは将来我が家を乗っ取ってしまうと思うんです！」

ウォーレンが将来この家を乗っ取るというのは、的はずれではないはずだ。父も母も、当然のようにウォーレンがアンジェリカと結婚して二人で後継者となる未来を信じている。

アンジェリカが求婚を保留にしたことだって、あくまで心が追いつくための準備期間程度にしか考えていない。

養子であるウォーレンが跡取りとなるのが既定路線かのようなこの状況は、悪意のある言い方をすれば「乗っ取り」ではないのだろうか。

「アンジェリカ……なにを言っているんだ……」

オスニエルの目が血走っている。

生まれたときからの付き合いでなければ、鋭い眼光だけで気絶していたかもしれない。

それでもアンジェリカは退かない。

たとえ性悪女と言われても、命を守らなければならないのだ。

「だって剣術も得意で頭も顔もいいから……。ウォーレンがいれば、私なんていらないじゃない」

「ウォーレンが努力しているのは、アンジェリカのためだろう!?　それを当の本人が認めなくてどうするのだ！」

「でも」

「急に関係が変わることへの不安はわかる。だが、ウォーレンが、アンジェリカを蔑《ないがし》ろにでもすると思っているのか？　どうしたらそんな血も涙もないことが言える！」

オスニエルがドン、とテーブルを叩《たた》いた瞬間、分厚い木の板に亀裂が走った。勢い余って異能が発動してしまったのだ。

（守りたい人に……こ、殺される……！）

一応、身内や罪なき相手に誤って異能を使ったことはないはずだが、テーブルを真っ二つにできるオスニエルの力にアンジェリカは怯《ひる》む。

それでも自分の主張は曲げられない。

「血も涙もないのはウォーレンのほうです！　私ではありません」

「だったら、その根拠を示せ」

「直感です！」

自信を持ってはっきりと言い放つ。

「……こぉぉんのっ、大馬鹿者！」

「ぐぇっ」

オスニエルは目を血走らせながらアンジェリカに迫った。そして首根っこを掴むようにシャツを握りしめ、そのままズルズルと引きずっていく。

「いいぃぃっ、息ができな……い」

「息ができない者はしゃべれないのだ！　そんなこともわからんのか」

オスニエルはたとえ進む先に階段があろうとも容赦しない。

途中、あんぐりと口を開けたまま様子をうかがう使用人や門弟の姿が見えた。

アンジェリカは助けを求めたのだが、彼らがオスニエルに逆らえるはずもなく、なぜかアンジェリカに向けて手を合わせ祈りはじめた。

潔く、逝ってください。——そんな心の声が聞こえた気がした。

そのまま連行されたのは、屋敷の裏にある楓の木の前だった。

ウォーレンと初めてのキスをした思い出の場所は、もはや処刑場に成り果てたのだ。

「いつからそんな根性の曲がった娘になったのだ！　誰か、ロープを持ってこい！」

鼓膜が破れるのではないかと不安になるほどの大声が響く。

すると門弟の何人かがロープを手にして駆けつけてきた。

「ひぃぃっ、許して……っ！」

抵抗するほうが危険だと、アンジェリカは本能で察する。

オスニエルの手によって、スルスルと手際よく身体にロープが巻きつけられていった。

「吊《つ》るしてやる」

「い、いやぁ……！」

しかも逆さである。せめてスカートをはいていたのならば情けをかけられて、木に吊るされる事態は回避できたかもしれない。

けれど今日に限ってシャツにズボンにベストという男装だ。

オスニエルは一切の躊躇《ちゅうちょ》もなく、そのまま娘を吊り上げた。

二階建ての建物と同等の高さがある楓の木——その太い枝に渡されたロープが引き上げられると、オスニエルとまっすぐに目が合った。しかも怒りを露《あら》わにしている顔がやたらと近くにある。

「ご……ごめんなさいぃぃ‼」

一般的な令嬢とは比べものにならないほど丈夫な身体を持つアンジェリカだが、すぐに逆さ吊りのつらさを理解する。

「謝る相手が違うだろう！　ウォーレンに謝れ」

「で……でも……吊るされていたら、ウォーレンに会いに行けないぃぃぃぃ‼」

理不尽すぎる要求に、アンジェリカは泣きじゃくる。

血が上って、ただでさえ残念な頭がさらに残念な状態になりそうだった。

「根性がないからだ。腹から声を出せ！」

これは、仮にも貴族の令嬢に科される罰として妥当なのだろうか。

とにかくウォーレンがここに来なければ、事態は収束しない。

「ウォーレン！　ご、ごめんなさいぃぃぃ」

アンジェリカは思いっきり息を吸い叫んだ。

大きな呼吸をしたせいで、動悸がして気持ちが悪くなる。

（さすが……古き時代から刑罰として採用されているだけのことはあるわ……。無理、無理……このままじゃ、死んじゃう……！）

ただ逆さでいることがこんなにもつらいだなんて、一生知りたくなかった。

アンジェリカは嘆くが、ほかにどんな手段が取れたかわからない。

「父上、なにをなさっているのですか？　……アンジェリカ？」

ウォーレンの声がした。しばらくしてから、彼はアンジェリカの視界に入る位置にわざわざ移動してきて、キョトンとした顔で様子をうかがっている。

「おぉ、ようやく来たか。今、アンジェリカに仕置きをしているところだ！」

「ウォーレン……ごめんなさい。……でも、とにかくお父様を止めて」

「なにを言うか！　ウォーレンがこの家を乗っ取るかもしれないから追い出せと言っておきながら、助けを求めるのか⁉」

オスニエルを説得できる人間は、幼いチェルシーを除くとジェーンとウォーレンだけなのだ。

そしてある程度の常識と良識を持ち合わせているのもこの二人だった。

そのうちジェーンは今この場にいないのだから、ウォーレンに頼るしかないのだ。

「お願い……ウォーレン……お願い……っ！　助け……」

アンジェリカは縋《すが》るような思いで、逆さ吊りのままウォーレンへの懇願を続ける。

「へぇ……。そんなふうに思っていたんだ」

（うぅ、ウォーレン……怒ってる！　ものすごく怒ってる）

やたらとさわやかな笑顔で手を伸ばし、ウォーレンはアンジェリカの額をツンツンと弾《はじ》いた。助けてくれる気はなさそうだ。

そしてオスニエルに向き直ると、明るい声でこう言った。

「父上。逆さ吊りは、時々死亡事故が発生します。せめて頭を上にしてあげてください」

それから三時間――月が顔を出す時間までアンジェリカは木に吊るされ続けた。

一応、純情可憐《かれん》な伯爵令嬢であることを覚えている者は、もはや一人もいないのだろう。

◇◇◇

ウォーレンを追い出す作戦は、オスニエルという壁が立ちはだかり断念せざるを得ない。

そこでアンジェリカは、予知夢についてもう一度整理してみた。

まず、ウォーレンが武術大会で優勝すること。

これはもう終わってしまった予知だった。

次にウォーレンが求婚し、アンジェリカがそれを受け入れること。

この部分は予知夢とは違い、はっきり答えず保留にしている。

その次は、ウォーレンが母方の家系を冤罪によって貶《おとし》めたゴダード公爵への復讐のために立ち上がり、国王となること。

最後に、平和になった国に不要だと判断し、ウォーレンがハイアット将軍家を切り捨てること。

問題はこのあたりだった。

（要するに復讐のためにハイアット将軍家の武力が必要だったのよね？　……そして用済みになったら、私たちは捨てられる……）

本当にスターレット侯爵家が冤罪で貶められ、それを仕掛けたのがゴダード公爵ならば、ウォーレンには復讐の権利がある。

（だとしても、ハイアット将軍家が彼に協力する理由は……？）

単純に一度受け入れた養子だから、という理由では説明がつかない気がした。

養子がたまたま王子だったから復讐に協力するのではなく、むしろロドニー将軍とオスニエルがウォーレンの守護者だと考えるほうが自然な気がした。

ウォーレンはロドニー将軍の実子ということになっている。しかもなぜか、夫人ではなく愛人とのあいだにできた子だ。

愛人が病で亡くなったとき、ロドニー将軍は初めて自分の息子の存在を知り、理解ある夫人の考えでウォーレンを引き取ることを決意したという。

夫人が養子のウォーレンをたった一人の息子として扱い大切に育てたという話は、ウォーレン本人から聞いたことがある。

ウォーレンがクラレンスであるという前提で考えれば、なぜこんなに複雑な設定になっているのかが推測できる。

ロドニー将軍は、ウォーレンの正体を隠すためにどうしても実子としたかったのだ。けれど一歳近い赤子の出生時期をごまかすことは難しいし、夫人が妊娠していなかったことも隠せない。

そこで架空の愛人とのあいだの子としたのだろう。

(やっぱり……お父様もきっと引き取る前からウォーレンの秘密を知っていたはず)

オスニエルはロドニー将軍に限らず、知人が亡くなった際に遺児の面倒をみている。成人までの後見人になったり、住まいや生活費を与えたり、本人が望めば門弟として迎え入れる場合もある。

アンジェリカは今まで深く考えたことがなかったのだが、ウォーレンだけを養子にしたのは、彼が特別な存在だったからかもしれない。

（ええっと……お父様とロドニー将軍が王命によってスターレット侯爵家を討ったのよね……それなのに、今はウォーレンを守って、協力している……？）

そこまで考えたところで、また夢の内容を思い出す。

『冤罪により一族が処刑されたスターレット侯爵家の無念を晴らす』

ロドニー将軍とオスニエルは、自分たちが討った者たちが冤罪だったと、なにかのきっかけで知ったのかもしれない。

（侯爵家を討ったお父様たちが、ウォーレンを助ける……それって、罪滅ぼしってことではないのかしら？）

そうだとしたら、ハイアット将軍家がウォーレンに協力するという部分を変えるのは難しい。

（お父様のお考えを変えることなんて絶対に無理。だとしたら、私になにができる？）

ウォーレンの復讐を止められないのなら、アンジェリカが取れる策は二つだ。

一つは二十四歳になってもウォーレンに捨てられないような素敵な淑女になること。

もう一つは協力だけして妃の座を求めないこと。権力を持ちすぎなければハイアット将軍家は邪魔者にはならないかもしれない。

（うん、とりあえず両方検討してみましょう！）

賢いウォーレンに相談すればもっといい案が浮かぶかもしれないが、その彼こそが未来の敵なのだ。うまくぼかして説明できるほどの話術をアンジェリカは持っていない。

オスニエルがジェーンに打ち明けないまま独断で動いている可能性はなく、両親ともにウォーレンを支持する立場にあるはずで、やはり相談は難しい。

ほかに頼れるのはチェルシーくらいだ。

権力を持ちすぎない方法を十二歳の妹と一緒に検討するのはさすがに無理だし、巻き込みたいとも思わない。

一方で、恋人や夫に捨てられない方法なら、相談してもいい気がした。

そう考えたアンジェリカは、さっそく妹の部屋を訪ねた。

「お姉様、どうなさったのですか？」

チェルシーの部屋は可愛いものであふれている。

花柄のカーテンにレースで縁取られたクッション。そして白で統一された家具……。片づけるのが面倒という理由で極力ものを置かないようにしているアンジェリカの部屋とは大違いだ。

「うん……少し相談があって。今、大丈夫？」

「ご相談？　大歓迎ですわ！　どうぞ」

部屋の中に足を踏み入れると、わずかに薔薇の香りが漂ってくる。

この部屋にいるだけで、アンジェリカまで純情可憐な乙女になれる気がした。

並んでソファに腰を下ろしてから、さっそく本題に入る。

「あのね、チェルシー。……今よりもっと美しくなって、さらに五年後、六年後も美と若さを保ち続け、素敵な女性になるにはどうしたらいいのかしら？」

唐突な質問をぶつけると、チェルシーの目が見開かれた。

「……あの男……もとい、お兄様のためですか？」

「え、ええと……ウォーレンのためというか……一般的にどうなのか気になって」

チェルシーは早くもご立腹だった。

美貌と若さを保ちたいと言っただけでウォーレンがらみだと推測できるチェルシーは、やはり十二歳とは思えないほど賢いのだった。

「お兄様のためなら大変不満ですが……美しくありたいという思いは悪いものではありませんね」

チェルシーは一度立ち上がると、部屋の隅にある鏡台まで移動して、手鏡を持って戻ってきた。

それをアンジェリカのほうへと向けたのだった。

「ほら、見てください。お姉様の美貌は完璧ですわ！　これ以上を求めるのは不可能ですし、罰当たりというものです」

フン、と鼻息を荒くしてもチェルシーは可愛かった。

アンジェリカは手鏡を受け取って、改めて正面から覗き込む。

母譲りの艶やかな黒髪、日焼けしにくい肌、サファイアみたいな深い青の瞳は大きめで、眉や唇の形も美しい。

それなりに筋肉があるはずだけれど、適度に豊かなバストと引き締まったウエスト……流れるような身体のラインを持っている。

ハイアット将軍家の者は血が繋がっていないウォーレンを含めて皆魔性と呼ばれるほどの美貌を有する一家だ。

アンジェリカも「顔だけなら社交界の独身女性で一番美しい」と言われている。

謙遜したら、都に住むすべての令嬢に失礼である気がした。

「……確かに……とくに悪いところが思いつかないのよね。困ったわ。……あえて言うのなら、頭かしら……？」

鏡を食い入るように見つめながら、アンジェリカは自己分析をしてみた。

「なにをおっしゃるのですか⁉　お姉様はそのままが一番なのです。隙のない人間はおもしろみに欠けますから、もしもお姉様が賢くなってしまったら……魅力が半減してしまいます」

「そ、そうなの？」

チェルシーがズンと近づいてきたことに圧倒されて、アンジェリカは鏡を落としそうになってしまう。ひとまずテーブルの上にそっと置いて、自分の姿を確認することはやめた。

「……あまり言いたくないんですけれど……お兄様もきっと素直で可愛らしい性格のお姉様だからこそ好きになったんだと思います。私とお兄様の仲が悪い事実からも明らかでしょう？」

「似たもの同士だと反発するという意味？」

足りないものとして、予知夢の中のウォーレンに「あえて言うなら知性」と言われたことを忘れたわけではないのだが、アンジェリカがチェルシー並みに賢くなったら、二十四歳を迎える前に喧嘩のしすぎで関係が悪化しそうな気がする。

「まぁ……そういうことです。私がお姉様に言えるのは、生まれ持ったものに依存して努力を怠っている部分を改善したほうがいい……という提案だけです」

「努力……？　具体的にどうすれば？」

「お肌が老化しないように、入浴後に美容液を塗るだとか、髪の毛も洗髪したあとはべたつかない程度にオイルを含ませるとか。お肉ばっかり食べないとか。……そういう日常でのちょっとした積み重ねがのちの違いに繋がるらしいです」

鏡台のほうへ目を向けると、綺麗な瓶がたくさん置かれている。

おそらくチェルシーが愛用している美容液やオイルなのだろう。

「……チェルシー……本当に十二歳なの？」

自分の部屋にある鏡台との違いに圧倒されながら、アンジェリカは妹の美意識の高さに感心した。

「私は今からお手入れを欠かさないことによって、将来的にお母様に匹敵するすばらしい淑女を目指しているんです」

「偉いわ。本当に努力家なのね！」

「それほどでは……。とりあえず、お姉様にも美容液の使い方や洗顔の仕方をお教えいたします」

チェルシーは無駄のない動きで、鏡台のあたりにあった瓶をいくつも運んでくる。

「石けんでゴシゴシ、お水でジャバジャバ……汚れが落ちればいいのでは？」

「いけません！　ゴシゴシジャバジャバは論外です」

「そうなの？」

それから就寝の時間になるまで、アンジェリカはチェルシーの指導を受け、とりあえず今できる美貌を保つ方法を実践することにした。

◇　◇　◇

美貌については衰えない保証がない。それに、結果がわかった頃に無策でいたら詰んでしまう。

だから慎重に考えて、アンジェリカはもう一つの対策を実行に移す。

木に吊るされた翌日。朝の鍛錬の時間に、アンジェリカは堂々と宣言した。

「私、ウォーレンとは結婚しない！　恋人にもならないわ」

アンジェリカは、ウォーレンとの結婚をなんとしてでも回避するつもりだった。

ハイアット将軍家が彼に味方するのと、アンジェリカが彼の妻になることは必ずしも同一ではないと気づいたのだ。

予知夢の中で裏切られた理由は、ウォーレンがアンジェリカを妃にしたくなかったからだ。それから、妃の生家として将軍家が力を得ることを、ウォーレンがよしとしなかった可能性もある。

それなら、協力はするが恋人や妻にはならず、将軍家もひかえめな行動を心がければ悲劇は回避できるかもしれない。

これから先、彼が王位を手に入れるつもりなら、将軍家とアンジェリカはあくまで協力者として、彼を支え続ければいい。

少なくとも両親は、アンジェリカにウォーレンとの結婚を強要することはないはずだ。

今、なんとなくそういう雰囲気になっているのは、アンジェリカにとって特別親しい男性が彼しかいないからだろう。

つまりこれは――『やっぱり、姉弟に戻りましょう』という作戦だ。

「どうして？　俺がなにかした？」

「木に吊るされた私を見捨てたでしょう！　そんな男はお断りです」

朝の光に照らされ、額に汗をにじませるウォーレンは今日も格好いい。アンジェリカの言葉に傷ついているのか、伏し目がちなせいで色気を帯びていた。

思わずうっとりしてしまう自分を罵倒し、アンジェリカは彼に立ち向かう。

今の彼に悪いところはないけれど、破滅は嫌だから結婚は避けたい。

初めてキスをしたあの瞬間に、彼に対して抱いていた好意が弟に対する想いではなかったと、はっきり自覚したからこそ、強い心を持って未来のために拒絶しなければならないのだ。

「ちゃんと安全なお仕置きに変えたじゃないか……。それにどちらかといえば俺が被害者だと思うんだけど？」

「どうしてよ」

「アンジェリカが純情な青少年の恋心を弄ぶから」

今の彼の言葉は嘘とは思えない。だからこそ、良心が痛み迷ってしまう。

それでも、未来の光景を見てしまったアンジェリカには、あの破滅を無視することができない。

とりあえず、ウォーレンが若い令嬢を妃に据えるためにアンジェリカを殺すならば、アンジェリカがウォーレンと恋人同士にならなければ、すべてが丸く収まるのだ。

恋心と命――天秤《てんびん》にかけてアンジェリカは堂々と命を選ぶ。

「私、世間知らずだったと自覚したの！　ウォーレンを好きだと思ったのは、身近な男性で一番格好いいからというだけで、私自身が男性を知らなすぎる。この国の人口の半分は男だから……ええっと十万？　二十万……？」

「ウェスタラントの人口だったら約四千万人だから、半分は二千万人だ」

すらすらと人口が出てくるのはさすがだった。

「そ、そ……そうよ！　この国には二千万人の男性がいるのに、身内から選ぶなんて視野が狭いとしか言いようがないわ」

腰に手を当てて、ややふんぞり返りながらアンジェリカは声高々に宣言する。

「へぇ。俺よりアンジェリカを理解し、大切にできる男はいないはずだが？」

「自信過剰だわ。ウォーレンは二千万人の男の頂点にでも立ったつもりなのかしら」

「……男性として頂点にいるとはさすがに思っていないが、アンジェリカにとって……と、条件をつけるのなら俺が一番だよ。父上にも負けない」

ウォーレンが真顔で堂々と言ってのける。

（それが間違っていないから嫌なのよ！）

アンジェリカは実際、社交界でウォーレンより美しい男性に会ったことがない。

整った顔立ちに完璧なバランスの身体……本人は断っているようだが、多くの画家や彫刻家からモデルになってほしいという依頼が舞い込むほどだ。

容姿だけではない。

今年の武術大会で異能持ちのオスニエルに勝利した強さを持っている。

文官の登用試験を受けているわけではないからどの程度かはわからないが、頭もいい。少なくともアンジェリカよりは確実にいい。

もし今年、ウェスタラントの都に住む最も素敵な独身男性を決める大会があったら、軽々と優勝するだろう。

そして最大の魅力は、アンジェリカをよく理解し、特別に扱ってくれる優しさと誠実さだ。

いや、今はそんな話をしているのではない。

「と……とにかく、私はウォーレンとはお付き合いしないの！　姉弟に戻りましょう」

「俺としても、嫌がっている君に無理強いする小さい男にはなりたくないんだが」

「だが？」

「正直、ものすごく傷ついている」

急にウォーレンがアンジェリカの手を取った。

手の甲に唇を寄せるが、触れることはない。そのままアンジェリカをじっと見つめる。

キスができないこの関係は不満だと言いたいのだろう。アンジェリカは一瞬ドキッとしてしまったが、流されてはいけないと自分の心に言い聞かせた。

「ダメなものはダメ。私はこれから男漁りに勤《いそ》しむから」

「……アンジェリカ、その言い方はいけない。せめて『素敵な紳士に出会えるように頑張るわ』くらいにしないと、男性のほうが逃げ出すだろう」

「そうね、ご忠告ありがとう」

アンジェリカはパッとウォーレンから離れた。

彼に手を握られるとソワソワして、感情が見透かされそうで怖いのだ。

「まぁ、いい。アンジェリカが現実を知るいい機会かもしれないから」

意味深な言葉と表情だった。

「どういう意味よ。私、自分が『中身が残念な令嬢第一位』の称号を持っているってちゃんと知っているわ」

逆に言えば、見た目は残念ではないほうに属する。

これまで社交の場ではウォーレンがべったりくっついていたり、オスニエルの「娘はやらん」宣言があったりしたせいで、男性がなかなか近づいてこなかった。

それでも恋文らしき手紙は屋敷に届くし、一切モテないわけではない。

自己分析はしっかりできている。

「じゃあはっきり言おう。……アンジェリカは俺以外の男にときめかない。絶対に。何年もかけて……そういうふうにしたんだから……」

ウォーレンが手を伸ばし、指でちょんと額を弾いた。

それはまるで、呪いか暗示みたいだった。

「そんなことないわ！　私、ときめいてみせる！」

不吉な暗示を必死になって否定して、アンジェリカは彼に背を向けた。

しばらく歩いてから振り返ると、ウォーレンは困った顔をしてその場に留《とど》まっていた。

「ちょうど来週、舞踏会があるから……見ていなさいよ！」

大きな声で宣言をして、アンジェリカは今度こそ歩き出した。

◇◇◇

予定どおり、アンジェリカはとある伯爵家の舞踏会へ出向いた。

この日の装いは、紫がかった青いドレスだ。

お気に入りのピアスや瞳の色に合わせると、自然と寒色系のドレスを選んでしまう。

アンジェリカはいつも、母方の祖母からもらったラピスラズリのピアスをしている。

ジェーンの生家は男爵家で、アンジェリカの祖母であるターラは六十代だがやはり実年齢より十歳ほど若く見える素敵な貴婦人だ。

九歳の頃、アンジェリカはなぜかなかなか寝つけないという症状に襲われた。

そんなとき、祖母がわざわざ住まいの地方都市からやってきて「安眠のお守り」と言って、このピアスをくれたのだ。

(安眠の効果があるアミュレット……なのよね)

アミュレットはお守りという意味だが、この国ではとくに〝細工〟の異能を持っている者が作った宝飾品を指す言葉として使われる。〝細工〟の力で他者の異能を宝石の中に封じ込めるのだ。

最低でも二人の異能持ちがいないと作れないうえに〝細工〟はかなり貴重な能力であるため、値段が高くなってしまう。

どんな異能が封じられているかにもよるが、ダイヤモンドより高いと言われているし、めずらしい効果を封じ込めた場合は、豪華な邸宅一軒に相当するくらいの価値があるらしい。

ターラは困っている孫のために、そんな品物をわざわざ贈ってくれたのだ。

以来、ぐっすりと眠れるようになったアンジェリカは、常にピアスを身につけて、お手入れのとき以外ははずさずにいる。

(それにしても、結局ウォーレンがエスコート役になってしまったわ)

移動中の馬車の空気が悪い。

未婚のアンジェリカのパートナーは必ずウォーレンで、彼から離れる目的で向かう舞踏会でもそれは例外ではなかった。

今回だけはオスニエルに頼もうと交渉はしたのだが、そもそも以前からウォーレンと参加する予定だったものを急に変えるなんて無理だ。

ウォーレンと行く気がないのなら、舞踏会に出向く必要はないと言われてしまい、諦めるしかなかった。

しばらく進むと目的の伯爵邸に到着する。

馬車を降り、ウォーレンに手を引かれて歩くと、招待客の視線が集まった。

「よし、頑張るぞ！」

完璧な装いだからこそ、今夜のアンジェリカは目立っているのだ。

きっとアンジェリカがその気になって淑女らしく振る舞えば、ダンスの申し込みが殺到するはずだった。

「なにを頑張るつもりなんだか」

「もちろん、素敵な殿方に出会うことよ」

ウォーレンは冷めた表情だったが、こうしてパートナーを務めてくれる。

ひどいことをしている自覚がある。いっそ嫌ってくれたらいいのだが、彼の態度があまり変わらないからアンジェリカは罪悪感を抱くのだった。

「だけどアンジェリカ。最初のダンスは俺と踊らないとダメだ。……一曲目は身内と踊るのがルールだからね」

「わ、わかっているわ！」

正確には、婚約者が定まっていない令嬢が守るべきルールだ。

それくらいはわきまえているので、アンジェリカはお目付け役を気取るウォーレンを軽くにらむ。

ウォーレンは十八歳で、あと十日ほどでアンジェリカと同じ年齢になる。けれど背が高く十代の男性としては身体ががっしりしているので実年齢よりも大人びて見える。

今夜のように、黒の正装で着飾ると余計にそう感じた。

アンジェリカが社交界でさほど人気がないのは、中身が残念だからというだけではなく、ウォーレンという完璧な存在が常にそばにいるせいで、周囲の男性が萎縮するからだ。

（よく考えたら、武術大会なんて目立つ場所でウォーレンから求婚されたのよね？）

二人が血縁関係にない事実は社交界でも知られている。

求婚への返事をしていない部分までしっかり大衆紙の号外に書かれていたが、一緒にいすぎると、周りから誤解されるかもしれない。

今夜は一曲だけ踊ったら、早々にウォーレンと離れる必要がありそうだ。

あと少しで舞踏室にたどり着くあたりで、なにやら若い女性たちの会話が聞こえてきた。

「ねぇ、ご存じ？　……本日は王太子殿下もいらっしゃっているのですって！」

「本当に？　主催者の伯爵様はとくになにもおっしゃらなかったのに」

「予告したら、招待状の争奪戦になってしまうからでしょう」

三人の令嬢が、頬を染め嬉しそうに話している。

王太子パーシヴァルはまだ婚約者が定まっていない十五歳の若者だ。心優しく頭脳明晰《めいせき》で、将来よい王となることが期待されている。

（……そ、そしてウォーレンの異母弟……なのよね）

アンジェリカが細かい文字を必死に読み解いて調べた事実では、スターレット侯爵家が処罰されたのは、ウォーレンが生まれたばかりの頃で、死亡扱いになったのは一歳になる前だ。

予知夢のとおりなら、これは冤罪で、真の悪人はゴダード公爵である。

国王はゴダード公爵に騙されていることを知らないまま、彼の娘を新しい妃に迎えた。

結果、誕生したのが王太子パーシヴァルである。

彼にとっては生まれる以前の出来事だから、陰謀に加担しているはずもないのだが、ウォーレンは異母弟についてどう考えているのだろうか。

（弟として可愛がりたい……ってことは絶対にないでしょうけれど……）

敵はゴダード公爵家だとしても、その孫であるパーシヴァルも憎しみの対象と考えるほうが自然だった。

ウォーレンは、感情を隠すのがうまいから、異母弟についてどう考えているのか本当のところはわからない。

敵同士とも言える関係の二人が予期せぬ対面を果たしてしまう場面に立ち会った場合、アンジェリカは平静でいられる自信がなかった。

（王太子殿下とは、極力会わないようにしなきゃ）

自分自身の平穏のため、アンジェリカはそう結論づけるのだった。

宣言どおり、一曲目のダンスはウォーレンと踊る。

今の彼に悪い部分はなく、アンジェリカが拒絶してもずっと優しいままだ。

表情は時々寂しげで、けれどもアンジェリカを見つめる瞳は柔らかい。予知夢の内容は嘘だと思えないのに、今の彼が演技だとも思えず、アンジェリカの心はグチャグチャだ。

夢を見てからのほうが、より多くの時間、彼のことばかり考えている気がした。

「アンジェリカ……なにがそんなに不安なんだ？」

踊りながら、ウォーレンが問いかけてくる。

心の内を見透かされている気がした。

「それは……その、不安なんてないわ。次のダンスが楽しみで、それで……」

さすがに、今の言葉が失礼だということはわかっていた。

ウォーレンが傷ついた顔をするものだから、アンジェリカの胸も痛む。

彼に攻撃したら、倍になって返ってくる気がした。

「まぁいいよ。今日だけは、君がほかの男とダンスをしても牽制《けんせい》なんてしないでおこう。余裕のない男は格好が悪いし」

一曲目のダンスが終わると、ウォーレンはアンジェリカからそっと離れていく。

アンジェリカは普段より小さな歩幅でゆっくりと歩き、ひかえめな淑女を演出し、男性からの声かけを待つ。

その甲斐《かい》あって、次の相手はすぐに見つかった。

誘いに応じたアンジェリカは、初対面の紳士とダンスを踊る。

けれど、曲が始まってすぐにウォーレンがどこにいるのかが気になりだし、まったく集中できなかった。

（ウォーレン……？）

柱の付近に彼の姿を見つけた。すでに令嬢たちが彼の周囲を取り囲んで、キャーキャーと騒いでいる状態だ。

見目麗しく、武術大会で優勝するほどの剣の達人なのだから、そうなって当たり前だった。

（……誰とも踊らないのかしら）

彼はどの令嬢の手も取らない。

適度に会話のやり取りをしたあとは、令嬢たちから距離を取り、軍関係の知人のほうへと向かう。

しばらくするとまた令嬢から声をかけられてという繰り返しだ。

たまに目が合うと、一方的な浮気を咎められている心地になる。

アンジェリカは結局、三人の青年とダンスをしたのに、誰の顔も覚えられなかった。

一度休憩をしようと考えていたところで、こちらに向かって一人の男性が歩いてくるのがわかった。

（王太子殿下！）

青年と呼ぶにはまだ少し早い十五歳の王太子パーシヴァルは、茶色の髪と榛色《はしばみいろ》の瞳を持つ人好きのしそうな若者だった。

直接の面識はなく、王家主催の催し物のときに手を振る彼の姿を遠くから眺めたことがある程度だ。

「ハイアット伯爵家のアンジェリカ様ですね？」

「さようでございます、王太子殿下」

「どうか、僕と一曲踊っていただけませんか?」

そう言って、彼はサッと手を差し出してきた。

「は……はい、大変光栄です。……謹んで、お受けいたしますわ」

王太子から誘われて、断るなんて無理だった。

アンジェリカは静かに彼の手に自分の手を重ねる。

(ど、ど……どど……ど……どうしよう)

いつになく動揺していた。

予知夢の世界ではウォーレンにとって敵であるゴダード公爵の孫なのだ。

アンジェリカは今、ウォーレンと結婚しない未来を目指して奮闘中だが、ハイアット将軍家がウォーレンに力を貸す未来までは否定していない。

つまり間接的にパーシヴァルは、アンジェリカにとっても敵となるかもしれない相手だ。

(絶対に仲よくしたくない!)

親交を深めたくないが、身分の差があるため拒絶できなかった。

そして、パーシヴァルを取り巻くドロドロとした状況を知りながら、動揺すら悟られてはならないこの状況はもはや拷問だ。

アンジェリカはかつてないほど自分の精神に負担がかかっているのを感じていた。

好きな人と全力で仲よくして、嫌いな相手は剣でわからせる——単純明快な世界で生きていきたいアンジェリカには、荷が重い。

そんな心情など知るよしもないパーシヴァルは、人のよさそうな笑みで見つめてくる。

ウォーレンほどの華やかさはないが、パーシヴァルも十分に整った容姿をしている。

しかも彼は王太子――仮に少々不細工でもそれだけで結婚相手には困らないほどの身分を持っている。

もし、美男美女への耐性がついているハイアット家に生まれていなければ、アンジェリカもころっと彼に惚《ほ》れていたかもしれない。

「アンジェリカ殿、とお呼びしても？」

「ええ、もちろんです」

若いのに王族特有の威厳をすでに持っているパーシヴァルだが、親しみやすさもある人だった。

彼の笑顔に癒やされて緊張が解けていく。

「ダンスが上手なんだね？」

「剣術を習っておりますので、身体を動かすことは得意なんです」

「へぇ……さすがは将軍家のご令嬢だ……」

すると短い会話の最中、アンジェリカは妙な既視感を覚えていった。

(どこかでお目にかかっていたかしら？)

もちろん、遠くから彼の姿を眺めた機会はあったのだが、少し話をしただけで以前からの知り合いだったかのように錯覚させる雰囲気をパーシヴァルは持っていた。

「僕は、一度あなたに会ってみたかったんだ」

会ってみたかったと言うくらいなのだから、やはり会話をしたのは今日が初めてで間違いない。

「どうしてですか？　王太子殿下」

「それはもちろん、この社交界で最も有名な令嬢といえば、アンジェリカ殿だから」

少し照れながら、彼はそう答えた。

けれど、例えばあこがれや恋心を持っていそうな雰囲気はない。

純粋な興味だとしたら『中身が残念な令嬢第一位』を見てみたかっただけだろう。

「アハハ……お恥ずかしいかぎりです」

「あなたに決まった相手がいないのなら、妃候補になってほしいとお願いしたかったんだけど……」

「妃、候補……」

妃ではなく、妃候補という部分が価値観の相違を浮き彫りにしていた。

あくまで候補で、数多《あまた》の女性から選ぶ権利がパーシヴァルにはあるという意味に聞こえる。

相手がウォーレンか、それ以外の男性になるのかは置いておくとしても、普通に恋をして好きな人と対等な関係で結婚するつもりでいたアンジェリカには受け入れられそうにない考えだ。

「ええ、ですが無理なんでしょうね。先の武術大会の折に、確か将軍家の養子の……えぇっと、名前は……」

「ぎ、義弟のことでしたら、ウォーレンです」

なぜか避けたい話題のほうへと進んでしまう。

ダンスなんて、毎日剣術の鍛錬を欠かさないアンジェリカにとっては運動にすら入らないのだが、今夜だけは額にじんわりと汗がにじんだ。

「あぁ、そうだ……。ウォーレン・ハイアット殿。将軍に勝利するなんてすばらしい腕前だ！　なにか異能を持っているんだろうか？」

純粋に強さを褒めているだけだろうか。

少なくともアンジェリカにはそう見える。

「義弟は……残念ながら異能持ちではないんです。剣術が大好きな、努力家なんです」

「へぇ！　それで……アンジェリカ殿とお二人で将軍家を継ぐつもりなのかな？　噂《うわさ》ではウォーレン殿があなたに求婚されたとか？」

「ええっと、それは……前向きに検討中です！」

ここで求婚を断ろうとしていることを告げたらそれは、王太子に乗り換えるのもやぶさかではないという意味に取られてしまいそうでできない。

本当は、結婚を回避する方法を模索中なのだが、そう答えるしかなかった。

「あなたに求婚できないのは少し残念だけど、お二人の未来が幸せなものであることをお祈りしましょう」

あっけらかんとした態度で、祝福の言葉をくれた。

やはり彼にとってアンジェリカは少し興味があった程度の存在なのだ。そのことに胸を撫で下ろす。

(王太子殿下は……王家の異能を持っていらっしゃらず、母方の……ゴダード公爵家の〝鑑定〟を継承しているのよね？)

異能は突然変異もあるけれど、基本的には血族に継承されている力だ。

建国当初は、それぞれの家門に固有の異能があり、貴族の証《あかし》となっていたらしい。

けれど、三百年の歴史の中でその概念は失われつつある。

時の流れの中で、血が混ざり合い、突然傍流にその力が受け継がれたり、母方の力が発現したりすることもあれば、家が有していたはずの異能を失う場合もある。

（とくに二代続けて異能が現れなかった家系は『神から見放された家門』と言われるのよね）

二代続けて異能がないと、その家系に固有の異能が戻る確率が格段に下がる。

異能を守るために同じ血族同士の結婚が推奨されていた時期もあるのだが、それをすると極端に出生率が下がり、異能どころか血筋が途絶えた例があるために最近では推奨されていない。

異能を取り戻したい家と、婚姻によって本来とは異なる異能を手に入れた家のあいだで子供を奪い合う事件が発生することもしばしばだ。

王家も例外ではない。〝剣王〟は一代前の国王――つまりウォーレンやパーシヴァルにとっての祖父までは受け継がれていた。

現国王は異能を持っておらず、パーシヴァルは母方の家系の異能を継いだために、最近ではついに王家まで神から見放されたのかなどと揶揄《やゆ》する者もいる。

もしもウォーレンが〝剣王〟の異能を持っていて、それを血筋の証明として身分回復を訴えたら、間違いなく王位継承争いに発展するだろう。

考え事をしているあいだにダンスが終わる。

パーシヴァルは紳士的なお辞儀をしてからアンジェリカから離れた。

立ち去る後ろ姿を眺めているうちに、アンジェリカはふと既視感の正体に思い至る。

「そういえば……小さい頃に、デリア妃にお目にかかったことがあるんだった」

デリア妃はパーシヴァルの生母でゴダード公爵家出身の妃だ。

残念ながら身体の弱い人だったらしく病で亡くなっている。

（お父様と一緒に王宮へ行って、大人の用事が終わるまで庭園で遊んでいたら迷子になってしまったんだった。……私が行方不明になって、大騒動になったのよね）

それはアンジェリカが十歳の頃の出来事だった。

王宮内にはいくつもの庭園があり、活発なアンジェリカは探検しているうちに王族しか立ち入ることが許されない場所まで入り込んでしまったのだ。

そのときにデリア妃が見つけ、不法侵入を咎めるどころかお菓子と紅茶をくれた。

しかも当時から図太い性格だったアンジェリカは、家名を名乗る前にうっかり睡魔に襲われて、王妃の私的なサロンで堂々と昼寝をしてしまった。

そのせいで捜していた父に居場所が伝わらず、誘拐事件として捜査が始まる寸前だったという。

『まあ、妖精さんかしら？　ティーパーティーへようこそ』

そう言って手招きをしてくれたデリア妃とパーシヴァルが似ていたのだ。

お菓子を食べた直後に眠ってしまったために、大した会話はしなかったが、とにかく優しそうな女神みたいな人だったことはよく覚えている。

デリア妃の父親――ゴダード公爵とハイアット将軍家が対立する日はそう遠くないのだろう。

彼女に対しては悪い印象を持てずにいるため、アンジェリカとしては複雑な心境だ。

気疲れと収穫のなさで諦め気味となり、そろそろ帰りたくなってきた。屋敷へ戻るなら、帰りもウォーレンに声をかけて二人で馬車に乗る必要がある。

アンジェリカは周囲を見回して彼の姿を捜す。

「アンジェリカ・ハイアット嬢」

目当ての人を見つける前に、一際豪華な衣装を身にまとう青年に声をかけられた。

（ええっと、確か……侯爵家の跡取りで……名前は……名前は……）

細身の美青年で女性からの人気が高い人だということまでは覚えていた。

一度名前を聞いた記憶はあって、だからこそ相手に名乗ってほしいとは言えない。

「ま、まあ！　ご無沙汰しております」

「何度か舞踏会でお見かけしたのですが、こうしてお話しするのは久々ですね。ぜひ、私とも一曲踊っていただけますか？」

一応社交界のマナーでは、誘うのは男性からと決まっている。

そして、女性側には断る権利があって、差し出された手を取るかどうかがその返事になるのだが、青年は勝手にアンジェリカの手を取ってしまった。

（随分と強引ね。まあ、いいわ。あと一曲が踊りきれないほど、か弱い私ではないもの）

アンジェリカがここにいる目的を果たすためにも、ひとまずダンスくらいは踊ってみてもいいはずだ。

（……頑張れば、強引な男性って素敵！　みたいに思えるの……かもしれない）

そう自分に言い聞かせ、もう一度ダンスの輪に加わる。

「あなたがダンスの申し込みを受けてくださるなんて嬉しい誤算だ。……今宵はいつもべったりくっついて離れない番犬がいないのですね？」

さっそく始まった曲に合わせてステップを踏みながら、青年が問いかけてきた。

「番犬？　べつにずっとくっついているわけではありません」

断れない状況にしたのはそちらだし、ウォーレンは番犬ではないと主張したいアンジェリカだが、ここはぐっとこらえる。

相手は一応、ハイアット将軍家よりも格上の侯爵家の人間だからだ。

「婚約前に未婚女性の権利を行使するのはとてもすばらしいことだ……。あなたは男を知るところから始めなければならないのですよ。そうすればきっと次のダンスも私と踊りたくなるはずです」

青年は片目をつむってみせた。

まどろっこしい言葉の意味をすべて読み取れている自信はないが、おそらくウォーレンから離れていろいろな男性を知れば、自分のことを好きになる――と言いたいのだ。

アンジェリカ自身もウォーレン以外の男性を求めてやってきたものの、他人にそう言われるとなぜか気分が悪かった。

(どうしよう……悪寒がしてきたわ……)

無理やりにでも断らなかった自分を呪いたくなる。

気障《きざ》な男がまったく好みではないことを、アンジェリカは初めて知った。

ねっとりと絡みつくような視線が向けられている。

けれどそれは短いあいだの出来事で、青年は互いの顔が見えなくなるくらい身を寄せてきた。

悪い意味で、呼吸が止まりそうだ。

曲の終わりと同時に、耳元にフーッと息がかかった。

「ほら……あなたはもう……私に惹かれはじめているはず……」

「キャァァッ！　気持ち悪い！」

アンジェリカは耐えきれず、青年の胸を思いっきり押し返す。

しかも一切の手加減ができなかったうえに、無意識に足を引っかけてしまった。

窮地に陥るとどうしても相手を無力化するための技を使いたくなるのは、ハイアット将軍家の者の性《さが》だ。

「……な、なにを……？」

「ごめんなさい！　まったく惹かれないです。……むしろ気持ち悪くて無理ですぅぅっ！」

「気持ちわる、い……？　なんだと、私は侯爵家の人間だぞ」

「……だ、だって……臭い息をフーッって耳元に……生理的に無理……」

酒と葉巻と肉、そして香辛料が入り混じったにおいで、しかも生温かったのだ。

思い出しただけでも鳥肌が立ち、涙目になった。

「馬鹿にするつもりか！　私を誰だと思っているんだ！」

尻もちをついたままの青年が憤る様子を見て、アンジェリカは自分の大失態を自覚した。

ちょうど曲が終わり、本来ならば拍手が起こる絶妙なタイミングで青年を押してしまい、アンジェリカと青年は舞踏室に集まる者たちの視線を集めていた。

すでにクスクスという笑い声が聞こえている。

「あの……お怪我《けが》は？」

「伯爵令嬢ごときが……っ！」

急に立ち上がった青年が、アンジェリカに向かってくる。

もしかしたら殴られるかもしれない。わかっていても抵抗はできなかった。

先ほどは咄嗟に手が出てしまったが、アンジェリカも貴族の序列くらいはわかっているのだ。

格上の侯爵家の者に対し刃向かうなんて、さすがによくなかった。

（仕方ない。私にも悪い部分はあったもの……。ここは甘んじて受け止めよう……）

臭い息より拳のほうがいいなどと思ってしまった。

そしてたとえ殴られたとしても、細身の青年の拳くらいで吹っ飛ぶアンジェリカではなかった。

けれど、拳が届く直前に二人のあいだにスッと人影が入り込んだ。

艶やかな金髪と背の高さから、後ろ姿だけですぐに誰だかわかってしまう。

（ウォーレン⁉）

おそらくウォーレンは抵抗をせず、青年の拳を受け止めただけだ。軍人でもない者の打撃はウォーレンにとってなんのダメージにもならない。

「貴様っ！」

「姉が大変失礼をいたしました。……ですが、いくら武術の心得があるとしてもアンジェリカは女性です。暴力を振るえばあなたの評判が落ちてしまいます。ここは私が代わりを務めさせていただきますので……お好きなだけどうぞ？」

アンジェリカはそろそろとウォーレンの隣まで移動する。

ちらりと見える横顔は清々《すがすが》しい笑顔だった。

その笑顔に「まぁ、あなたが殴っても無意味ですけれど」という意味が込められているので、相手は益々苛立《いらだ》つばかりだ。

「そんなことで許せるものか！　大勢の前で恥をかかされたのだぞ」

「恥とは……？　ダンスを踊った相手に臭い息を吹きかけたことが知られてしまったことでしょうか？　それとも、非力な女性に胸を押されただけで転んでしまったことでしょうか？」

（フォローになってない！）

ウォーレンの知能なら無難にこの場を収めることくらいできるはずだった。

けれど、彼には一切そのつもりがなく、むしろ相手を煽りまくり、問題をどんどんと大きくしている。

あくまで笑顔だが、彼の機嫌は相当悪い。

だんだんとウォーレンから冷気が漂ってくる気がした。

「馬鹿にしている……の、か……？」

ウォーレンのただならぬ気配に圧倒され、青年の声が尻つぼみになっていく。

「事実でしょう。……こちらとしては、下心丸出しでハァハァと臭い息を吹きかけたことを謝罪していただきたいのですが？」

アンジェリカは、自分がウォーレンの攻撃対象になっているわけではないのに、彼に対して恐怖を感じはじめた。

この人物に逆らってはならないという畏怖の感情だ。

こんなことは初めてで、動けなかった。

「……臭い息で、ハァハァ……して、申し訳……ありませんでした」

青年がなにかに操られたかのように、従順になる。

異様な殺気に怖《お》じ気づいたのだろうか。

「では、この件は穏便に……よろしいですか？」

「は……はい……穏便に……」

自らの非を認めたことで、周囲から嘲笑う声が聞こえてきたが、それでも青年は動かない。

青ざめて、立ち尽くしていた。動かないというより、動けない様子だ。

（ウォーレン……？）

静かに怒るウォーレンに相手が圧倒されて、なぜか問題は解決したみたいだ。

そしてアンジェリカのほうへ向き直った彼からは殺気がすでに消えていた。

「アンジェリカは手が早すぎるけれど、あっちも紳士じゃなかったから痛み分けだ。……さあ、もういいだろう？　今日は帰ろう」

元々残念な令嬢と呼ばれているアンジェリカの評判が、今よりも悪くなることはない。それに対し、青年のほうは口臭が強いうえに女性に負けた紳士となってしまい、まったく痛み分けではない気がした。

（まぁ、いいのかしら？　あちらが穏便にって言ってくれたのだから）

自然な動作で腰に手を回してくるウォーレンに導かれ、アンジェリカは舞踏室を出る。

馬車に乗り込むと、隣に座ったウォーレンにひとまず礼を言う。

「さっきはありがとう。一人だったら、大ごとになっていたかもしれないわ。……あの人に殴られたところは大丈夫？」

「……」

ウォーレンは無言だった。

不審に思ったアンジェリカは、薄暗い車内で彼の様子をよく観察していく。

「お……怒ってる？」

どこか冷めていて、あまり感情が読み取れない。普段の彼は、アンジェリカに対してはいつも素直だから不安になってしまう。

「当たり前だろう」

「そうよね……ごめんなさい……」

アンジェリカは素早く頭を下げる。

とにかく謝罪して、早くいつものウォーレンに戻ってほしかったのだ。

「それは、なにに対する謝罪なんだ？　俺がどうして怒っているのか、ちゃんと理解しているんだろうか？」

「なにと……言われましても」

「求婚した途端に男漁りに勤しむなんて言い出したこと？　俺が誠実でいるのに、自分だけほかの男と楽しそうに踊ったこと？　それとも騒動を起こしたこと？」

かなり意地悪な質問で、アンジェリカは返答に迷う。

「騒動を起こした結果、ウォーレンが殴られてしまったから……」

前の二つを認めたら、ウォーレンとの結婚を回避する作戦を否定する意味になってしまう。

なけなしの意地で、アンジェリカは騒動についてのみ謝罪した。

「正解は全部……なんだが……。アンジェリカの謝罪は騒動だけなんだ……？」

「うぅっ」

「それで、ほかの男に触れられてどうだった？　……俺が君にとって特別な存在だってわかったんじゃないのか？」

「なんでそう思うの⁉」

頬のあたりが羞恥心で赤くなる。

おそらく図星なのだ。アンジェリカは王太子パーシヴァルと踊ったときですら、恋愛的な部分での高揚感は一切感じなかった。ただ、いずれ起こる兄弟間での争いについて考え、居心地の悪さから動悸がしただけだ。

そして、一般的にはかなり好条件の侯爵子息に対しては、明らかに嫌悪感を抱いた。

残りの相手は、すでに記憶がおぼろげになっている。

「結局、俺のことばかり見ていたじゃないか。自分はほかの男と踊ったくせに……俺がどこかの令嬢の手を取るのは嫌なんだろう？」

この指摘も真実だ。

男性と踊っている最中も、ウォーレンがどこにいるのか、そしてほかの令嬢と踊っていないかを気にしてばかりだった。

（気づかれていたなんて……さすがに恥ずかしい）

そもそも最初から、アンジェリカにとってウォーレンが特別なのだ。

わかりきっていたことを心の中で再確認しても、この感情は隠さなければならない。

「アンジェリカ……」

ウォーレンが急に身を寄せてきた。

侯爵子息だというあの男に触れられそうになった耳のあたりにぬくもりを感じる。

吐息が熱く、油断するとなぜか涙が出そうになってしまう。

息を吹きかけられても、ラピスラズリのピアスや耳たぶに唇が触れても、少しも不快ではない。

ただ心臓の音がうるさくて、どうしようもなかった。

あの男とウォーレンがどれほど違うのか、こうやって無理やり認めさせるつもりだとすぐにわかる。

「ダメ……」

胸を強く押してもたくましい彼の身体はびくともしない。

それでも懸命に抵抗を続けると、腕が拘束された。

「俺を翻弄して……こんな悪女になるなんて。……仕返しをしても、罰は当たらない」

耳の付近でのささやきは、それが最後だった。

一瞬だけ遠のいたウォーレンが、今度はアンジェリカを正面に見据えて顔を寄せてくる。

（キス……される……）

たやすく許してしまうのは、本当はアンジェリカがその行為を求めているからだ。

唇が重なって、彼の体温を直《じか》に感じるようになる。

最初は心臓への負担に戸惑い緊張する。

わずかに余裕が生まれると、今度は身体がとろけて力が抜けた。

「……ん……っ。……ぁっ」

口内に舌が差し込まれる。刺激を感じているのは口だけだが、異変は全身に起こる。

体温が急上昇して、思考はウォーレンのことしか考えられなくなっていく。

心臓が爆《は》ぜそうで、下腹部にも違和感があった。

口内の深い部分を舌でまさぐられるたびに、へそのあたりがキュンとなる。理由がわからず、けれど考え事をする暇もない。ずっと溺れているみたいだ。

やがてウォーレンの無骨な手がドレスやパニエをまくり上げ、太ももに直接触れてきた。

もう手の拘束は解かれているけれど、抵抗する気力は失せている。

ゾワゾワとしてくすぐったいのに、この先になにか未知の感覚があり、それを求めたくなってしまう。

何度も角度を変えてキスを続けながら、もっと深い繋がりを求めた。気づけばアンジェリカは、ウォーレンの背中に手を回して彼のする行為を肯定してしまっていた。

(気持ちいい……もっと……)

きっとキスをしていなければ、今の言葉も声に出ていたはずだ。

けれど言葉で言わなくても、ウォーレンにはお見通しだろう。

「んん……!」

アンジェリカが積極的に舌を絡めたら、もうどちらからもやめられない状況になっていった。

自分のしたいことを突き詰めていけば相手にも同じ幸福を与えられる——そんな喜びで満たされ

ていく。

競い合うようにキスを続ける。

荒くなった呼吸を隠す慎みの心が完全に失われた頃、ゆっくりと馬車の動きが止まる気配がした。

それと同時にウォーレンがアンジェリカから離れていく。

「残念、時間切れか」

アンジェリカはなぜやめなければならないのかわからず、無意識に指先で自分の唇に触れ、物足りなさをごまかした。

「ダメだよ……そんな顔を家族に見せるつもりなのか？　確実にチェルシーに叱られる」

「チェルシー……？」

数秒の間があって、アンジェリカはようやく我に返る。

馬車がハイアット将軍家にたどり着いたのだ。馬車を降りたらきっとチェルシーが駆けつけてくる。

ぼんやりしていたら、聡《さと》い彼女にすべてを見透かされそうだ。

（ま……まずい、まずいわ……なにか言ってごまかさなきゃ……。ウォーレンが勘違いしてしまう）

勘違いという言葉は適切ではないけれど、とにかくアンジェリカがキスを喜んで受け入れたと思われたら大変困ったことになる。

「キ、キスなんて……大したものじゃないわ。……調子に乗らないでね！　何回かキスを許したくらいで未来の夫みたいに振る舞うなんて図々《ずうずう》しいにもほどがあるんだから」

思いっきり虚勢を張るが、声が裏返る。

そんなアンジェリカの様子に、ウォーレンが小さくため息をついた。

「あっそう。大したものじゃないんだ……ふーん……。じゃあこれからも毎日遠慮なくやらせてもらうから」

「い……いや、そういう意味じゃなくて……」

言い負かす言葉は、すぐには思いつかなかった。

馬車を降りる手助けをしたあと、ウォーレンはサッと立ち去ってしまう。

「お姉様、お帰りなさいませ！」

エントランスホールにチェルシーがいて、アンジェリカの姿を見つけるやいなや抱きついてくる。

「勝てない……」

ウォーレンの後ろ姿を眺めながら、アンジェリカは思わずそうつぶやいていた。

「どうなさいましたか？」

「ウォーレンに勝てないのよ！」

義弟になに一つ勝てないことが不満だ。

気がつけばいつも彼のペースに呑《の》まれ翻弄されてばかりだった。

「なにか、されたのですか？」

チェルシーの声が低くなる。彼女は血の繋がらない義兄に対しては厳しいのだ。

「い、いいえ……そういうわけでは……」

なんとなく、チェルシーの言葉を否定してしまう。

自分ではよくウォーレンの悪口を言うのに、ほかの人には言ってほしくないと感じるのはわがままだとわかっていた。

「本当に？　お兄様は常にお姉様にちょっかいを出しているような気がしますけれど。お望みならば、私がお兄様をやっつけてさしあげます！」

妹は本気だ。可愛くないという理由で剣術を習わないチェルシーだが、時々アンジェリカが尻込みをするほどの殺気を放つ。

愛すべき妹は、父と母のいいとこ取りをしたみたいな部分がある。

チェルシーならば、肉体的な強さでウォーレンに勝てなくても、本当に「やっつける」ことができるのかもしれない。

「大丈夫よ。……兄妹喧嘩なんてしないでね？」

「えぇ!?　残念」

けれど兄妹の争いを望まないアンジェリカは、とりあえず妹の申し出を断るのだった。

これはアンジェリカがなんとかしないといけない問題だ。

第三章　惨劇を回避したい！

アンジェリカはその晩、また自分が宙にプカプカと浮かんだまま人々が行き交う様子を眺める不思議な夢を見た。

最初は王宮の付近から始まり、夜の大通りを眺めながらハイアット将軍家の上空へと移動する。

（あぁ……また予知夢かしら？）

声は音になっている気がしないし、身体も自分の望むようには動かない。

予知夢はとても受動的で、見ているというより見させられているという気分だ。

アンジェリカはそのまま屋敷の中へ吸い込まれていった。

そこには寝間着姿で戦うウォーレンとアンジェリカがいた。

「せっかく俺の誕生日だったのに、賊が入り込むなんて。……十九歳になったその日くらい、アンジェリカと一晩中イチャイチャしたかった！」

「……そんなことしたら、明日の朝……お父様にお仕置きされちゃうわ」

まもなくやってくるウォーレンの誕生日の夜に、再び賊が侵入してくる。

大事な情報だから、宙を漂うアンジェリカは何度も心の中で反すうして、記憶に留めようとした。

アンジェリカが寝間着のまま戦っていること、そして賊がすでに屋敷の中に入り込んでいることから、悪い状況に陥っているのがわかった。

けれどウォーレンにもアンジェリカにも余裕がありそうだ。

四人ほどいた賊を次々に倒していく。

ほかの場所でも金属がぶつかり合う音が響いている。きっとオスニエルや私兵もどこかで戦っているのだろう。

(敵も本気なんだ……)

そのとき、鼓膜が破れるのではないかと感じるほどの爆発音が響いた。

火薬か異能による爆発か……。

戦っていたアンジェリカは、最後の一人を倒してから爆発のあった方向へ駆けだした。

「あっちは……お母様が!」

窓から炎が見えた。

そこは皆の私室があるあたりだった。角部屋はオスニエルとジェーンの部屋であり、燃えているのもそこだった。

戦えないジェーンは有事の際、周囲を私兵に守らせて部屋で待機しているはず。

「急ごう、アンジェリカ」

夢を見ているほうのアンジェリカも、母のもとへ駆けつけたい衝動でいっぱいになっていた。けれど、どうやっても身体が動かない。

「ハハハ……。死んだはずの王子なんかに味方する……から……」

それは、剣で斬られ、倒れていた賊が発した言葉だった。

賊はそれきり動かなくなった。

(賊の狙いはウォーレン……なんだ……)

急にアンジェリカの視界が真っ白に染まった。

夢が終わるのか、それとも違う日の違う時間に移動するのか、そのどちらかだ。

しばらくして目が慣れると、いつの間にか日差しの強い日中になっていた。

都の郊外にある教会が見えてくる。

ハイアット将軍家の先祖の墓があるため、何度か訪ねたことのある場所だ。

(まさか……!)

黒い服を着た四人が、真新しい墓標の前に立っていた。

宙を漂うアンジェリカは、その人影に近づく。

すると、そこにいたのはオスニエル、アンジェリカ、ウォーレン……そしてチェルシーの四人だとわかる。

(誰を……弔っているの……?)

大切な家族のうちの一人がそこにいないことはすぐにわかったが、アンジェリカは認めたくなかった。

前回同様、夢の中では目をつぶったり、逸らしたりすることすら許されない。どれだけ見たくないと心が叫んでも、見続けることを強要される。

ウォーレン以外の三人は、とめどなく流れる涙で目のあたりを腫らしていた。

唯一、ウォーレンだけは泣いていなかったが、その表情からは悲しみと強い怒りが見てとれる。

墓標には『ジェーン・ハイアット』と刻まれていた。没年は今年で、ウォーレンの誕生日と同じ日だ。

つまり、あの襲撃でジェーンが命を落としたという意味になる。

「父上、アンジェリカ……チェルシー……。巻き込んで……皆から大切な家族を奪って……すまない」

苦しそうな彼の表情に、その光景を眺めているだけのアンジェリカの胸が痛んだ。

(こんな未来……嫌……っ!)

彼が責任を感じて泣けずにいるのは明らかだった。

「赤ん坊の頃に暗殺されかけて……それでも静かに暮らそうとしてきたウォーレンの平穏を一方的に壊そうとしたのは敵だ。おまえのせいではない」

オスニエルは墓標に縋りつきながら、とめどなく涙をあふれさせている。

その目には闘争心がはっきりと宿っていた。

「ジェーン。今すぐ君のところへ行きたいが……ダメだ、まだやることがある。……そちらには行けない! ゴダード公爵の罪を明らかにして、地獄に突き落とすまで待っていてくれ……卑怯《ひきょう》な人間を許してなるものか!」

その言葉にアンジェリカだけではなく、幼いチェルシーまでもが頷いた。

四人はまっすぐにジェーンの墓標を見て、自分たちの正義のために立ち上がることを決意したのだ。

◇◇◇

「……あぁ……本当にどうしたら⁉　九日しか猶予がないじゃない」

舞踏会の翌日。目を覚ましたアンジェリカは頭を抱えた。

目が覚めても長い夢の内容を鮮明に思い出せるのは、完全に前回と一緒だった。

やはりこれは、アンジェリカの異能に違いない。

前回の予知夢では、裏切りに遭うのが五年後の話だった。時間的猶予があったせいで、いまだに対応を決めかねて、中途半端だった部分もある。

けれど、九日後の夜にジェーンの命が失われるという衝撃の事実を知ってしまったら、全力でそれを阻止するしか道がない。

「ごめんなさい、ウォーレン……。本当に……」

屋敷の警備を強化して、賊が入り込む当日は自らジェーンやチェルシーを守ることは言うまでもない。けれど、強敵がハイアット将軍家を狙っている状況そのものを変えなければ、また襲撃されて悲劇が起こるかもしれない。

「悪いことが起こる前に必ず予知夢が知らせてくれる保証はないもの」

おそらく異能を持っているウォーレンが賊に襲われて死亡する可能性は限りなく低い。

ウォーレンの暮らしとジェーンの命――家族を天秤にかけることへのためらいはある。けれど、取り返しがつかないのは間違いなく命だ。

アンジェリカは急いで朝の身支度をして、できるだけ普段どおりに振る舞った。

そしてウォーレンやオスニエルが職務で屋敷を離れてから、私室に籠もって策を練る。

この日、ウォーレンは任務で都の郊外まで足を運ぶ予定で、夕食の時間には戻れなかった。そのためアンジェリカにはたっぷりの考える時間が与えられたのだ。

「よし、決めたわ！　やっぱりウォーレンをこの屋敷から追い出すしかない」

とにかくウォーレンを狙った暗殺者に巻き込まれて家族が亡くなる事態を避けなければならない。

緊急措置として、一旦出ていってもらうのが最善の策だ。

「……追い出す理由はどうすれば？　……思いつかない。でも、とりあえず拳と剣でわからせるしかないわ！」

アンジェリカだって、ウォーレンが好きなのだ。

彼にいなくなってほしいわけではない。

それでも行動を起こさなければならなかった。

理由を説明せずに追い出すなら、いつもの賭けをするのがいいだろう。

実力では絶対に勝てないが、そもそもウォーレンはアンジェリカに対して〝剣王〟の力を使っていない。じつは本気を出していないのだと最近になって察した。

実力に格差があり、油断しているからこそ死に物狂いで挑めば勝てる可能性はわずかにあった。

窮鼠《きゅうそ》猫を嚙《か》むというやつだ。

（決行は明日。……万全の態勢で挑むために、とりあえずしっかり食事をとって、早めに寝よう）

この日は父、母、チェルシーとアンジェリカの四人で夕食のテーブルを囲む。

ウォーレンと対峙するために体調を整えるべきだとわかっているのに、食事がなかなか喉を通らない。

「お姉様？　どこかお加減が悪いのですか？」

いつもアンジェリカのことを気にしてくれているチェルシーは、なにかを察したみたいだ。

「そんなことないわ。……昼間、お菓子を食べすぎてしまったのかも」

食欲がない理由を、そう言ってごまかす。

「だったらいいのですが……」

一応チェルシーはそれで納得してくれた。

アンジェリカの食欲は戻らず、結局半分ほどの食事を残し夕食を終える。

そのあと、入浴を済ませてから早々にベッドにもぐり込んだ。睡眠もしっかり取るべきだが、やはり眠気が襲ってこない。

目をつむるとウォーレンの姿が浮かんで、罪悪感に苛まれるのだ。

「あぁ、もう！」

アンジェリカは立ち上がり、オイルランプを灯《とも》してから、私室にあるチェストの中身をぶちまけた。

「へそくり……お父様からいただいたダイヤモンド、お母様からの贈り物のサファイア……あとは……あとは……」

宝飾品を金に換えたら、当面のあいだのウォーレンの新たな住まいくらいは確保できるはずだ。

その新居に私兵を雇ってもいい。お金が足りなくなったら、夜中はアンジェリカが寝ずの番をしよう。

今のウォーレンが嫌いではなく、むしろ恋をしているからこそ、彼のためにできることも忘れたくなかった。

アンジェリカはクローゼットの中から鞄《かばん》を引っ張り出して、換金できそうなものをとにかく詰め込んでいく。

「あ、これは……」

綺麗に包装された小さな箱が転がり、思わず手が止まる。

それは、ウォーレンの誕生日に贈るために買った革の手袋だった。彼だって家族には違いないのに、誕生日より前にこの屋敷から追い出す計画をしているアンジェリカは、なんて冷酷な人間なのだろうか。

自分自身に腹が立ち、じんわりと涙がにじんでくる。

それでも今は手を止めてはならない。手袋の入った箱をチェストの中にしまってから、作業を続けた。

「アンジェリカ、こんな時間になにをしているんだ?」

急に声がかけられた。

視線をやると、扉の付近にウォーレンが立っているのがわかる。まだ軍服の上着すら脱いでいないから帰ってきたばかりなのだ。

「ウォーレン……」

「部屋の明かりがついているみたいだったから、帰宅の挨拶をと思ったんだが……」

ウォーレンの眉間にだんだんとしわができていく。

夜遅い時間に寝間着姿で鞄に荷物を詰め込むアンジェリカの行動を、不審に思っているのだ。

「旅に出る、というわけでもないだろうし……それ、お気に入りのネックレスじゃないか!?」

「これは、その!」

鞄の口を閉じて隠そうとしたが、ウォーレンに腕を掴まれ阻まれる。

「最近、おかしいぞ。……なにか俺に隠していないか?」

「隠してない！　ただ、私は……」

「ただ、なに?」

「ウォーレンを屋敷から追い出したいだけ！　……え、ええっと……血が繋がってないのに、年頃の男女が一緒の屋敷で暮らすのって問題があると思うの！　ウォーレン、私にキスしたり、さわったり……悪いことをいっぱいしてくるでしょう?」

咄嗟に出た言葉だったが、わりと正当な理由になっている気がした。

「婚約すれば問題ないじゃないか」

「私はウォーレンと結婚しないって言ったじゃない！」

キスをするたびに、腰が抜けて気絶するほど夢中になるアンジェリカの言葉に説得力がないことはわかっている。

けれど、あのときとは状況が違う。

今のアンジェリカは本気で彼との結婚を回避したいと思っている。

「……わかった。そこまで言うのなら勝負をしようか」

相手を思いどおりにしたいのなら、とりあえず剣を手にする。それがハイアット将軍家の方針であり、アンジェリカたちの日常だった。

当然、アンジェリカもそのつもりだ。

「受けて立つわ」

「アンジェリカが勝ったら、俺は出ていく。……俺が勝ったら……そうだな、素直になってもらうから、覚悟して」

素直になるというのは、どうして追い出そうとしているのか包み隠さず説明しろという意味だろう。信じてもらえる気がしないどころか、おかしくなったと思われるだろうから予知夢のことは話したくなかったが、もうそんな猶予は残されていない。

どんな条件でも、勝負をするしかないのだ。

「勝負はどこで？　明日の朝がいいかしら？」

「いや、面倒だ。……ここでいいよ。どうせアンジェリカのことだから部屋に武器を隠しているんだろう？」

これまで建物内に侵入を許したことはないが、賊の襲撃は年に何度か起こっている。

ハイアット将軍家だと知らずに入り込もうとした泥棒とか、オスニエルに恨みを抱く者から依頼された暗殺者とか、ジェーンに懸想をして夜這《よば》いに来た命知らずの男とか……。

すべて塀の周辺か庭で撃退されているのだが、油断は禁物だ。

そのためアンジェリカは枕の下ほか数箇所に訓練用の剣や棍棒《こんぼう》を隠しているのだった。

（部屋の中で勝負？　……これは私に有利なのかしら？）

アンジェリカの部屋は広く、暇な日は素振りをするし、雨の日の鍛錬は室内で行うことも多い。

さすがに自由に動き回って剣を振るえば壁や家具に当たってしまうが、地の利はアンジェリカ側にある。

攻撃の方向が制限されるし、ウォーレンの長い手足による優位性は損なわれるはずだ。

（……広い場所で正面から戦って勝てる可能性はさほど高くないわ。これは高度な戦術勝負ね！）

小細工なしの真っ向勝負より、制限された中での戦いのほうがまだ勝利の可能性はある。

アンジェリカはさっそく部屋の中に隠していた訓練用の剣を二本取り出して、一本をウォーレンに渡す。

「着替えは？」

「いらないわ！　動けないほどじゃないもの」

——けれど、勝負は一瞬にして終わった。

打ち合いが始まると、家具が邪魔になり一方的に壁際まで追い込まれてしまった。

これならまだ、広い訓練場で試合をしたほうが長く戦えただろう。

アンジェリカは肩を落とし、降伏を示すために剣を床に置いた。

「高度な……戦術……」

よく考えれば、知能戦こそウォーレンとの差が浮き彫りになる部分だった。悔しがってももう遅い。

「俺の勝ちだ、アンジェリカ……質問に答えて」

ウォーレンは二本の剣を手にしてチェストの上に置いてからアンジェリカのそばに戻ってきた。

彼の瞳は真剣そのもので、目が逸らせない。そのまま見続けていると吸い込まれてしまいそうだ。

「……」

それでも、はい――と素直に言えなかった。

答えにくい質問が来る予想がついていたため、アンジェリカは黙り込む。

「アンジェリカ、俺のことが好きだろう？　ずっと一緒にいたいと思っているはず。……逃げる必要なんて、どこにもない。違うか？」

「違う……私、ウォーレンのことは好きだけれど、それは弟としてなの。やっぱり、ずっと一緒にはいられないわ」

本当は、ずっと一緒にいられない理由を持っているのは、アンジェリカではなくウォーレンだ。

たった五年で彼が変わってしまうだなんて信じられないが、それでもアンジェリカは本当に未来の光景を目にしたのだ。

プレゼントのドレスも、オスニエルとウォーレンの戦いで繰り出された技も、すべて夢のとおりだった。それなのに破滅の未来に目をつむるなんて、アンジェリカには到底できないことだ。

「嘘つき。弟とキスしても感じないはずだ。……俺だって姉にはこんなことをしない」

次の瞬間にはもう唇が塞がれている。

回を重ねるごとにウォーレンのキスがうまくなっている気がした。短いキスのあと、チュッと音を立てて唇が離れる。

名残惜しい、もっとしたいという感情をアンジェリカは必死に自分の中から追い出した。

「キスしていいなんて……言ってないわ！」

キッとにらみながら声を荒らげても、ウォーレンには通じなかった。

「賭けで負けたら素直になるって約束したのに……破ったらダメだろう？　……どうして自分の気持ちにまで嘘をつく必要があるんだ？」

賭けの勝者に与えられる権利は、なんとしても叶えなければならない。それがハイアット将軍家での当たり前だった。ウォーレンが咎めるのは無理もないが、それでもアンジェリカは意地になっていた。

「理由……そうだ！　理由を……聞きたかったんじゃないの？　私は……」

負けたらなぜアンジェリカがウォーレンを追い出そうとしているのか、その理由を問われるのではなかったのだろうか……。

「素直になれって言ったんだ。君になにを問うのかは俺が決める。……アンジェリカ、俺を愛しているかどうか……答えろ」

今度は命令だった。

賭けの敗者としての責任と、命令で愛の告白をしなければならないことに対する抵抗感で言葉に迷う。

「……そういう愛じゃない」

そう答えた瞬間、ウォーレンが殺気に似たなにかをアンジェリカに向けてきた。

本気で憤っているのが伝わってきて、身がすくんだ。

「きっとアンジェリカには罰が必要なんだ。……じっとしていて……」

グッと身体が引き寄せられ、気づいたときには彼に抱かれ運ばれていた。乱暴にベッドの上に下ろされる。

すぐに逃れようとしたのだが、腕にも足にも力は入らない。

「……どうして……身体が動かない……」

動揺のせいか、ウォーレンのただならぬ気配に圧倒されているせいか、よくわからない。

けれども金縛りみたいに身体が言うことをきかない状態となっていた。

「アンジェリカだって本当は、期待しているんだろう？　腰が抜けた？」

そのあいだに、ウォーレンが覆い被《かぶ》さってくる。

軍服の上着を脱いで、シャツのボタンを三つはずす。

アンジェリカは喉仏や鎖骨のあたりを見つめていた。身体が動かないと思考まで鈍くなる。

（私……期待しているの？）

ウォーレンがこれからなにをするつもりなのか――考えようとすると急に頭の中が真っ白になった。

すぐにキスが始まる。今度は触れるだけではなかった。舌が入り込んでアンジェリカを翻弄していく。

（これが……罰……？）

敗者のくせに彼の命令に背いたアンジェリカに与えられる罰は、随分と甘いものだった。

「んん。……ウォーレン、ダメ……」

キスの合間に一応拒絶の言葉を言ってはみたものの、本気ではないのがまるわかりで恥ずかしかった。

身体が熱くて、とろけてしまいそうだ。

「ダメじゃないよ。もう夢中じゃないか」

また唇が重なる。言葉を封じられて、拒絶ができない。けれどそれはきっとアンジェリカにとって都合がいい。

（違う……のに、気持いい……）

なぜか身体が動かない。キスで言葉まで奪われた。話せないから、嘘をつき続ける必要もなくなった……。

気が緩むと、お腹のあたりに熱を感じるようになる。

「んっ、んっ。……ふ、ぁっ……」

呼吸が荒くなり、二人ともそれを隠せなくなっていった。

このままキスを続けて、境界が曖昧になれば、思考も共有できるのだろうか。信じるとか裏切るとかそういうことに振り回されずに済むのだろうか。

「身体……変になりそう……」

「キスだけで？　なら……ほかの場所に触れたら、どうなるんだろうな」

「わから……ない……」

ウォーレンの手が太もものあたりをまさぐっている。

アンジェリカはその感覚を追うことに夢中になっていた。

外側から内股のほうへと手が移動してくる。ゾワゾワとしたくすぐったさに苛まれるが、それだけではなかった。

（気持ちいい……なに……こんなの知らない……）

寝間着は着たまま、ドロワーズが引きずり下ろされても、抵抗などまったくできなかった。どんどん感情が昂《たかぶ》って、この先が知りたくて仕方がない。

ウォーレンとならば至高の領域にたどり着ける気がした。

「あっ！」

無骨な指が脚のあいだの花園に触れた。

大きな衝撃が身体の中を駆け抜けて、アンジェリカは浮き上がりそうな感覚に耐える。

ぬるりと指が滑り、クチュクチュと音が響く。

身体からなにかが漏れ出ているのを自覚していた。

「こんなに濡《ぬ》れるんだ？　……もう、いいよ……」

アンジェリカは将来婿を得てその者と一緒に伯爵家を継ぐ立場だ。

家の存続のためにも必要だから、男女の秘め事についての知識はそれなりに持っていた。

こんな状態になったのは、アンジェリカが性的に興奮を覚えている証拠だと正しく理解している。

だからこそ、指摘には反応できなかった。

ただ羞恥心で顔が真っ赤になっているのを見られたくなくて、手で顔を覆い隠す。

フッ、と忍び笑いが聞こえた。

アンジェリカは涙目になりながら、無言を貫くことしかできない。

「顔、隠さないで」

自然と手が離れていく。

ウォーレンの言葉には従いたくなる不思議な魔法がかけられているみたいだった。

「泣かなくていい。……ここを蜜で濡らすのは、当たり前のことなんだから」

アンジェリカをじっと見つめているのは、先ほどまでの憤っていた彼ではなかった。

優しいまなざしに安心しているうちに、本格的な手技が始まる。

「……あぁっ、そこ……さわったら……ビリビリして……ダ、ダメ……本当に……」

ウォーレンは花園の中心からあふれ出てくる蜜をすくい上げ、上部の淫芽に擦《こす》りつけた。

ふっくらとしていた場所が芯を持ち、すぐに快楽を拾うようになる。

それどころか、なにかが込み上げてきて爆ぜそうだった。

「嘘つき。……こんなに喜んでいるくせに……」

寝間着の裾が邪魔をして、どの指で触れられているのかはよくわからない。

淫芽は一定の律動で愛されて、膣《ちつ》の浅いところに指が入り込み、ジュプジュプと蜜を掻《か》き出している。

一緒にされると、勝手に身体が痙攣《けいれん》して、どんどん戻れなくなっていった。

初めての経験に思考がすべて持っていかれる。

ウォーレンの指がもたらしてくれる心地よさを追うことしか、もう考えられなかった。

「あぁ……ん、はぁ……はぁ、あぁっ！」

ウォーレンの頬もわずかに赤くなっている。

アンジェリカの痴態を見て、軽蔑している様子はなく、むしろ興奮しているのだとわかった。

「と……飛んじゃう……本当に、身体が……変になって……」

気持ちがいいのか、痛いのかもうわからない。

女性は皆、交わりのたびにこんな経験をするのだろうか。それともアンジェリカの身体が特別に敏感なのだろうか。

「飛ぶ？　それでいいじゃないか……」

やがて、ずっと蓄積されていた快楽がパンッ、と一気に決壊して全身を呑み込んでいった。

「あぁっ、あ……あぁ！　気持ちいい、気持ちいい……の。ウォーレン、助け……て」

絶頂の最中も、ウォーレンの手はまだ止まってくれない。

少しざらざらとした指が敏感な淫芽を擦り上げ、柔い膣の深い場所をまさぐる。

そうされているといつまでも頂から戻ってこられず、意識が朦朧《もうろう》としていった。

そのうちに蜜とは違うサラサラとした体液がどこからか噴き出してきて、シーツとウォーレンの軍服を汚してしまった。

「あぁ……私……こんな……ごめん、なさい……っ、指、止めて……！　じゃないと……また……」

「いいんだ……もう一回、達《い》ける？」

「む、無理……あぁっ、！　無理、無理……なの……あぁぁぁっ！」

盛大に淫水を噴き出して、アンジェリカは続けざまに絶頂を迎えた。

ようやく指が引き抜かれるが、まだジンジンとした余韻が身体を苛み続け、なにもできなかった。

荒い呼吸は続き、痙攣も治まらない。

アンジェリカが悶《もだ》える様子を、ウォーレンはじっと見つめている。

「……最高に滾《たぎ》ってくる」

動けずにいるアンジェリカの手を取った彼は、ズボンの上から下腹部に触れさせた。

「はぁ……はぁ……。……これ……ウォーレンの……？」

布越しでもはっきりと硬さと質量が伝わってくる。

男性は、性的に興奮するとそこを勃《た》ち上がらせるのだという。そして、女性の花園に突き立てるのだ。

ウォーレンの手に導かれて、アンジェリカは彼の男の象徴をさする。

いつになく余裕のなさそうな彼が何度も短く息を吐き、続きを求めていた。

（……どうして？　……私まで……また変な気持ちになりそう）

手のひらなんて感じる部分ではないはずだが、ウォーレンの様子を見ているうちに、どうにか収まりそうだった興奮が呼び戻されていく。

きっとウォーレンの反応に、アンジェリカの心が歓喜しているのだ。

いつもアンジェリカよりもなんでもできて先を歩いている人が、同じ場所まで下りてきてくれたような、そんな気分だった。

「ウォーレン、あぁ……ウォーレン、気持ちいい……の……」

「俺も。……これだけたっぷり濡れていたら、きっと繋がれるはず……」

「繋がる……って……？」

それは夫婦になってから行うものだと習ってきた。

二人はそんな関係ではないはずだ。彼のする行為に溺れ、ままならなくなっていた思考が急に戻ってくる。

「い……嫌……なのっ！　それはダメ……ウォーレン、やめて」

どうしても恐ろしさが勝り、自然と涙がこぼれる。

「アンジェリカ？」

それまで容赦がなかったウォーレンの動きが一瞬止まる。

その隙にアンジェリカはモゾモゾと移動してベッドの隅で身を小さくした。

(取り返しがつかなくなってしまう)

あの夢が嘘だとは思えない。だから、もっとはっきり拒絶しなければならないというのに、今のウォーレンを嫌いになれず、結果として流された。

アンジェリカは意志の弱い人間だ。

それでも、これより先に進んだらまずいことだけはわかる。

「……私、私……ウォーレンの秘密を知っているの！」

思わずそう叫んでいた。

「秘密？」

急に声色が変わる。熱の籠もった表情も一気に冷めて、アンジェリカに静かな怒りをぶつけてきた。それでも、アンジェリカは怯まない。

もうすべてを話して、二人が結ばれてはならないことを理解してもらう必要があった。

「そう、これ以上続けたら……あなたの秘密を……バラすから！」

「なにをバラすんだ？　俺の秘密って……？」

わざと軽い口調で肩をすくめ、わからないふりをする。

けれど目が笑っていない。さすがに何年も家族をやっているアンジェリカだから、彼の態度が演技だと気づいた。

「とぼけても無駄よ。……ウォーレンは……幼くして亡くなったはずの第一王子クラレンス殿下なんでしょう？　ラッセル・ロドニー将軍が秘《ひそ》かに助け出し、実子として育てた……そして〝剣王〟の異能を持っている」

するとウォーレンはベッドから下りて、乱れたシャツを直しはじめた。

もう淫らな行為を続ける気はないようだ。

「ふーん。……それで最近、急に俺を遠ざけようとしてるのか……」

「そうよ」

「わかった、とりあえず話をしよう」

まずはウォーレンがソファに座り、アンジェリカも寝間着の上にガウンを羽織ってから向かいに腰を下ろした。

「で、結局……その情報はどこで得たんだ？」

甘い雰囲気から一転して、真剣な話し合いが始まった。

「も……黙秘します！」

アンジェリカの家系に〝予知〟の異能を持つ者がいたなんて話は聞いたことがない。

異能を持つ者が尊いとされるこの国では、新しい異能に目覚めたという妄想をする者が時々いる。

そのような者に限って、証明できない力を誇らしげに語るのだ。

アンジェリカの予知夢も、今のところ証明が難しい。

贈られたドレスが一致したとしても、今となっては後出しだ。第一王子に関する情報も過去の出来事だった。

次の予知は、襲撃とジェーンの死である。

証明できても取り返しがつかない。

「黙秘？　納得できない」

「ウォーレンはとにかく、私との結婚なんて諦めて、この屋敷から出ていって。そうしたら、誰にも秘密を話さないって約束するわ」

そこまで言ってから、アンジェリカはチェストの前に置きっぱなしになっていた鞄に視線を向けた。

「アンジェリカ……」

ウォーレンはため息交じりに名を呼んだ。話し合いを拒むアンジェリカに呆《あき》れているのだろう。

「換金できそうなものは鞄の中に詰めたの。当面の宿とか護衛の手配とか……お金はいくらあってもいいと思って……」

「ちょっと待って！　俺の秘密を知って、争いの火種になるから追い出したいというのなら理解できるつもりだ。だが、アンジェリカらしくない」

「……らしくないって、どこが？」

「俺のために気に入っていた宝石を換金するつもりだったのなら、俺を嫌っているわけじゃないってことだ。だが、説明もせず頑《かたく》なに言い張って……矛盾している」

「しょうがないじゃない！　だって、お母様の命が……」

うっかり飛び出した言葉にハッとなり、アンジェリカは口を手で押さえる。

けれどウォーレンが聞き流すはずもなかった。

「母上の命？　……どういう意味だ？　なんで母上限定なんだ……？」

ハイアット将軍家の家族が危険に晒《さら》されるからという理由ならまだよかった。

具体的に誰の命が危ういのかを言ってしまったために、益々理由を説明しなければならない状況に陥っている。

「あ……あぁ、の……えっと」

「なにも教えてもらえないほど……俺って信用なかったのか……？　確かに君のことを姉とは思っていないが……それでも家族だったのに……」

愁いを帯びた瞳にアンジェリカの胸がキリキリと痛む。

信じてもらえないどころか、ひどい妄想をする者として嫌われる可能性すらあったが、とりあえず言ってみるしかこの場を乗り切る方法はない気がしてきた。

「も……もう、いい！　面倒になってきたわ。……思い切って話してしまうけど、じつは私、予知夢を見てしまったの！　それで、ウォーレンをこのまま屋敷に留めておけば大変なことになるってわかっているから追い出したいのよ」

アンジェリカは息継ぎをせずに一気に秘密を吐き出した。

「は……？　予知夢!?」

案の定、ウォーレンがポカンとなっている。

「やっぱり！　だから話したくなかったのに」

「い、いや……驚いただけだ。……少し詳しく話を聞かせてくれないか？　不幸な未来を夢に見たことはわかったが、具体的にどういう夢を見たのか共有しなければ対策の練りようがない」

ウォーレンの言葉は正論だった。

アンジェリカは自分が妄想癖のある変な人間にならないため、そして絶望的な未来を回避するために、決意を固める。

「ええっと……。目が覚めてもはっきり記憶に残る夢を見て、その夢で見た出来事が本当に起こったの。それで、異能を手に入れた事実を知ったんだけど……」

できる限り順序立てて、正直にウォーレンの秘密を知った経緯を説明していく。

最初は武術大会の夢だった。

二番目はウォーレンがスターレット侯爵家の汚名をそそぐために立ち上がり、アンジェリカがそれを支える夢。

次は、この国の王宮に青薔薇の旗が掲げられる夢。

そして二人が二十四歳になり、若い女性を王妃として迎えたいウォーレンがアンジェリカとハイアット将軍家を裏切る夢……。

別の日には、ウォーレンの誕生日に再び屋敷に賊が侵入し、ジェーンが殺される夢も見た。

これまで見た夢の内容をできるだけ詳しく聞かせたのだが、ウォーレンは訝《いぶか》しげな顔のままだった。

「俺がアンジェリカを殺す夢？　あり得ない。そんな夢の内容に流されてアンジェリカは俺に冷たくしたのか？」

やはり彼は信じてくれないし、予知夢だと確信しているアンジェリカに怒っていた。

「私だって最初はそんなはずないって思っていたわよ！　でも実際に武術大会ではそのとおりになったんだもの」

「だが、武術大会の勝敗なんて……勝つか負けるかのどちらかしかない。アンジェリカは俺がいつか父上に勝つことを望んでくれていただろう？　俺もそのための努力を欠かさなかった……理想が現実になっただけでは？」

アンジェリカは大きく何度も首を横に振った。

勝敗だけならば確かにそうだ。けれど、予知夢は光景までもが同じなのだから、やはり妄想ではない。

「だって、剣術大会のときに贈ってくれたドレスも、対戦相手も、ウォーレンがどんなふうに勝つかも全部夢のとおりだったのよ。……あなたがこっそり手配していたドレスのデザインが夢に出てきたなんておかしいわ」

「ドレス……？　夢の中でのアンジェリカはどんな様子だった？」

「まぬけな顔をして飛び跳ねて喜んで求婚に応じていたわ。……そこは格好悪かったから夢のとおりにしなかったの」

夢からはずれたのはアンジェリカが自分の意思で変えた部分だけだ。

「なるほど……」

「……私……最後はあなたに殺されてしまうのよ……。私だけじゃない、お父様も……」

この未来を語ろうとすると、どうしても声が震えてしまう。

「……それは、ないよ。絶対に」

アンジェリカだって、ウォーレンが裏切る部分だけは信じられなかった。

けれど、あの夢が普通ではなかったという確信もある。

いい夢だけ信じ、悪い夢は予知夢などではないと楽観視できたらどれほどいいか……。

「とにかく！　あなたの秘密は誰にもバラさないから、将軍家から去りなさい」

方法があったのにジェーンを死なせてしまったら、アンジェリカは堂々と生きられなくなってしまう。

ウォーレンがうつむく。

きっと傷ついているのだろう。アンジェリカは立ち上がり、床に置かれていた鞄を拾って、それをウォーレンに差し出す。

ゆっくりと顔を上げたウォーレンは、鞄ではなくアンジェリカの両腕をギュッと掴んだ。

「……もし、俺が去らなかったら……いったい誰にバラすつもりなんだ？」

真剣な瞳がアンジェリカを見上げている。

「え？」

「父上は全部承知で俺を引き取ったんだ」

「それくらいわかっているわよ」

「だから、誰にバラすのかって聞いているんだ。敵……ゴダード公爵一派に密告するという意味？」

漠然と、これはウォーレンの重大な秘密であるという認識でいたアンジェリカだが、彼に問われ、初めて誰にこの事実を伝えるのかを考えた。

（ゴダード公爵？　そんなこと……できないわ。ウォーレンが殺されてしまうもの。……例えば国王陛下とか？）

一瞬そんな考えが浮かぶが、すぐにダメだと気づいた。

この国の王は、大貴族の言いなりのお飾りだと皆が噂している。

とくにゴダード公爵は側近中の側近であり、公爵の耳に入れず国王だけに伝える術《すべ》がない。

だからこそ、ロドニー将軍は第一王子が存命である事実を隠し、息子として育てたのだろう。

（バラせる相手……いないじゃない！）

アンジェリカは自身の考えなしの発言を呪った。

ウォーレンほどアンジェリカの性格を理解している人間はいないのだ。彼が窮地になるとわかっていたら、どうしたって密告などできるわけがない。

「そもそもアンジェリカの見た予知夢とやらでは、俺の誕生日に起こる襲撃の狙いは……第一王子クラレンスなんだろう？」

「……あっ！」

そこまで聞いて初めて、アンジェリカは彼の秘密がすでに秘密ではなくなっていることに気がついた。

「なんで俺が武術大会で本気を出したと思う？」

まるで、これまでは事情があって手加減をしていたと言っているみたいだ。

実際、異能持ちのウォーレンならば、以前からオスニエルにも勝てた可能性はあったのに、隠していたのだ。

「もうバレているから、開き直った……？　もしかして、この前の襲撃って……!?」

ウォーレンは満足そうに頷いた。

先日、賊が侵入したときからすでにゴダード公爵側は第一王子の存在に気づいていたという。生け捕りにした侵入者は下っ端で、襲撃の目的はわからないと言っていたオスニエルの言葉は嘘だったのだろう。

ウォーレンが急に本気を出したのは、もう隠すのが無理だったから開き直っただけだった。アンジェリカは、武術大会の朝に交わされたオスニエルとウォーレンの会話を思い出す。

『ウォーレンよ、よいのか？』

『ええ、父上。もう逃げることはできそうにないですし。全力で戦わせていただきます』

これはオスニエルとの勝負から逃げられないという意味ではなかった。

ゴダード公爵との争いからは避けられない。だから覚悟を決めたという意味だ。

「おそらく、俺がラッセル・ロドニー退役将軍の実子ではないという事実が、どこからか漏れたんだろうな。当時の使用人に口止めはしていたはずだが、愛妻家だった父上がよそに子供を作っていたなんて……不自然だから」

「じゃ……じゃあ……秘密をバラすなんて脅しは通じないってこと？　……でも互いに真相を知っているのに、どうして裏でこそこそ戦っているの？」

「俺自身が王子だと名乗ってもいないのに、ゴダード公爵側がなにを主張するというんだ？　ハイアット将軍家に対し『第一王子を隠しているだろう!?』って嫌疑をかけるのか？」

そんな嫌疑がかかったら、ウォーレンは堂々と王子だと名乗れるはずだ。

「そ、そうよね。よく考えたら第一王子は犯罪者じゃなかったんだった。ゴダード公爵は、王子が生きているという事実をできるだけ隠したいのね？」

ゴダード公爵に正体がバレたら殺されてしまうという先入観を持っていたせいで、アンジェリカは状況を誤解していた。

当時赤子だった第一王子クラレンスは絶対に罪人とはならない。

公爵にとって第一王子は、公に存在が認められたらとにかく都合が悪い相手なのだ。

「問題は……こちらも簡単には名乗れないって部分だろう」

「偽者だって言われちゃいそう」

アンジェリカでもすぐに想像ができる。

もう少し成長してからの行方不明ならともかく、赤子の第一王子しか知らない者たちが現在のウォーレンを見て、本人だと認定するはずもない。

だから今は互いに水面下で殴り合いをしている状態だ。

そしてきっと、表で第一王子存命の件を主張した途端に、時々暗殺者を放ってくるなんていうぬるい方針から猛攻撃に切り替わるはず。

「俺がゴダード公爵なら『ハイアット将軍家は、偽者の王子を使って国を乗っ取ろうとしている』と主張するだろうな。仮に俺の〝剣王〟の異能で血筋が証明されたら……そのときはロドニー、ハイアットの両将軍を『王子を誘拐した大罪人』として裁く。そうやって俺から後ろ盾を奪うんだ」

「じゃあ……ハイアット将軍家って……たとえ今、ウォーレンを追い出したとしてもすでにゴダード公爵にとっての排除対象なの……？」

「もちろん。……公爵はなんとしてでも〝剣王〟の証明がされる前に俺を暗殺したいだろうし、どう転んでも自分の罪をハイアット将軍家に着せるつもりに違いない」

彼の説明は論理的でわかりやすく、納得できるものだった。

「……それにしてもウォーレンったら、よくそんなに悪人の考えていることがわかるわね」

アンジェリカは思わず感心してしまう。

正直、いくら頭がよくても、ただの善人ではこんなふうには考えられない気がした。

「それ、褒めてないからな？　ところで、アンジェリカ……人のことより自分の心配をしたほうがいい」

急に彼の声色が変わる。

「なにを言って……」

摑まれていた手が引かれ、アンジェリカは体勢を崩した。そのままウォーレンの膝の上に座るかたちとなる。

腰に腕が回されて、二人の距離がいっそう近づく。

ウォーレンは意地悪な笑みを浮かべてから、アンジェリカの耳元でささやいた。

「その〝予知〟の異能って、持っているとバレたら火炙《ひあぶ》りになるらしいよ」

「嘘!?　そんなこと……知らない……」

ウォーレンについて調べることで手一杯だったせいで、アンジェリカは自分の異能についてまったく調べていなかった。

そんな力を持つ一族がいたのなら、間違いなく有名になっているはずだ。

ハイアット将軍家の異能ではないし、ジェーンの家系は異能持ちではないから、突然変異で発現したアンジェリカ独自の異能だと思い込んでいた。

「嘘なんてつかない。……禁忌の力だし、異能としてはめずらしく血筋に受け継がれるものではないらしいが、結構有名な異能だよ」

「禁忌……って」

「魔女っていう名なら、聞いたことがあるんじゃないか？」

「ま……魔女？　昔、民を惑わせて火炙りになったっていう伝説の……？」

魔女は、子供向けの物語にたびたび登場する悪役だ。

さらに実在していた痕跡としては、古くからある広場に『魔女の処刑場跡』という石碑が建てられている。

けれど具体的にどう民を惑わせたのか、アンジェリカはよく知らない。

なんとなく嘘を吹聴し、争いの種をばらまいたという印象だった。

「その魔女だ」

それからウォーレンは、魔女と〝予知〟の関係をアンジェリカに教えてくれた。

その昔〝予知〟の異能を持つ者は予言者として崇《あが》められ、権力者から重用されていたらしい。けれど謀略に利用されるようになると、途端に邪悪な力となってしまった。

魔女と呼ばれた最初の人物は、四百年前にこの大陸にあったとある国の王に仕えた予言者だった。

国王は、予言者の言葉を根拠に、将来暗殺を企《くわだ》てる者を計画すらされていない段階で処刑した。

不幸に見舞われる予知があれば、どんなに重要な公務があっても一日中王宮に引き籠もる。

とある役人が失策を行うという予知を根拠に、その者を解任した例もある。

そんなふうに予言者の言葉のみで動いた結果、臣民からの信頼は失われた。

例えば、身に降りかかるちょっとした不幸を回避するためにおろそかにした公務が、のちのもっと大きな災いの原因になることもあった。

失策を行うはずだった役人の後釜が、それを超える失敗をする結果に終わることもあった。

やがて国は荒れ、予言者は回避できない悪い予知夢しか見なくなっていく。

そもそも予言者はただこの先に起こる未来を告げるだけで、最善の道を知らないのだ。

いつの間にか国王が進む道は、どこへ行っても崖に繋がる状況に追い込まれ、やがてその国は滅亡するのだった。

「それって……私がやろうとしていたこと……そのものじゃない」

アンジェリカはいつかウォーレンが裏切るという予想で動いてしまった。

まだ犯していない罪で、予防的に誰かを裁く――それは、予言を盲信して破滅した昔の王と同じ発想だ。

「歴史上に〝予知〟の異能者はいるのにここ百年ほど現れていないのは……持っていても、隠しているからだろうな」

「じゃあ……私、火炙りに……？」

愚かなアンジェリカは、自分の異能が禁忌だとは知らず、軽率に打ち明けてしまった。

急速に全身から血の気が引いていく。

けれどウォーレンは握っていた手に力を込めて、アンジェリカを安心させようとしてくれた。

「俺は〝予知〟の異能そのものは悪ではないと思う。結果としてその力を政治に使うと国が乱れる可能性が高いし、皆が疑心暗鬼になって不幸を呼び寄せる。……使い方の難しい力だが、異能には多かれ少なかれそういう部分があるだろう？　戦闘に向いている俺の力だって、民を傷つけたら極悪人だ。悪い使われ方をした例はどの異能にもある」

ウォーレンはアンジェリカの不安を払拭する言葉をくれた。

かつて氷を操る異能を持った一族が国を滅ぼしかけただとか、炎を操る異能の持ち主のせいで大規模な火災が発生したとか、強大な力が害悪をもたらす例は山ほどある。

けれど同じ能力を持った者すべてではなく、使い方を誤った個人の責任だ。

だったらアンジェリカの能力も、持っているだけで罪悪感を覚える必要はないのかもしれない。

「私……どうすれば……？」

「君が俺を追い出すのを諦めてくれるのなら……君の秘密は誰にも言わないって約束する」

優しい言葉と気遣いが感じられる表情だが、追い出すのなら秘密をバラすという意味にも聞こえる。

（私……逆に……脅されている⁉）

これはきっと、予知夢を根拠にウォーレンを追い出そうとした罰だった。

けれど今は、彼の言葉を聞き入れることでしか自分を守れない。ウォーレンが、力を持っているというだけで断罪するような人ではなかったのは救いだった。

「目の前にいる俺をちゃんと見たら、裏切りを疑うよりも、その夢を疑うはずなんだが。俺ってそんなに信用ない？」

「私だって、信じられないわ！　急に人が変わったみたいだった。……でも、夢で見たことが本当に起こったんだもの……どうにかお母様の死を回避したくて……」

するとウォーレンは小さくため息をついてから、じっとアンジェリカの瞳を見つめてきた。アンジェリカよりも明るめの青い目を眺めていると、心が落ち着いてくる。

「いいか、アンジェリカ。腰をクネクネさせて喜んだかどうか、俺の求婚に応えたかどうか……そこには差異が生じた。つまり、君の意思で現実は変えられるってことだよね？」

「それは……そうだけど……」

「悪いけど……さっきも説明したとおり、すでにハイアット将軍家はゴダード公爵の排除対象なんだ」

「だったら、どうすれば？」

「戦おう。襲撃の日がわかっているんだから、味方に犠牲を出さないように二人で力を合わせるんだ」

アンジェリカはすぐには頷けなかった。

ウォーレンの気持ちを無視して追い出そうとしていた者に、その権利があるのか疑問だったのだ。それに、この異能が魔女の力ならば、予知夢で起こることを軽率に変えていいのだろうかという疑問も抱き続けたままだ。

もちろん知ってしまった以上、迫るジェーンの窮地になにも対処しないだなんてあり得ないが、ウォーレンを巻き込めば、彼に禁忌の力を使う責任を押しつけているみたいで怖かった。

「私のこと……魔女だって思わない？」

「実際、君に力があるとして……それが〝予知〟の異能かどうか……ちょっと疑問だが、そうだったとしても魔女だなんて思わない。すばらしい予言者になるのか、魔女になるのか……それは君がこれからなにをするかによって決まるはず」

迷いはまだ持ったままだ。

けれど運命の日は待ってくれない。アンジェリカは今すぐに結論を出さなければならないのだろう。

「わ……わかった！　私……ウォーレンと協力するわ」

ウォーレンが示す以上の名案は、到底思いつかない。

消極的な気持ちはまだあるが、アンジェリカはウォーレンからの提案を受け入れた。

「それはそれとして……」

「それとして？」

「俺を疑ったこと……許していないからな」

「ご……ごめんなさい……」

ウォーレンは笑顔のままだが、本気で怒っているのは明らかだった。

彼からのお仕置きはまだしばらく続きそうだ。

◇　◇　◇

翌日、ウォーレンの言葉を受けて、オスニエルが屋敷の警備を強化した。

じつは王子で、軍人として職務についているウォーレンにはハイアット将軍家以外にも協力者がいるらしい。

なにせオスニエルはアンジェリカ以上の脳筋戦士である。

頭脳の面でウォーレンを支える者がいなければきっと詰んでいたのだ。

ウォーレンは、襲撃の予測をその協力者からの情報というふうに説明した。

オスニエルは納得し、敵に悟られないようにしながら秘かに私兵の数を増やし、夜間の警備態勢を厳重なものに変えてくれた。

(私だけだったら、お父様に説明できなかったわ……)

お転婆《てんば》なだけのただの伯爵令嬢であるアンジェリカ一人では、異能を明かさないまま父を納得させるのは無理だった。

そして客観的な証拠もなく、アンジェリカが予知夢だと思い込んでいる情報だけでオスニエルを動かせたかどうかはかなりあやしい。

ウォーレンと共闘を決めたからこそ、スムーズに警備の強化を成し遂げたのだった。

もちろん、誕生日限定で襲撃が起こるとは限らない。

いくら秘密裏に警備を強化したとしても、敵がそれを察知して日程をずらしたりほかの方策に出たりする可能性が少なからずあるからだ。

そして迎えたウォーレンの誕生日当日。

例年なら夕食を豪華にするのだが、今回は昼間のパーティーを開催することにした。

これはジェーンの提案だった。

日中のハイアット将軍家は、多くの門弟たちが鍛錬に明け暮れているため、緊急事態にいつでも対応可能だ。

もし敵がこの時間に襲撃を行うのなら、軍の大隊を差し向けるくらいの大ごとにしなければ不可能だ。昼間のハイアット将軍家は安全だと言える。

近いうちに襲撃が起こる可能性については当然、ジェーンも知っている。

襲撃があるかもしれないからという理由で、お祝いをやめてしまったら、敵に負けたことになるというのがジェーンの考えだ。これには家族皆が同意した。

だから少しだけ時間を変えて、例年よりもさらに豪華な食事を並べる。

オスニエルの大好物である肉料理、ジェーンが気に入っている年代物の葡萄《ぶどう》酒、アンジェリカとチェルシーが好むフルーツ、そしてウォーレンのためのケーキ……。本格的なパーティーとなった。

門弟や私兵たちにも、入れ替え制にして食事を楽しんでもらう。

戦いを控えているとは思えない盛り上がりを見せていた。

「十九歳のお誕生日おめでとう、ウォーレン」

アンジェリカは用意していたプレゼントをウォーレンに渡した。

どうやらロドニー将軍は、ウォーレンの誕生日については偽らなかったらしい。名前も、身分も、すべてを変えなければならなかったから、一つくらい残してあげたかったのだろう。

「ありがとう、アンジェリカ」

頬を赤く染めながらプレゼントを受け取ったウォーレンは、さっそく包みを丁寧に開けていった。

中身が手袋だと知って喜んでくれたみたいで、いっそう笑顔になる。

「今使っているものは、少しすり切れていたでしょう？」

「大切にする……いや、ちゃんと使わなきゃ意味がないな」

ウォーレンはさっそく手袋の使い心地を確かめ、そのままアンジェリカを抱きしめた。

「い……いや、ちょっと……抱きつかないで！」

家族と門弟たちが集まる場でも、ウォーレンはお構いなしだった。むしろ他者への牽制か、それとも既成事実を積み重ねる目的でわざとやっているとしか思えない。

（私……まだ婚約だって了承してないのにっ！）

ジェーンは「あらあらまぁまぁ」としか言わないし、オスニエルもすでに当然のこととして受け流している。

最初にキスをしたと告げたときには怒りを露わにしていたオスニエルだが、武術大会のときからはむしろ応援する側になっているみたいだった。

（これが、ウォーレンの初期消火……すさまじい効果ね……）

今後起こると予想されている襲撃については共闘するつもりだ。そうだとしても結婚についてはすぐに決める必要はないと思っている。

（もし襲撃の予知夢が当たっていたとしたら、ウォーレンが裏切る未来も起こる可能性が高くなってしまう……。そうしたら私はどうすれば……？）

ウォーレンへの好意はもう認めている。けれど裏切られる未来を想像すると恐ろしい。

未来は変えられるというけれど、人の心をどうやって変えたらいいのかわからない。彼には申し訳ないと思いながらも、今すぐに答えを出すのは無理だった。

けれど、このままキスの一つでもしてやろうと画策しているらしいウォーレンは、どれだけ強く押しても離れてくれない。

アンジェリカはどんどんと窮地に陥っていた。

「一応、私からもあるんですけど！」

そのとき、二人のあいだに割って入ったのは、チェルシーだった。

どうやったのかはわからないが、いつの間にかアンジェリカとウォーレンのあいだに距離ができていて、壁になるかたちでチェルシーが立っている。

（すごいわ……頭がいいとウォーレンにも勝てるのね！）

とにかく、妹のおかげでアンジェリカは助かったのだ。

そのチェルシーは、小さな化粧箱をズイッとウォーレンへと差し出した。

「妹を待たせるなんて最低な兄ですわ！」

「あ……ありがとう……チェルシー」

ウォーレンは邪魔されたことを明らかに不満に思っているみたいだが、目の前に出されたプレゼントをしっかりと受け取った。

アンジェリカのときと同じように、その場で中身を確認していく。

包装の下に隠れていたのは、クマの絵が描かれている缶だった。

何度か買ったことがあるから、都で人気の焼き菓子店のものだとわかる。

すぐに売り切れてしまうためなかなか手に入らないのだが、とくにクッキーが人気でアンジェリカの好物でもあった。

「中身はクッキーですよ。念のために言っておきますが、毒は入っておりません」

「さすがに言わなくてもわかるが」

「あら、あまり油断なさらないほうがいいと思いますけど！」

およそ兄妹の会話とは思えない。

二人の仲は相変わらずだった。

（クッキー……いいな……）

プレゼントを横取りしようだなんて思わないが、なかなか食べられないものなのでうらやましくなってしまった。

「とにかくありがとう、チェルシー。……今はほかの料理があるから、今度三人で一緒に食べよう」

「私のぶんは別に買ってあるのでお構いなく。お姉様と一緒に食べたらいいと思います……最近喧嘩していたみたいでしたが、仲直りされたのですね？　心配して損したわ」

ツンとそっぽを向いたチェルシーは、料理が残るテーブルのほうへと行ってしまった。

「私……チェルシーに心配をかけてしまったのね……」

最初から二人で一緒に食べることを想定して選んでいるみたいだった。つまり、姉と義兄の関係改善のためにクッキーを用意したのだろう。

アンジェリカは自分の妹の完璧さに感動し、胸の高鳴りを感じた。

顔立ちが整っているだけではなく、賢く、そして家族思いで、ツンとしている部分も個性的で可愛い。

（うぅ。ときめいてしまう……。私の妹……最強すぎて将来が心配だわ……）

これでまだ十二歳なのだ。

社交界にデビューしたら、常に護衛を数人つけないと拐《かどわ》かされる可能性があるくらいの完璧さだ。

ウォーレンも、すましたチェルシーの態度に隠された気遣いを正確に読み取ったみたいで、口元をほころばせていた。

襲撃が予想されているとは思えないほど、平和で温かな時間だった。

だからこそアンジェリカはふとした拍子に考えてしまう。

（ウォーレンは、身分を回復したいのかしら？）

彼からの説明によると、敵がウォーレンの秘密に近づいたから、受けて立つという状況らしい。

だったらゴダード公爵さえ手を引いてくれたら、このままハイアット将軍家で平和に過ごしていくことができるのではないだろうか。

（……でも、ウォーレンには復讐する権利も、王子として認められる権利もある……）

簡単に口にしていい疑問ではない気がした。

アンジェリカは、このままでいたいという想いを心の中にひとまずしまった。


そして――予知夢のとおり、その晩賊の侵入があった。

アンジェリカはチェルシーとジェーンを避難させ、自らは二人の護衛に徹する。

ウォーレンとオスニエルが事前に警備を強化していたこと、そして火災に警戒する必要があることもわかっていたため、対処は完璧だった。

結果としてこちらの被害は私兵の何人かがかすり傷を負った程度で、すべての敵を捕縛できたのだった。

それでもアンジェリカは心底喜べない心境だ。

「予知夢……やっぱり当たったんだ……」

異能のおかげで家族を守れてよかったと、心から感じている。

そうだとしても、アンジェリカが魔女に近づいたことも事実だ。

そしてウォーレンの裏切りもまた起こりうる未来である可能性が高まったのだった。

◇◇◇

夜間の戦闘で疲れてしまったアンジェリカは、朝食の時間に合わせて私室を出た。

いつもは朝の鍛錬をしてから食事をするのだが、日付を跨《また》いで実戦を行ったのだからさすがに必要ないだろう。

階段を下りると、エントランス付近にウォーレンの姿があった。

「じゃあ、この手紙を……」

「手配いたします」

なにやら家令に封筒を渡しているところだった。

「ウォーレン、おはよう。……ちゃんと眠ったの？」

「いや……取り調べや軍への報告書もあるし……徹夜だ」

さすがに眠たいのか、ウォーレンは小さなあくびをした。今、家令に渡した手紙も、事件の報告書なのかもしれない。

「ええ!? だ、大丈夫?」

「問題ないよ。軍人はそういう訓練をしているし、住んでいる屋敷で起こった事件ではあるが、緊急出動という扱いで、対応が終わり次第非番になるから」

もしアンジェリカが真夜中に文字なんて書いたら、机に突っ伏してすやすやと眠ってしまうはずだ。

やはりウォーレンは優秀だった。

「今から寝るの?」

「そうだな。……少し、家族で話し合いが必要だから朝食の時間にいろいろと報告させてもらおうと思っているんだが、それが終わったら仮眠でもするよ」

そのまま二人でダイニングルームへ移動する。

家族の話し合いが始まったのは、食事を終えてからだった。

いつになく神妙な面持ちのオスニエルが口を開く。

「アンジェリカ、チェルシー……二人にはこれまでウォーレンの出自について詳しく聞かせていなかったのだが、もう黙っていられる状況ではない。……おまえたちにも真実を告げようと思う」

「出自……?」

チェルシーが可愛らしく首を傾《かし》げ、問いかけた。

アンジェリカはすでに本人から聞かされていたけれど、オスニエルにはそのことを言っていなかったので、妹の真似《まね》をして首をちょこんと曲げてみた。

おそらく、かなりぎこちない動きになっていたはずだ。

「うむ……じつは」

そしてオスニエルによる説明が始まった。

アンジェリカにとっては二度目の説明だったが、改めて詳細を聞くと、知らない情報もいくつか出てきた。

まず、スターレット侯爵家が謀反の疑いをかけられたとき、討伐にあたったのは、ロドニー将軍とオスニエルの二人が率いる国軍だった。

この情報は白書に記されていたとおりだ。

二人は侯爵家の人間を全員捕らえたあと、尋問やイヴォンヌ妃からの嘆願を聞いているうちに、これが冤罪である可能性に行き着いた。

法の定めるところによれば、軍はあくまで国王の剣であるべきとされている。

王命として決まった討伐に異議をとなえる権利を軍人である二人は有していないため、疑念を口にすることもできずにいた。

けれど時が経つごとに後悔が募る。

いかに王命といえども、一部の貴族の謀略の結果出された命令に背くことが悪とは思えなかったのだ。

そんな頃、ロドニー将軍は離宮に移されるイヴォンヌ妃と第一王子が襲撃されるという情報を得て、秘かに救出に向かった。

国の記録には、イヴォンヌ妃と護衛として同行していた軍の近衛兵《このえ》が死亡し、クラレンスの生存が絶望的であったと記されているが、それは嘘だった。

本当は、近衛兵こそがゴダード公爵の命を受けてイヴォン妃とクラレンスを暗殺しようとしていた実行犯だ。

ロドニー将軍が駆けつけたとき、イヴォン妃はすでに虫の息で、クラレンスを必死に守っていたという。

ロドニー将軍は近衛兵二人を手にかけてクラレンスを匿《かくま》った。

問題は大貴族の言いなりな国王に、真相を伝えられなくなってしまったことだった。

クラレンスを保護している事実を伝えたら、間違いなくロドニー将軍こそが襲撃犯であると見なされる。

そして赤ん坊のクラレンスを王宮に戻しても、今度こそ誰にも守ってもらえずに殺される可能性が高い。外戚の後ろ盾がないクラレンスが王子であり続けても平穏など望めなかったのだ。

ロドニー将軍が蜂起して、クラレンス暗殺未遂犯が政の中心にいると訴えたら確実に内戦状態に陥る。

この国に将軍は五人いて、そのうちの二人がクラレンスを守る立場にあったとしても、半分に満たないのだから、分の悪い賭けだった。

そんな事情があり、ロドニー将軍は退役して王子を自分の子として育てる判断をしたのだ。

「我が友は……おそらく赤子の平穏を第一に考えたのだろうな」

少なくとも戦えない赤ん坊のうちは、陰謀渦巻く場所に王子を戻すことなどできなかった。

ここまでの説明が終わったところで、チェルシーが疑問を投げかける。

「お父様、一つ質問があります」

「なんだ？　言ってみなさい」

チェルシーは衝撃の事実を聞いても淡々としていた。勘のいい子だから、ウォーレンにはなにか秘密があるという予想をしていたのかもしれない。

「そもそもどうして離宮へ向かうイヴォン妃とクラレンス王子に刺客が放たれたのですか？　離宮送りって実質的な追放ですよね？　力のない妃と王子なんて放っておいてもいいはずです」

「それは……そうだな……うむ……」

オスニエルがうまく説明できずにいると、ウォーレンが軽く手を上げた。

「それは俺から説明しよう。この国の王位継承は、なによりも異能の有無が優先されがちなのは知っているだろう？」

チェルシーとアンジェリカは同じタイミングで頷いた。

王族に限らず貴族の家でもよく起こる骨肉の争いの原因が異能だった。基本的には長男が爵位を継承する規則だが、次男三男が異能を受け継いでいた場合、たやすく覆る。

強さという見えにくい基準で跡取りを決めると揉《も》める結果となり、年に数件、どこかの家門で騒動が発生するのだった。

「俺……というか、クラレンスは離宮送りが決まる前にゴダード公爵による鑑定を受けている。そのとき公爵は、異能を持っていないという虚偽の報告をしたんだ」

ゴダード公爵家の異能〝鑑定〟――それは、他者の異能の有無とその性質を知ることができる特別な力だ。

「なるほど。異能有りという鑑定結果が出たら、クラレンス王子はケチのつけようがない次期国王であり、その生母であるイヴォン妃も離宮行きにはできなかったんですね？」

ウォーレンの説明を聞いて、チェルシーはすぐに納得したようだ。

アンジェリカのほうはチェルシーの補足があってからようやく大体の内容が理解できたという状態だった。

二代続けて異能が発現しなかった家は『神から見放された家門』とされる。現国王は異能を持っていないため、王家は異能持ちの後継者を必要としていたはずだ。

いくら反逆者の血族であっても、異能持ちの王子とその生母であれば、扱いは違っていただろう。

（ゴダード公爵は……王家が弱体化してもかまわない……むしろ都合がいいと思っているのかもしれないわね）

アンジェリカはそんな印象を抱いた。

ウォーレンの説明は続く。

「鑑定結果を偽った時点で、クラレンス暗殺は決まっていたはずだ。離宮で静かに暮らしていた王子が異能を操れるようになったら、ゴダード公爵が王家を謀った罪が露見するからな」

そして公爵は、後継者が必要だからと国王をせっついて、自分の娘を次の王妃に据えることに成功し、やがてパーシヴァルが生まれたのだった。

ゴダード公爵家出身のデリア妃が亡くなったあと、王家の異能を継いでいる者がいないにもかかわらず国王は新たな妃を迎えなかった。

その事実からしても、どれだけ公爵家の力が強いかがうかがい知れる。

「じゃあ……ウォーレンが〝剣王〟の異能持ちだと証明できれば、自動的にゴダード公爵の罪が明らかになるってことね！」

そこはさすがに、アンジェリカにも理解できた。

「そのとおりだ。……俺としては、母の仇《あだ》を討ちたい気持ちはあれど、血を流してまで叶えるべきではないと思ってきたんだ。けれどどうやら、公爵に見つかってしまったらしい」

「随分と消極的な選択ですのね、お兄様」

「当たり前だ。……こちらには異能という証拠があるが、なにせ〝鑑定〟の一族が黒幕なんだから、勝利が約束されているわけではない」

異能は、表に出てくる効果によって名前が決まる場合が多いのだが、差が見えにくいことがある。例えばオスニエルの〝豪腕〟とウォーレンの〝剣王〟の差は、人間離れした戦闘能力を有するという点で、同じように見えてしまう。

ゴダード公爵が鑑定をするのなら、ウォーレンを〝剣王〟に似せた別の異能持ちだと言い張るに決まっていた。

そのため、ウォーレンは堂々と名乗り出ることができないし、ゴダード公爵側もなんらかのかたちで〝剣王〟の異能が証明されてしまう可能性を恐れて、大きく動けないというのが今の状況だった。

にらみ合い状態はしばらく続く見込みだ。

「敵に正体がバレてしまったからという消極的な理由ではあるものの、戦いはもう避けられないと思う。……巻き込んですまない」

ウォーレンはアンジェリカとチェルシーに頭を下げた。

「謝る必要などないぞ、ウォーレン……。責任があるのはこの状況を作り出した大人……つまり私だ」

「あなたったら、そんなに気負って。……家族を守るための戦いで、誰が悪いだとか、誰の責任だとか考えるのはやめましょう」

オスニエルがスターレット侯爵家やウォーレンに責任を感じていること、そしてジェーンは引き取ったウォーレンを家族として受け入れていることが伝わってくる。

「ありがとうございます。……父上、母上」

両親に礼を言ってから、ウォーレンはアンジェリカとチェルシーのほうへと向き直る。

「俺は自分の意志で、ゴダード公爵を討ち、身分を回復すると決めた。……アンジェリカ、チェルシー……ついてきてほしい」

迷いがなく、普段より大人びた頼もしい表情だった。

けれど、ゴダード公爵への憎しみもはっきりと感じられる。

ウォーレンが他者への憎しみを隠さなくなった。そのことにアンジェリカは言い知れない不安を覚えた。

先に答えたのはチェルシーだった。

「私はまだ子供ですから、足を引っ張らないようにする……とだけ、申し上げておきます」

衝撃的な真実を知っても、チェルシーはあくまで兄に対してツンとした態度のいつもの彼女のままだった。

それくらいのことで関係は変わらないという意味でもある。

（私は……）

アンジェリカは、すぐには答えられなかった。

彼が、予知夢で見た冷酷な人物に近づいてしまいそうで怖い。

一方で、彼がこれまで積極的に戦おうとしてこなかったのは、平和に暮らしているアンジェリカたちを巻き込まないためだったと、十分にわかっている。

「私は……ウォーレンが幸せになれるのなら……」

身分の回復がウォーレンの幸せに繋がるのかよくわからないから、はっきりと協力するとは言えなかった。

それでもウォーレンが今のまま、将軍家の養子として平穏に暮らせる道はないのだと理解しているアンジェリカは、彼の決意を受け入れたのだった。

◇◇◇

それからとくになにも起こらないまま一週間が経った。

ウォーレンは暇さえあればアンジェリカを抱きしめたりキスをしたりと、気持ちを隠すことなく伝えようとしてくれている。

今の彼を信じなければならない……。悪い予知を回避すればいいとわかってはいるのに、アンジェリカは時々ぎこちない態度を取ってしまう。

なにがウォーレンの心を変えるのか、まったく予想ができないからだ。

「デート？」

「そう。久しぶりに、街へ出かけよう」

朝の鍛錬が終わり、剣や防具を二人で片づけていたところでそんな提案があった。これまでも頻繁に二人で出かけていたが「デート」だと断言されたのは、これが初めてかもしれない。

「でも……」

「気分転換だって必要だ。……それとも『魔女』って言わないと、俺の誘いには応じられない？」

聡い彼は、アンジェリカの心などすべてお見通しなのだろう。

冗談めかして脅しの言葉を口にしたが、表情は愁いを帯びている。本当は脅しの言葉なんて言いたくないという思いが伝わってきた。

（うぅ……。私が迷うと……今のウォーレンを傷つけてしまう……）

今の彼は悪くない。未来を変えるなら、よりよい関係を築く方向へ。きっとそれが正しい行動のはず……。アンジェリカは何度も自分に言い聞かせる。

「わ……わかったわ！」

決意して、アンジェリカはウォーレンの手を取った。『魔女』という脅しがなくても、アンジェリカだってウォーレンと一緒にいたいのだ。

「よかった……」

ウォーレンはそのままアンジェリカを引き寄せて、肩のあたりに顎を乗せてくる。

背は随分高くなってしまったが、弟らしい態度にアンジェリカも安心して、彼の頭を撫でてあげた。

賢く、打算的な性格のウォーレンだがここぞというときにはまっすぐで、誰が彼の心を占めているのかを信じさせてくれる。

けれど軽い甘えだけでは終わらない。

首筋に唇を寄せ、わずかに吐息を吹きかけてくる。

「ちょっと……！　ダメ……っ」

「ダメじゃないよ」

こそばゆさを感じた次の瞬間には心臓の音がうるさくなった。

ここは、武器や防具をしまう倉庫だ。あまりいいにおいとは言えないし、アンジェリカ自身も汗をかいている。

男女が甘い雰囲気になるのにふさわしい場所ではない。

（そうじゃなくても……私は……）

ウォーレンに触れられるようになってから自覚したのだが、アンジェリカの身体はかなり敏感にできているみたいだ。

ほかの女性も、好きな人に触れられただけで気絶したり腰がとろけたりするのだろうか。

子供のチェルシーにはもちろん、母にも聞きづらい。同世代の友人にも気軽に相談できる内容ではなかった。

自分が普通なのか異常なのかもよくわからないのだが、好きな相手にはすぐに流される弱い人間だという自覚を持っていた。

「アンジェリカ」

名を呼ぶ声が響くと、カッと身体が熱くなる。彼に堕《お》とされる前に強く拒絶しなければならない。

アンジェリカは腕に力を込めて彼から距離を取った。

「出かけるのなら……支度をしなきゃいけないし、本当にダメ」

「……仕方がない」

ウォーレンはあからさまに不満そうだが、どうにか離れてくれた。

「それから、二人きりになってもデート中はキスなんてしないでね！」

アンジェリカは釘《くぎ》を刺す。

平静でいられなくなる行為をされて、長時間のデートを完遂できる気がしない。

「注文が多いな。……まぁ、できるだけ心がけるよ」

かなり不服そうだが、小さく笑って一応受け入れてくれる。

（すぐ腰が抜けて……動けなくなるから……なんて言えない）

きっと彼のことだから、アンジェリカがどうしてそんな制限をかけるのか、お見通しかもしれない。それでも、自ら言葉にするなんてできなかった。

アンジェリカは片づけを終えてから街歩きに適したデイドレスに着替え、ウォーレンと合流した。

（さすがウォーレン。ひかえめな服装でも、格好いいわ）

ジャケットにハットを合わせたどこにでもいる紳士の装いだった。

二人とも目立つ容姿をしているので、こういうときは努めて地味で無難な服装を心がける。

「とりあえず、武器屋に行きましょう！　買いたいものがたくさんあるんだから」

「アンジェリカ……。もう少し、デートらしいところにも行こうよ」

二人で街へ出るときは、大抵そこに立ち寄っていたため、今日も同じだと思っていた。確かにウォーレンの言うとおりだけれど、いつもと違うことを強調してくるものだから、アンジェリカの心は落ち着かない。

「わ、わかっているわ！　でも、すぐそこだし、ほしいものがあるからとりあえず寄りましょう」

アンジェリカは声がうわずってしまったのをごまかすために、ウォーレンの腕を引っ張った。

「まぁ、いいけど」

少々不満そうにしながらも、ウォーレンは素直についてくる。

行きつけの武器屋は、看板こそ「武器屋」となっているが、剣を扱う者が必要とする道具がなんでも揃《そろ》う大型店だ。

帯剣ベルトや軽く丈夫な防具、そして剣の柄《つか》に巻く滑り止めの布など、今後の戦いに備えて必要なものをたくさん買った。ジェーンの死を回避できたとはいえ、根本的な解決には至っていないので、いつも以上の量だ。備品は多ければ多いほどいいだろう。

細かなものが中心だが、帯剣ベルトなど革や金属が使われているものは重いし袋が三つになってしまった。こういうときのウォーレンは、さりげなく一番軽いものだけをアンジェリカに渡し、残り二つを持ってくれる。

店を出ると、数軒先にある雑貨店にも立ち寄った。この店はアンジェリカのお気に入りの一つだ。

「チェルシーが好きそうなものがたくさんあるわ！」

ウォーレンとアンジェリカが二人で出かけるとき、妹への小さな贈り物は欠かせない。季節ごとに商品の入れ替えをするから、以前訪れたときにはなかった新作がたくさん入荷している様子だ。

「ええっと、なにがいいかな？　帽子はかぶってみないとわからないし、リボンは先月買ってあげたし、ぬいぐるみって年齢でもないのよね。ウォーレンはどう思う？」

ウォーレンはショーケースの中を指差す。

そこには金や銀でできたチェーンに小さな宝石をあしらったブレスレットがたくさん並べられていた。

「そうだな……。チェーンのブレスレットなんてどうだ？　こういうちょっとした装飾品はいくらあっても邪魔にならない」

アンジェリカはショーケースを覗き込み、真剣に品物を選ぶ。

値段はアンジェリカのお小遣いで買える程度だ。

ビーズくらいの小粒の石は、貴石であっても比較的安価で売られている。普段使いにはちょうどよさそうだった。

「ルビーにサファイア……コーラルもいいわね。ウォーレンはどれが似合うと思う？」

「俺が選ぶとチェルシーにバレるだろう。ものすごく勘がいいからな」

「なんでそんなに仲が悪いんだか……」

真に嫌悪し合う関係ではないとアンジェリカもわかっている。だからこそ、気軽に二人の仲の悪さを口にできるのだ。

けれど最近、言い争いの頻度が増している気がして心配でもある。

「チェルシーは賢いだろう？　……俺がアンジェリカを奪う者だって、随分早くから察していたみたいだ」

「へ……へぇ……」

急に頬が熱くなる。

アンジェリカがウォーレンへの好意を自覚したのはいつ頃だろう。

義弟として父が連れてきた日には打ち解けていたから、よくわからない。

大して変わらなかった背の高さに差がつきはじめると、ソワソワとして居心地の悪さを感じる回数が増えて、彼が変わっていくことが寂しかった。

完全に認めたら家族ではいられない気がして、わざと弟扱いしていた部分もある。

結局、ウォーレンが先に境界を越えるまで、アンジェリカは自分の気持ちに蓋をしていた。

そんな状態を、チェルシーにまで見透かされていたらしい。

（姉として恥ずかしい）

アンジェリカは真剣に品物選びをするふりをして話を終わらせたのだった。

「ピンクスピネルか、ブルートパーズか。迷ってしまうわ」

パッと見てチェルシーに似合いそうだと感じたのがピンクスピネル。アンジェリカが気に入ったのがブルートパーズだった。

（ダメダメ！　自分の好きなものじゃなくて、今はチェルシーへのおみやげを選んでいるんだから）

最終的にピンクスピネルを選び、可愛い包装紙とリボンで飾ってもらったのだが……。

「包みが二つ？」

なぜか色違いのリボンで同じ大きさの包みが二つ完成していた。

するとウォーレンがいたずらっぽく笑う。

「デートらしくしたいからな。……アンジェリカにはブルートパーズが似合いそうだった」

似合いそうというより、アンジェリカが好きなものがわかってしまったのだろう。

もしかしたら顔に出ていたのかもしれない。

「あのね……ありがとう、ウォーレン」

姉としての威厳を守りたいアンジェリカは、先ほどから蓄積され続けている気恥ずかしさを顔に出さないように気をつけながら、どうにか彼に礼を言う。そして、ブレスレットの包み二つを受け取った。

二人はそのまま店を出る。たくさんの買い物をしたので、一旦馬車を待たせている場所に戻り、荷物を預けることにした。

手ぶらになり、次なる店を物色しようとしたところで急にウォーレンが立ち止まる。

彼の視線の先にあったのは、大通りで一番高級だと言われている宝飾品店だった。

店の前にはいかにも大貴族という服装の老夫婦がいる。

おそらくこの店での買い物を終えたところだろう。

従者に化粧箱をいくつも持たせ、従業員総出の見送りに笑みを見せている。

(うわぁ……歩道に絨毯《じゅうたん》を敷くなんて！　初めて見たわ、あんなの……)

高級店のおもてなしの一つに、大切なお客様の靴を汚さないように努めるというものがある。

店の前の歩道にサッと真っ赤な絨毯が広げられ、馬車までの短い距離を客が歩くのだ。

当然だが、お見送りの儀式の最中は人々の通行が妨げられる。

けれど、文句を言う者はおらず、通行人は案外この派手な演出を楽しんでいた。

「あれ……？　あの方って……」

思い起こすと、金糸がふんだんに使われた豪華な衣装とやや丸いシルエットに既視感があった。知り合いではなく、式典などで遠くから眺めただけの誰かだ。

「……よく覚えておいて、アンジェリカ……。あれがゴダード公爵。俺にとっては一族と母の仇だ」

ウォーレンは帽子を目深にかぶりながらも、まっすぐにその男を見つめていた。

立ち止まっている通行人に紛れているから、きっとあちらは宿敵がこんなにも近くにいることなど気づいていないだろう。

赤い絨毯の上をゆっくりと進むゴダード公爵と、ただの通行人に過ぎないウォーレン。

現在の二人の立場を明確に表しているみたいだった。

（あれが……ウォーレンの敵……）

彼の敵はアンジェリカの敵でもある。

目立たないように気をつけながら、アンジェリカもゴダード公爵の姿をしっかり目に焼きつけたのだった。

やがて豪華な馬車が去り、絨毯が取り払われると通行人が歩き出す。

しばらく立ち尽くしていたウォーレンだが、大きく息を吐いてからぎこちない笑みを浮かべた。

「……さあ、アンジェリカ。続きを楽しもう。あれに遭遇したというだけで、デートを台無しになんてしたくない」

「ええ……そうね……」

適当な店に入り昼食をとってから、あとで食べる焼き菓子などを買う。

「お菓子はなにがいいかしら？　この前、チェルシーがクッキーをくれたから……今日はそれ以外のもので……マカロン？　それともカップケーキ？」

菓子店のショーケースの前で問いかけるが、彼からの反応がない。ウォーレンはケースを見つめたまま、ぼんやりとしていた。

「ウォーレン。オレンジとブルーベリーとチョコレート……どれがいい？」

アンジェリカはカップケーキを指差し、反対の手で服の袖を引っ張りながら、少し大きめの声を出す。するとウォーレンがハッとなった。

「あ、あぁ……さっぱりとしたオレンジかな？」

「うん、わかったわ」

アンジェリカは家族全員ぶんのカップケーキを注文し、受け取ってから店を出る。

ウォーレンが無理をしているのはわかっていたが、アンジェリカはあえて気づかないふりをした。親の仇が豊かな暮らしを満喫している姿を目の当たりにした彼の気持ちなど、当事者ではないアンジェリカにはわからない。

触れずにいるのも気遣いだと思ったのだ。

二人とも空元気のままデートを終え、馬車に乗り込む。

「今日は、なんだかごめん……。らしくなかっただろう？」

「そういう日があったっていいじゃない」

いつも完璧なエスコートしかしないウォーレンにはめずらしいことだった。けれど、完璧ではない弱い部分もアンジェリカには見せてくれるのだとしたら、それはよい傾向だろう。

「……アンジェリカ、最後に寄り道をしてもいいだろうか？」

「もちろんよ。でも、どうしたの？」

「一緒に行きたい場所があるんだ」

突然の提案だった。彼の真剣な表情から、デートの続きとして楽しい場所に行くつもりではないことだけは推測できる。

ウォーレンは御者に行き先の指示を出す。

馬車が動き出して三十分もかからずにたどり着いたのは、ウェスタラントの王宮が見下ろせる丘の上だった。

時刻はもう夕方で、あたりには誰もいない。

「アンジェリカ……あそこがなにかわかる？」

彼は王宮全体ではなく、こちらから見て左端にある建物に向かって指をさす。

「王宮に併設された教会でしょう？　王族が結婚するときとか、特別な儀式のときに使う場所だったはず」

ほかの教会と違い、自由な出入りができない場所だと聞いたことがあった。

「墓地もあるんだ。母は妃として亡くなっただろう？　あそこに埋葬されている。……ついでに、俺の墓もあるらしい。もちろん、空っぽだが」

「そうだったのね……」

スターレット侯爵一族は、国王の暗殺を企てた者として処刑された。

一方でウォーレンの母であるイヴォン妃がその計画に関わっていた証拠はなかった。

身分だけを有した状態で暗殺されたため、埋葬場所は王家の墓となる。

その結果、ウォーレンは墓参りすらできなくなってしまった。

「……不法侵入しようと思えばできるかもしれないけど、それは違う気がする」

そこにあるとわかっているのに、母親の墓参りに行けないだなんて残酷だ。しかも、彼は生まれたときに親からもらった名を名乗れず、それどころか死亡扱いとなっている。

彼が奪われたのは、王子という身分だけではなかったのだということを、アンジェリカは改めて思い知る。

生みの母親、そして自分の名前、存在そのもの――すべて、アンジェリカが当たり前に持っているものを彼は持っていない。

正当な手段で母親の墓参りをすることが、彼の目標の一つになっているのかもしれない。

それを望む権利は、きっとある。

アンジェリカはこれまで、自分が将来彼に裏切られるかもしれないという不安で頭がいっぱいになってしまい、彼の悲しみに寄り添えていなかったことに気づく。

そして彼について考えれば考えるほど、一つの疑問に目を背けられなくなっていった。

(私の目の前にいるのは……ウォーレン？　それとも第一王子クラレンス殿下……？)

故人を偲《しの》ぶのは正しい行動のはずだが、アンジェリカの心中は複雑だった。遠くを見つめる彼が、知らない男性に思えたのだ。

これまで何度か感じてきた、彼に対する小さな違和感だ。

「ウォーレン、あのね……」

アンジェリカは、予知夢を見て以降、恐れていたものの正体がようやくわかった気がした。

「なに？」

「あなたにやりたいことがあるのなら、私だって助けたい。一緒に頑張れると思うの。……でもね、私にとってあなたはウォーレン・ハイアットで……ほかの名前は知らないの」

彼が隠してきたのは、名前だけではない。きっと彼には今までアンジェリカに見せてこなかった面がたくさんある。

そういう部分を少しずつ見せてくれるようになったのは、二人の関係が前進している証だ。けれど、隠さなくなったことによって、これまでのウォーレンがどこかへ行ってしまう気がして、アンジェリカは不安を覚えた。

「知らないあなたがいてもいい……。それでも私が一緒にいたいのはウォーレン……あなたなの」

うまく伝えられたかはわからない。

それでも今、言っておかなければならない気がした。

アンジェリカがずっと一緒に過ごしてきた人物の名は「ウォーレン・ハイアット」であって「第一王子クラレンス」ではない。それを忘れないでほしかった。

「……ありがとう」

ウォーレンはやっとアンジェリカのほうを見てくれた。

少し驚いた顔をしてから、ギュッと抱きついてくる。

「ウォーレンったら……」

これはアンジェリカのわがままだ。

彼の生まれ持った名はクラレンスだ。アンジェリカの言葉は、彼の過去を否定するものだったかもしれない。

それなのに感謝の言葉が返ってきたものだから、アンジェリカは笑ってしまう。

彼が強く抱きしめてくれる。そのおかげで顔を見られずに済むのが幸いだった。

ウォーレンの返事がおかしくて笑っているのに、一緒に涙があふれてくるのは不思議な感覚だ。

◇◇◇

（あぁ……やはり……アンジェリカは俺の特別だ……）

ウォーレンは、王宮を見渡す丘の上でアンジェリカを抱きしめながら改めてそう確信していた。

幼い頃のウォーレンは自身について、養母の産んだ子ではないけれど、ラッセル・ロドニー退役将軍の実子であるという認識だった。

養父がかなり厳しい人であったのに対し、養母は優しい人だったため、ウォーレンはむしろ養母のほうに懐いていた。

血の繋がりがない事実をとくに意識することはなく、かなり恵まれた生活を送ってきたのだろう。

ラッセルは気難しい性格で、退役してからは都には近づかず、現役の頃に報奨として与えられた土地と、そこにある屋敷で暮らしていた。

ウォーレンが初めて自分の生い立ちを知ったのは、八歳の頃。

命に関わる重大な秘密のため、安易に口を滑らせる可能性がある幼いうちに教えるべきではないというのがラッセルの考えだった。

その頃のウォーレンは自身が宿している異能について疑問を持ちはじめていた。そのため、ラッセルも隠し通せないと感じたのだろう。

自分の出生について理解したとき、最初に感じたのは不安と憤りだった。

養父母に愛されているのは疑いようがなかったが、本当の両親がどんな人間だったかを知らずにここまで生きてきた。

そのため、亡くなっている母を偲ぶ機会すら与えられてこなかった。

実の父親を殴りに行くこともできない。

今も、これからも、生きているだけで命を狙われ続ける可能性がある。

もしそれが悪事を働いた結果だとしたら、仕方がないのかもしれない。

けれど逆だった。悪事を働いた者が遠い都で贅沢《ぜいたく》な暮らしをしていて、彼らに追われたウォーレンと匿っている養父母が日陰者になっている。

そんな理不尽がまかり通っていいはずがなかった。

それからのウォーレンは怒りを糧にして、剣術を学び、異能を操れるように努力を重ねた。

勉学も真面目に取り組んで、いつか来るかもしれない敵との対決に備えていく。

ゴダード公爵の罪を明らかにして、スターレット侯爵家の名誉を回復する。そして生みの母親の墓参りに行く――それが、生きる目標となった。

当然、ラッセルもそのためにウォーレンを育ててくれているはずだった。

けれど養母が流行病《はやりやまい》で亡くなり、直後にラッセルも肺の病で余命幾ばくもない状態だという宣告を医者から受け、状況が変わる。

ウォーレンの十二歳の誕生日が過ぎたあたりで、ラッセルは一日の大半を眠って過ごすほど症状を悪化させていた。

起きている時間はひたすらにウォーレンの今後を気にかける。

「私はもう長くはないだろうな。……そのときが来たら、都へ行ってハイアット将軍家を頼りなさい。当主のオスニエルとは親友なんだ。事情もすべて知っている」

力ない言葉で、ラッセルはオスニエル・ハイアット将軍について教えてくれた。

約十一年前、当時のラッセルとオスニエルはゴダード公爵の奸計《かんけい》を知ることとなる。

けれど、大貴族に立ち向かうなんて到底無理な話だった。

そこでラッセルが隠居しウォーレンの守護者となる一方で、オスニエルは軍に留まり、武力と一定の権力を持ち続けるというそれぞれの役目をまっとうすることにしたのだ。

二人とも王命によりスターレット侯爵家を討ったことを後悔していて、ウォーレンのために身を捧げる覚悟を決めていた。

「すまなかった……。私もおまえから家族を奪ってしまった者の一人だ」

どうにか近づいて触れようとする弱々しい手を、ウォーレンはしっかりと握りしめる。

「なにをおっしゃっているんですか……。家族はちゃんといるのに」

これではまるで、養父母が家族ではないみたいだった。だからウォーレンは必死になって否定した。

「あぁ、そうだった。くだらないことを言ってしまったな、許してくれ」

ラッセルの瞳から涙がにじんでいた。

ウォーレンは養父が喜びそうな言葉を探す。罪悪感に駆られ、ひっそりと目立たないように生きるしかなかったラッセルを解放してあげたかった。

「父上、安心してください。俺は必ずゴダード公爵を倒しますから。そしてきっと幸せになります」

敵を倒せばもう正体を隠さなくていい。そうしたらウォーレンの未来はきっと明るいものになるはずだ。

自信を持って告げたのに、ラッセルの瞳から愁いは消えてくれなかった。

「あぁ……ウォーレン。大切な人を作れる人間になりなさい。友人でも、恋人でも……家族でもなんでもかまわない。……きっと多ければ多いほどいい……そうすれば……」

続く言葉はなかった。疲れて眠ってしまったのだ。

その後、ウォーレンのほうから養父の死期が近いという知らせをハイアット将軍家へ送った。

数日後、オスニエルがラッセルを見舞ってくれた。

どうやら手紙が届いたその日に出立し、馬を替えながら単騎で駆けて、ここまでやってきたらしい。予想外に早い到着だったため、オスニエルもラッセルの死を見届けることができた。

それから、葬儀や引っ越し、雇っていた使用人への新たな仕事の斡旋《あっせん》などはすべて、ハイアット将軍家が手配してくれた。

そしてウォーレンは養子として将軍家に引き取られることとなる。

（ハイアット将軍……なんというか、豪快な人なんだな……）

黙っていると上品な貴族の紳士という印象だが、恐ろしいほどの行動力があって、圧倒されてしまう。とにかく、とんでもなく強い人だった。

そしてオスニエルに連れられてやってきた屋敷で、ウォーレンはある人物と出会うのだった。

屋敷の正門を抜けたところで、エントランスの前で腕に腰を当てて立っている少年の姿が目に飛び込んできた。

「あなたがウォーレン？」

艶やかな黒髪を高い位置で束ね、濃い青の瞳を持つ少年が、ウォーレンのほうへと駆け寄ってきてパッと手を取った。

少し触れただけで、剣術をたしなむ者だとわかる。

そしてとにかく美しい子供だった。

同世代の、しかも男にドキリとさせられるなんて恥ずかしい。ウォーレンは必死になんでもないふりをする。

「……君は？」

「フフフッ、勝負しましょう！　こっちに来て」

悪気はなさそうだが、少年は完全に名乗るのを忘れているみたいだ。

そのままウォーレンの腕を摑み、ぐいぐいと引っ張る。

（同じ年くらい？　明らかに貴族みたいだけど……ハイアット将軍の子は娘のはずだし……もしかして、親戚の子？　それとも門弟？）

それなりに高そうなベストやキュロットを着ているが、白いシャツには土が付着している。

この屋敷にはオスニエルが迎え入れた門弟も多く暮らしているというから、その一人かもしれない。

「まったくもう、おまえというやつは。まあ、剣を交えないといつまで経っても親しくなれんからな」

オスニエルは少年の行動を咎めず、むしろ推奨してくる。

(剣を交えないと親しくなれない——そんなはずないだろう？　この方はなにを言ってるんだ……)

まだハイアット将軍家の流儀に慣れていないウォーレンは、納得できないまま連れていかれた。

そして軽い運動を強要され、剣の勝負までやらされた。

ラッセルに習い、剣の扱いには自信があったウォーレンだが、大きな秘密を抱えているせいで、同世代の子供との交流がほとんどない。

普段の稽古相手とは体格が違うせいもあるのかもしれないが、三本勝負をして一勝二敗で負け越してしまった。

「君、本当に強いんだな。今日は俺の負けだ……」

もちろん、異能を使えば勝てる相手ではある。

けれど自分より細身の少年がこんなにも強いことに感心していた。

「ウォーレンもなかなかよ……さすがね」

(……なんだか、口調が変な気がするけど、都で暮らす貴族はこれが普通なんだろうか？)

疑問に思ったが、田舎育ちで都の勝手がわからないウォーレンには指摘できなかった。妙なことを聞いて、少年に嫌われたくなかったのだ。

正直、同じ年頃の少年と親しくなれそうで、ワクワクしていた。だから勇気を出して、もう一度彼に名を問う。

「まだ、名前を教えてもらってないんだけど。俺たち……その、友達になれるかな？」

「あれ？　ごめんなさい。私ったら！　……ええっとね、私はウォーレンの友達にはなれないの」

キョトンと首を傾げながら、少年は困惑している。

「え……っ、そう、なんだ……」

少年のほうから剣の勝負に誘ってきたのは、親睦を深めるためではなかったのだろうか。

ウォーレンは意外にもショックを受けていた。

けれど続く少年の言葉は完全に予想していなかったもので……。

「だって、姉だもの！」

「あね……？　姉って……」

「私はアンジェリカ・ハイアット。よろしくね、ウォーレン」

性別がわかると、どうして少年に見えていたのか不思議なくらいだ。

誕生日が少し早いだけの義姉は、輝く笑顔が可憐で、かなり活発な天使だった。

◇　◇　◇

アンジェリカは友人になれないと言っていたが、それは間違っていた。

二人は義理の姉弟にして、オスニエルに師事する弟子同士であり、そして友人でもあるという関係になった。一番身近で、常にそばにいるのが当たり前――ウォーレンにとって彼女は最初から特別な人だった。

(だけど、まぁ……姉というか妹みたいな存在でもあるのか……?)

様々な遊びに誘ってくるアンジェリカの世話を焼くことで、ウォーレンには立ち止まる暇が与えられなかった。

アンジェリカは本当に不思議な少女だ。

性格は豪胆なオスニエルに似ているみたいだったが、じつは違う。

気が利かないようでいて、ウォーレンが本当に嫌う行動はしない。

時々、養父母のことを思い出し落ち込んでいるとなぜか一緒になって落ち込んでしまう、繊細な部分もある。

そしてウォーレンは、まっすぐすぎる彼女と比較して、自分がわりとずる賢い人間であることを認識していった。

(このまま父上《オスニエル》に気に入られて、将来の戦力になりうる者たちも多く味方につけて……)

オスニエルからは、この先どうしたいのか時間をかけて考えろと何度か言われていた。

ウォーレンには、血縁者を貶められたままにしておくつもりも、身分を偽りながらコソコソ生きていくつもりもなかった。

だから、義父がなぜそんなことを言うのか、理解できずにいた。

(大人は難しく考えすぎなんだ……。父上だって、いつか訪れる日のために厳しい鍛錬を課してい

るんだろうに）

　間違った行動などしていないから迷う必要などどこにもない。それなのに、時々死ぬ間際のラッセルの言葉を思い起こすとわずかに心が揺らぐ。

　ゴダード公爵を討つという言葉に、あのときのラッセルは喜んでいなかった気がしたのだ。

　どうしてラッセルがそうだったのかを理解したのは、十五歳の頃だった。

　その頃、ウォーレンはたくましく成長し、アンジェリカとの差が顕著になった。

　当然、剣の勝負では勝利する回数が増えて、むしろ適度に譲らなければ成り立たないほど実力の差がついていた。

　ウォーレンは剣技を磨くだけではなく、他者に気取られないようにしながら異能を制御する方法を模索する。そんな最中、異能を使って自身に施した身体強化のせいで、アンジェリカに骨折の大怪我を負わせてしまう事故が発生した。

　すぐに医者が呼ばれ、高額な〝治癒〟の異能を施すことで骨折は治ったし、アンジェリカは気にしていなかった。

　それでもウォーレンは自身が彼女を傷つけたことが許せず、そして恐れた。

「ごめん、アンジェリカ……本当に……一番傷つけてはいけない相手を……俺は……」

　剣と剣の戦いで相手に怪我を負わせただけでは、ここまでの罪悪感は抱かない。

　異能を使うなら、もっと慎重にやらなければならなかったのだ。

「……ウォーレン？　そんな深刻な顔しないで……。ちょっとした怪我くらいで……」

　ベッドに寝かされ安静にしているアンジェリカを見舞いながら、ウォーレンはどうしようもなく後悔に苛まれていた。

（俺はまたいつか……アンジェリカを危険に晒すんだろうか？）

大したことではないと笑い話にしようとしているアンジェリカだが、数時間前に地面に倒れ、腕を押さえながら悶絶《もんぜつ》していたのだ。

その姿が何度もウォーレンの脳裏に浮かぶ。

二度と同じ光景を見たくなかった。

（大切な人を作れ……って、こういうことだったのか……）

このとき、ウォーレンはラッセルの言葉の意味をようやく理解した。

もちろん、ウォーレンは養父母を大切に思っていた。けれどラッセルは保護者であり、守護者でもある存在で、対等ではなかった。

養子にしてくれたオスニエルも同じだ。

隠された王子を守り、その意志に従う義務を彼らは己に課している。

ウォーレンは彼らの使命感と善意に甘える傲慢な子供だった。

アンジェリカは、ウォーレンと親しい者の中で「守護者」ではない者の代表だった。

どんなに元気であっても、異能を持っていない弱い存在だ。

彼女だけではなく、ジェーンや幼いチェルシーも、ウォーレンの意志一つで戦いに巻き込まれてしまう。

彼女たちを危険に晒してまで、成し遂げるべき正義がウォーレンにはあるのだろうか……。

（もしハイアット将軍家がゴダード公爵と対立して……その結果、アンジェリカが傷ついたら？

死んでしまったら……？）

想像だけで、まだ現れていない敵への憎しみが募る。

ウォーレンは大切な者の存在によって、自分の選択がどれほどの人の命に影響を与えるのかをようやく理解できるようになった。

同時に、この頃からはっきりとアンジェリカへの想いを認めはじめた。

十六歳で軍に入ると、どんどんと自分を取り巻く世界が広がっていく気がした。親しい者が増えて、恨みだけで行動を起こしていいはずがないという思いが確信に変わっていく。

だからウォーレンは徹底的に力を隠して、異能持ちと疑われない範囲で『ハイアット将軍が優秀さを買って養子にした青年』を演じた。

より慎重に、そして狡猾《こうかつ》に……たとえ生きている限り潜在的な不安を抱えていても、今あるアンジェリカや家族の平穏を崩さないために全力を尽くす。

偽りの名のままでもいい。亡くなった血縁者よりも生きている者を優先すべきだ。

それが正しいとラッセルにも、オスニエルにも、自信を持って言えるはずだった。

――それなのに、結局ウォーレンの希望など叶わなかった。

十九歳の誕生日を控えたある日、ハイアット将軍家が襲撃を受け、生け捕りにした敵からゴダード公爵の関与が判明したのだ。

情報源はおそらく、かつてラッセル家に仕えていた者だ。

ウォーレンの存在に違和感を覚えた者はきっといたはずだが、使用人たちはわかっていても秘密を漏らさなかった。

けれど、それは永遠の誓いではなかったのだ。

のちの調査で、長く仕えていたメイドから情報が漏れたことが判明する。

ただし、そのメイドには悪気はなかった。

年老いたせいで判断力が低下し、うっかり自分がずっと抱いていた疑問やウォーレンの出自についての想像を、家族に話してしまったようだ。

ウォーレンには、そのメイドを咎める権利などないのだろう。

憎むべきはゴダード公爵と、いつまでも彼をのさばらせている無能な国王――。

ウォーレンは復讐によって、スターレット侯爵家の名誉と、自身の身分を回復させることを再び考えるようになった。

強制的にその道しか選べなくなっていたのだ。

けれど、アンジェリカが予想外の言葉を口にした。

『あなたにやりたいことがあるのなら、私だって助けたい。一緒に頑張れると思うの。……でもね、私にとってあなたはウォーレン・ハイアットで……ほかの名前は知らないの』

彼女はいつも、目的を見失いそうになるウォーレンを救ってくれる天使だ。

予知夢の騒動でウォーレンを困らせる一方で、追い出す相手のために大切な宝飾品を鞄に詰め込み、結局は家族を見捨てられないお人好《ひとよ》しだった。

そんな彼女は「クラレンス」ではなくあくまで「ウォーレン」のために動くという。

だったら復讐ではなく、自分と大切な人たちを守るための戦いにするべきだ。

もちろん、結局のところやらなければならないことは変わらない。

ウォーレンはスターレット侯爵家の冤罪を晴らし、正統なる王位継承者という立場を大義にして、敵と対峙しなければならないだろう。

そして、敵の傀儡《かいらい》となっている王家も確実に排除することになるはずだ。

幸いにしてアンジェリカの予知夢は、それが可能だと保証してくれている。

顔すら合わせていない相手だとしても、いずれ肉親を死に追いやり、血で汚れた手のまま新たな王になるのだ。

アンジェリカと過ごすうちに、求めるべきではないと考えるようになっていた第一王子としての権力――それを手に入れたとき、ウォーレンはきっとこれまでと同じではいられない。

それでも心だけは、アンジェリカの知るウォーレン・ハイアットのままでいたかった。

第四章　敵は誰？

その晩、アンジェリカは三度目の予知夢を見た。

今よりも大人びたウォーレンとアンジェリカを、少し高い位置から見下ろしている感じだった。

場所は王宮のどこかだろう。

至るところにスターレット侯爵家の青薔薇の旗が飾られているから、ウォーレンが自らの地位を回復したあとだとわかる。

二人は護衛の軍人を引き連れ、華やかな王宮内をゆっくりと歩く。

やがて石造りの階段を下り、王宮の地下へと進んだ。

「あなたの敵はゴダード公爵でしょう？　国王陛下や王太子殿下は直接関わっていないわ！　それなのに……」

「……父親としては妻と子を守れず、公爵の陰謀に気づきもしないだけで十分な罪だ。それに軍をこちらに差し向けたのは国王だ。傀儡だったからなんて理由で許されるはずがない」

二人とも険しい表情だった。

囚われの身となっている国王とパーシヴァルのところへ向かう途中だとわかる。

「でも、王太子殿下は……生まれてすらいなかったのに……」

「アンジェリカはパーシヴァルを庇《かば》うのか？　……彼は〝鑑定〟の異能を持っている。俺が偽者ではないことを自分の異能で調べる機会はあったんだ。にもかかわらずゴダード公爵に担がれて、討伐軍の総大将を務めた。……たとえ名ばかりの司令官だったとしても、責任は重い」

「でも……」

「パーシヴァルは俺の母――イヴォン妃の仇ではない。だとしても、この戦いで兄弟子や仲間が命を失った。……どうして許せると思う？」

予知夢を見ているアンジェリカは案外冷静に情報を分析していた。

ウォーレンが自分の出自を明かしたあと、予想どおりゴダード公爵はウォーレンを王子を騙《かた》る不届き者として扱ったのだ。

国王もパーシヴァルも自分たちでは調査を行わずに、ゴダード公爵の言葉を鵜呑《うの》みにした。

王命でウォーレンやハイアット将軍家を討伐する部隊が編制されて、パーシヴァルが指揮を執ったのならば、責任は免れない。

二人の王族はスターレット侯爵家断絶に至った事件に関する罪で裁かれるのではない。

王家から〝剣王〟の異能を奪った逆賊ゴダード公爵をのさばらせ、為政者《いせいしゃ》としての正しい判断ができないその能力の低さで、裁かれるのだ。

（仕方のないことだわ……きっと……）

ウォーレンは未来でも論理的思考の持ち主で、アンジェリカのほうが感傷的である気がした。

夢の中の登場人物となっているほうの未来のアンジェリカは納得がいっていないみたいで、ウォーレンの腕を強く掴んだ。

「……だったら、なぜ泣いているの？」

その言葉に驚いて、ウォーレンが自分の目尻の付近を指先でこすった。アンジェリカの指摘どおり、瞳にはわずかに涙が浮かんでいる。

地下の通路を進むにつれて周囲が薄暗くなっていっても、水滴の輝きだけははっきりと見えた。

「アンジェリカ……。俺はすでに実質的には王なんだ。敵の総大将だった者を許しては、ほかの者も処分できなくなる。身内だからとか、まだ若いからとか……そんな私情で動くなんて許されない。それが王になるということだ。……こんな俺に、それでもまだついてくるかい？」

それはまるで彼が自身に言い聞かせる言葉みたいだった。

私情を捨てられず、傷つき迷っているウォーレンを見ていると、予知夢を見ているほうのアンジェリカまで泣きたくなってきた。

もちろん意識だけが浮遊している状態では、涙など出るはずもないのだが。

「ウォーレン……」

未来のアンジェリカは立ち止まり、ハンカチでウォーレンの涙を拭っていた。

それが終わると、ウォーレンの一歩先を歩く。新たな国王を守る盾となることを決意したみたいだった。

二人とも険しい顔つきのまま、薄暗い廊下の先へと進んでいった。

宙をさまようアンジェリカの意識はそこで薄れていく。もうすぐ夢が終わるのだ。

（これが正しい未来なの？　ウォーレンが……私たちが笑えなくなる世界が……願った先にあるものなの？）

だったら、まったく嬉しくなかった。

◇◇◇

三回目の予知夢を見たアンジェリカは、このまま進んではならないという焦燥感に駆られるようになった。

(夜にでもウォーレンに相談しなきゃ)

大切な人を奪われた経験のないアンジェリカには、復讐をやめるように諭す権利なんてないのかもしれない。

それに、今のこの国のあり方も正しいものとは言えない気がしていた。

(でも……勝利の先に……心から笑っていられる二人はいない……)

そういう確信があるからこそ、夢の中で語られた国王とパーシヴァルを討たなければならない理由が発生する前に、どうにかせねばと思うのだ。

いい考えが浮かばないまま、おやつのクッキーだけが皿から消えていき、時間が過ぎていく。

しばらくすると私室のドアが打ち鳴らされ、許可のあと手紙を持ったメイドが入ってきた。

「アンジェリカお嬢様、今日もお手紙が届いておりますよ」

「あら『中身が残念な令嬢第一位』であるこの私になんの用かしら」

アンジェリカは中身は残念だが、社交界に出入りする独身女性の中で、容姿も第一位だと言われている。

おそらくチェルシーが社交界にデビューするか、もしくはアンジェリカが既婚者になるか、どちらかの日が訪れるまではその地位は不動だ。

そのため、顔がいいという単純な理由で多くの恋文が届く。

ただし、真面目な気持ちで出した手紙かどうかあやしいし、品行方正な紳士からはまず届かない。

だとしても一応、あまり無礼な態度を取ると家族に迷惑をかけてしまうので、ウォーレンとチェルシーが考えてくれた定型文を使い、丁寧に返事を書いている。

ちょうど行き詰まっていたところだから、面倒な仕事は溜《た》め込まずにこなしたほうがいいだろう。

アンジェリカはメイドが出ていってから、一人机に向かった。

机の端に置いたトレイの上に一週間ぶんの手紙が重ねられている。

最初の手紙は二十代の若き伯爵からだった。

チェルシーが一緒に作ってくれた名簿は家名のイニシャルごとに管理されている。

初めて手紙をくれた人物だった場合は、名簿に名前を書き足す。二度目以降は名前の横に縦棒を一本増やして回数を記録するのだ。

若き伯爵の名は名簿にはなかった。

「ええっと……この人には定型文その一『すべてにおいて父の許可が必要ですわ』がぴったりね」

最初の手紙に対する返事は大体この内容である。

アンジェリカが個人の意思で誘いを突っぱねるとなぜかトラブルになるので「父の許可」で乗り切るのだ。

最強の武人であるオスニエルは皆から恐れられているため、こういえば六割くらいの者が手紙を送りつけるのをやめてくれる。

一通目はすぐに書き上がった。

次の手紙はとある男爵令息だ。

（最近ちょっとだけ手紙が増えた気がする。……もしかして、私がウォーレンからの求婚にちゃんと答えを出していないから……？）

舞踏会での別行動が影響しているのかもしれない。

ということは、ウォーレン宛にも令嬢からの恋文がたくさん届いているに違いない。

アンジェリカは彼からの求婚を保留にしているにもかかわらず、ウォーレンのほうにどんな相手からどれだけの手紙が届いているのか気になってしまうのだった。

「いけない、集中しなきゃ。……ええっと……男爵令息は、五通目ね。定型文その七『父を通してくださいと何度もお願いしているのに、聞き入れてくださらないなんて、わたくし悲しい』にしましょう」

そして六通以上の手紙を送ってきた紳士に対しては、オスニエル直筆の手紙が送られるのである。

全部で十通あった手紙への返事を着々とこなし、残るところは最後の一通となる。

真っ白で装飾はないが、つるりとした紙質のよさから気品を感じる封筒には聞いたことのない紳士の名が記されていた。

「じゃあ、定型文その一……」

便せんを取り出し、手紙の冒頭を読みはじめてすぐ、アンジェリカは青ざめた。

「これって王太子殿下からのお手紙じゃない!?」

偽名を使ったことへの謝罪から始まるその手紙の本当の差出人は、パーシヴァルだった。

将来敵対する可能性が高い人物から手紙が届き、アンジェリカは驚く。

「まさか……兄弟で私を取り合う事態にはならないわよね……」

舞踏会で会ったとき、恋する男という様子ではなかった気がしたが、パーシヴァルから恋文が届いたことを知ったら、ウォーレンはいい顔をしないだろう。

アンジェリカは悪事をしている気分に苛まれながら、ひとまず中身を確認していく。

手紙の内容は、ダンスの相手を務めたことに対する礼だった。

さらによければ個人的にどこかでお茶でも飲みながら話をする機会がほしいと続いている。仲を深めたい相手への手紙としてはありふれた内容だった。

高位貴族でも王族でも、初めての手紙には定型文その一を適用すればいいだけだ。

けれど、ある一文のせいでアンジェリカが持つペンの先は一向に動かない。

「嘘でしょう……『青薔薇の君は連れてこないでください』って……王太子殿下はウォーレンの秘密を知っているの……?」

サーッと背筋が凍る勢いだ。

ゴダード公爵の孫なのだから知っていてもおかしくはない。

それでもなにも知らずにいてくれたらいいと願っていたのだ。

青薔薇は取り潰されたスターレット侯爵家を指す言葉で、一連の騒動を知っている大人たちのあいだでは禁句となっている。

いくらウォーレンが見目麗しいとしても、男をわざわざ花に例える必要はない。偶然、青薔薇にいた。

例えた——なんて、あり得なかった。

「これ……デートの誘いなんかじゃないわ」

すでに場所と時間の指定までされていた。

恋文に見せかけて「おまえの義弟について話がある。一人で会いに来い」という脅迫文になっていた。

「ど……どうしよう？　ウォーレンに相談するべき？　でも、そうしたら絶対に対立が早まるわ。王太子殿下はどうして私に接触しようとしているの？　人質にするとか、兄の恋人を奪って優越感に浸るとか？　わからない、わからないわ……」

呼び出したからにはなにか話があるのだろう。

けれど、アンジェリカには内容の予想ができなかった。パーシヴァルは交渉相手の人選を激しく間違えている気がした。

それでもアンジェリカは必死に考える。

まずウォーレンを含む家族にこの件を伝えると、二つの勢力の対立を早める結果になる未来しか見えない。

オスニエルは私兵を引き連れて指定の場所に向かいそうだし、ウォーレンがパーシヴァルに友好的に接するはずもない。

あまりいい手とは言えなかった。

そして指定の場所に行かないというのも無理だ。

性格上パーシヴァルの目的を確認しないまま放置するなんて、アンジェリカには到底できない。

（私って、ウォーレンが身分を回復するまで死なないのよね……！　それなら、話くらい聞いてあげたほうがいいのかも？）

予知夢の中で、アンジェリカを殺すのは二十四歳のウォーレンだ。

もちろん、最初に見た夢から現実がはずれている可能性はあるが、昨晩の夢の中でもアンジェリカはウォーレンのそばにいた。

つまり〝予知〟によってアンジェリカの生存は保証されているということになる。

そしてアンジェリカの直感は、パーシヴァルが悪人ではないと告げていた。

「受けて立つ！　それしかない……」

これは恋文ではなく脅迫状である。

ここで逃げるのはハイアット将軍家の娘らしからぬ行動だった。

アンジェリカは決意して、手紙を受け取ったことを秘密にしたまま、約束の日にパーシヴァルのもとへ向かうことにした。

過干渉気味のウォーレンに悟られないようにするのはなかなか大変だ。

幸いにして指定の日、ウォーレンは職務でいなかった。アンジェリカは友人とカフェに行くという設定で、すんなり屋敷を抜け出すことに成功したのだった。

◇◇◇

パーシヴァルが指定したのは、都の一等地にあるカフェの一室だ。時間は午後のティータイムとしては少し遅めの四時だった。

二階部分にある個室を貸し切っているらしい。給仕の者に案内されて部屋の中に入ると、地味な装いのパーシヴァルがいた。

（やはり、変装に眼鏡は欠かせないのね。フフッ、気が合うじゃない）

パーシヴァルは灰色のジャケットに眼鏡。アンジェリカも落ち着いたブルーグレーのデイドレスに眼鏡――図らずもお揃いになってしまう。

ちなみにアンジェリカは念のためドレスの内側に小型のナイフや鈍器を縫いつけて持参していた。

「やあ、アンジェリカ殿。ようこそ」

「本日はお招きありがとうございます。王太子殿下と個人的にお茶の時間を過ごす機会をいただけるなんて、光栄ですわ」

アンジェリカは心の中で臨戦態勢をとりながらも笑顔で挨拶をする。

「……そう、それは嬉しいね。とりあえず座って」

パーシヴァルも前回同様、温和な印象を崩さない。

（確か……いきなり本題に入るのはスマートではないのよね。ここは主導権を握るためにも私のペースで会話を進めなきゃ）

本当は、なんの用があって呼び出したのかを問いただしたくて仕方がないのだが、それだと余裕のなさが露見してしまう。

普段のウォーレンやジェーンの言動を見習い、オスニエルがやりそうなことはしない。

それが戦術というものだった。

「そういえば、私……小さな頃王妃様にお目にかかったことがあるんです。王宮で迷子になっていたら助けてくださって」

共通の話題が思いつかず、咄嗟に出てきたのがデリア妃との思い出だ。

たった一回会って、お菓子をもらった程度の関係だが、ほかに思いつかなかった。

「僕の母に会った⁉」

パーシヴァルの反応は、貴族の娘が王妃と面識があることに対する驚きとしては少々大げさに感じられる。

「はい。……どうかなさいましたか？」

「……いや、身体が弱い人で、限られた貴族としか交流していなかったと聞いていたものだから、驚いたんだ」

「きっと、迷子になった私が王族の方々専用のお庭に入ってしまったせいですね」

「なるほど。……母とはどんな話をしたんだい？」

「それが、お菓子を少々いただいたら眠たくなってしまい、あまりお話はできませんでした。……ですが、立ち入り禁止の場所に入ってしまったのにお咎めもございませんでしたし、なくしたピアスをわざわざ届けてくださったのです。大切なものでしたから感謝しております」

正確にはピアスはなくしたのではなく、昼寝をしているアンジェリカの寝相が悪く耳たぶがちぎれてしまわないか心配したデリア妃が、両耳からはずして預かっていたということらしい。

けれど返却時に丁寧な手紙とたくさんのお菓子が添えられていて、アンジェリカの中でのデリア妃は今でも「素敵な人」のままだ。

よく考えれば時の王妃の生家を陥れたゴダード公爵の娘だから、アンジェリカの認識と実態が同じだったかはわからない。

それでも幼い頃に抱いた印象は簡単には覆るものではないのだ。

デリア妃とパーシヴァルは雰囲気がよく似ていた。

母親が素敵な人だったから彼も善人であるなんてことはないのだが、将来敵になるとわかっていても本気で憎めないのはそのせいだ。

「ところでアンジェリカ殿。今日はどうして応じてくれたんだろうか？」

彼の態度の不自然さが少々気になったが、本題に入ってしまったため、アンジェリカは身を引き締める。

「殿下がどんなご用件で私を誘ってくださったのか、ほんの少しだけ興味があったからです」

ほんの少しだけというのはもちろん強がりだ。

（そう、こちらの望みや目的は多くを語らず……相手の言葉を引き出すの！）

ウォーレンやチェルシーが一緒でなくても、アンジェリカは基本的な交渉がきちんとできる女だ。

そのことに胸を張る。

「そうなんだ……なるほど。もちろん、ハイアット将軍家の麗しきアンジェリカ殿と親交を深めたいからに決まっているじゃないか」

「まあ、王太子殿下に興味を持っていただけるなんて予想外でしたわ」

絶対に嘘だとわかっているが、とりあえず話を合わせておく。これもきっと、話術の一つだ。

「そういえば先日、ハイアット将軍家に賊が侵入したと聞いた。あなたや青薔薇の君が怪我をしていないだろうかと、少し心配したよ」

手紙でもそうだったが、パーシヴァルはまた「青薔薇の君」という名称を使った。

(青薔薇の君が誰なのか……すっとぼけたほうがいいのかしら？　それともわかっている前提で会話をしたほうがいいのかしら？)

今日はウォーレンについての話があると予想したからこそ、アンジェリカはここにやってきた。にもかかわらずそれをわかっていないかのように振る舞うのは、心証が悪い気もする。一方最初から「青薔薇の君」の存在を当然のものとして扱うのも、足もとを見られる気がして不安だ。

(……どうしよう。なんだか面倒くさくなってきたわ！)

少しでもウォーレンやハイアット将軍家の役に立つのならばと考えて、頭脳戦を制しようと頑張ってきたアンジェリカだが、やっぱり無理だったと悟る。

パーシヴァルの腹の中が見えずに気持ち悪いし、思ったことを口にできない自分にもムカムカとした感情が込み上げてきた。

アンジェリカの忍耐力は早くも限界を迎えそうだった。

「ご心配には及びません。……ハイアット将軍家の者が負けるはずはありませんから」

「すごい自信だね。それで、いったいどんな勢力に狙われたのか、見当はついているのかな？」

少しおどけた態度にアンジェリカはついイラッとしてしまう。

青薔薇のことを知っていたくらいなのだから、パーシヴァルは襲撃の理由を確実に把握している。あえて聞いてくるのだから、かなり性格が悪い。

「……そういうことは、父や義弟が報告書を上げているのではないでしょうか？　軍人ではない私にはわかりかねます」

当然見当はついているが、オスニエルたちが正しく報告できるはずがない。そんなことをしたら大貴族に言いがかりをつけたとして、制裁の理由を与えてしまうだけだ。

「……君たちは襲撃の黒幕が僕の祖父だとわかっていて、けれど報告書には『不明』とか『調査中』と書くしかないんだろう?」

パーシヴァルがついに決定的なひと言を口にした。

どうせアンジェリカには本心を隠す演技力などない。それなら言いたいことを素直に述べたほうがいいだろう。

「知らないふりをなさっているのは、王太子殿下のほうです。私はそれに合わせようと思いましたの」

「それは失礼した」

「王太子殿下はどなたのお味方ですか?」

静かに、できるだけ冷静にと心がけながらアンジェリカは問いかけた。

「誰の味方ならばいいと思う?」

「もちろんこちら側です」

パーシヴァルが公爵の味方でなければいい。――そう考えるのは都合のいい望みだ。

一方で、敵だと決めつけるにはパーシヴァルの行動が不自然な気もしていた。

「……君たちに味方をして、僕にはどんな利点があるというんだい?」

「そもそもハイアット将軍家には戦う理由がありません。十八年間沈黙を貫いてきたことで、戦意がなかったことは十分に証明できるのではないでしょうか？」

内戦になれば必ず兵や民が犠牲になる。その人物は誰かの子であり、誰かの親かもしれないし誰かの恋人かもしれない。

仇を討つために、他人の不幸を生み出すことへのためらいを、夢の中のウォーレンからは感じた。

「つまり、僕の地位を脅かさない……という意味だろうか？」

「本人の考えは、わかりません。王太子殿下がお望みならば……義弟との仲を取り持つ役目を私がいたします」

「それは無理だよ、アンジェリカ殿」

パーシヴァルがフッと笑う。アンジェリカを小馬鹿にしたのだ。

さすがにカチンときた。

「だったらなぜ、私を呼びつけて……対話をなさろうと思ったのですか？」

「対話のために呼び出しただなんて、いつ僕が言ったの？　……そうだな、例えばだけど……アンジェリカ殿を人質にするつもりだったとしたらどうする？」

パーシヴァルの手が伸びてきて、アンジェリカの手首を摑む。

細身でまだ完全な大人とは言えない彼だが、意外にも手の力は強かった。

（この方……もしかして強いの？）

親しい男性——ウォーレンやオスニエル、門弟たちに比べてかなり細身だから、アンジェリカとしては物騒な事態になったときにパーシヴァルに負けるなんていう想定をしていなかった。

けれど腕を摑んでいる指先は硬く、真面目に剣の鍛錬を欠かさない者のそれだった。

「無理ですよ。……だってここには戦士がいないもの」

半分強がりではあるものの、余裕の表情を浮かべる。

アンジェリカも剣をたしなむ者だ。男性であっても十五歳の、完璧な大人とは言い難い者に負けるはずはない。そう思いたかったのだが……。

パーシヴァルが立ち上がり、アンジェリカの腕を軽い力で捻《ひね》った。

アンジェリカは無理に逆らわず、彼の動きに合わせながら立ち上がる。その勢いで逃れようと試みた。

(しまったっ！)

いつの間にか、パーシヴァルがテーブルの向こう側から移動していた。

あまりに自然な動作だったため、背後を取られて初めて本気の焦りを感じはじめる。

まだ少年の部分があるからなのか、それともデリア妃に似た温和そうな見た目のせいなのか、アンジェリカはずっとパーシヴァルに対しては油断し続けている。

「あなた一人なら、僕だけでもどうとでもなるよ。……まさかとは思うが、強者はハイアット将軍家の者だけだと勘違いしていないよね？」

そんな思い上がりはしていないと言いたかったが、言葉に詰まった。

おそらく、無意識にハイアットこそが最強であり、自分もハイアットの一員だという慢心があった。

戦闘系の異能を持っていない者には負けないという自負もある。

どうにかスカートの中に仕込んでいる武器に手を伸ばそうとして、アンジェリカはもがく。

「なるほど、そういうことか……」

ボソボソと小さな声で、パーシヴァルがつぶやく。掴まれている手首が妙に熱かった。

「なにが、そういう――？」

そのとき、ひかえめな音を立てて扉が開いた。

（ここにきて増援……!?）

万事休す、と諦めかける。パーシヴァルは一人でこの場に来ていたわけではなかったのだ。

けれど、開いた扉の先にいたのは……。

「残念ですが、ここに来たのはアンジェリカ一人だけではないんですよ。……王太子殿下」

普段と違い冷たい表情で殺気をまとうウォーレンが、ゆっくりと部屋の中に入ってきた。

いつもどおり軍服で出かけていったはずなのに、なぜか地味なジャケットを着ている。

ウォーレンが助けに来てくれたのだとわかるが、アンジェリカが安堵《あんど》したのは一瞬だった。すぐにこれまでに感じていたのとは別の意味で、自分の窮地を悟る。

彼の周囲を漂う空気が重く、そして真冬のように冷たくなっている気がした。

（まずいまずいまずい……！　お仕置きされちゃう）

ウォーレンの視線は、アンジェリカを拘束しているパーシヴァルの手の付近に集中していた。イライラしているのが伝わってくる。本人に隠すつもりがないせいだ。

ゾクゾクと寒気がしているのに額のあたりから冷や汗が噴き出す。拘束されたままのアンジェリカにはそれを拭う術がない。

「きちんと挨拶をするのは初めてかな？　……ウォーレン・ハイアット殿」

背後にいるパーシヴァルの声に動揺はなかった。

「初めまして、王太子殿下。……とりあえず、俺の家族にちょっかいをかけるのはやめていただけますか？」

ウォーレンも軽く笑ってみせるが、どす黒い殺気をまとったままだから友好的な様子は一切感じられない。

彼の言葉を受けて、パーシヴァルが拘束を解く。

アンジェリカはすぐさま距離を取り、扉のほうへと逃れる。けれど、今のウォーレンもアンジェリカにとっての危険人物だから、微妙にあいだを空けて身構えていた。

「避けられているみたいだけど？」

パーシヴァルがクスクスと笑う。ただならぬ気配のウォーレンと対峙しても動じないのは王族だからだろうか。異能持ちではない一般人のアンジェリカには到底真似できない。

「くだらない挑発はおやめになったほうがいいですよ。……俺は、基本的に売られた喧嘩は買う主義なので……」

「へぇ……。ところで二階には人払いをしてあったのに、どうやって入ってきたんだろうか？　アンジェリカ殿には一人で来るようにとお願いしたんだけど……守っていただけなかったようで」

アンジェリカはブンブンと首を横に振った。ウォーレンには秘密にしていたのに、彼が勝手に察しただけであり、これは望んだ展開ではない。

「姉はわかりやすい性格なんですよ。そんな部分が愛《いと》おしいんですけど。……彼女も一応貴族の令嬢ですから、一人での外出なんて許すわけがないでしょう」

「姉君に対して随分と過保護だと思うけど？」

「ただの姉ではないもので」

ウォーレンが長い腕を伸ばして、アンジェリカを無理やり引き寄せた。

（ひぃぃ……）

怪我をするほどではないけれど、腕の力が強く、地味に痛い。怒られるだけでは済まされない予感がしているため、余計に冷や汗が止まらなかった。

「アンジェリカ……帰ろう」

「……い、いや……ちょっと待って……」

アンジェリカの目的は、パーシヴァルの真意を探ることだった。

先ほどは人質にすると言っていたが、よく考えると本気とは思えないのだ。

二階は個室ですべて借り上げていたとしても、ここは普通のカフェである。あのまま捕らえられたあとに、どうやってアンジェリカを監禁場所に連れていくのかが謎だった。

ほいほい呼び出しに応じてしまうアンジェリカを捕らえる方法なんて、いくらでもあるはずなのだ。冷静になると、パーシヴァルの言動はなにもかもが中途半端だった。

「……一つ言っておくが、俺や俺の大切なものに手出しするのなら……容赦しない。次はないと思え」

ウォーレンはすでに身分を一切無視していた。

年長者であり、自分のほうが上の立場であることを教えているみたいだ。

「怖いな、あなたは……。次に会うときまで、どうか健在で」

パーシヴァルからはウォーレンを恐れている様子は感じられなかった。

ただ、どこか寂しい目をしている。

これまでデリア妃に似ているから、パーシヴァルを心から嫌いにはなれない気がしていたのだが、それだけではない。

その寂しげな瞳は、予知夢の中でウォーレンが肉親と敵対するときに見せたものと同じだったのだ。

母親が違って、髪の色や目の色も違うのに、わずかに似ている。

もっと話すべきことがあったのではという後悔に苛まれながら、アンジェリカはウォーレンに手を引かれ、カフェの廊下を歩く。

(……どうして誰も引き留めないの?)

入室するまではいなかったはずだが、密会の会場だった扉の付近に一人、階段付近に二人、合計三人の男が立っている。おそらくパーシヴァルの護衛だろう。

けれど彼らはまるで立ったまま眠っているみたいに視線すらこちらに向けてこない。

(こんな護衛で大丈夫なの……?)

今後敵となる相手のことなど気にしてはいけないのだが、招待されていないウォーレンの侵入を許し、帰るときも引き留めないなんてことはあるのだろうか。

無能すぎて不安になってしまう。

そのまま誰にも注目されずに二人はカフェを出た。

少し歩いて大通りから路地に入ったところにアンジェリカが乗ってきた伯爵家の馬車が停《と》まって

いる。

わかりにくい御者との待ち合わせの場所にすんなり進んだのだから、ウォーレンはアンジェリカが屋敷を出発した段階で、すでに尾行していたのだろう。

逃走防止のためなのか、隣同士で馬車に乗る。

「なんでわかったのよ……」

アンジェリカは無意味な変装だった眼鏡をはずしながらウォーレンに問いかけた。

今日は友人とカフェに行く予定だと告げていて、不審に思われる点は見つからない。

「君が友人とカフェに行く場合、その店の名物がなにかを必ずチェックしているし、俺やチェルシーに、当日の装いについて助言を求めるはずなんだ。そういうのが一切なかった」

アンジェリカはお菓子が好きだし、剣を振るうときは男装だが、ドレスで着飾るのも好きだ。

同世代の友人とカフェに行くのなら『中身が残念な令嬢第一位』として、せめて外見だけは誰よりも美しくありたいと思っている。

だから、よく服装や髪型について二人に相談していた。

今回は真面目な交渉になると思っていたので心に余裕がなく、そのあたりがすっかり抜け落ちていたみたいだ。

「そんなことで……バレるなんて……」

「アンジェリカ。どうして一人で行ったんだ？　危険すぎる」

「……だ、大丈夫よ。私、二十四歳まで死なないもの」

「死ぬ……死なないって。そんな問題じゃないだろう！　たとえ君の〝予知〟の力が本物だったとしても、些細《ささい》な行動の変化で覆る……。それはもう母上の件で証明済みだ」

「だ……だって……私は未来のウォーレンが……」

いい方向へ未来を変えられたのなら、少しの油断で悪い方向にも変わる。

それくらいアンジェリカにもわかっている。今日だって、いい方向に未来を変えたくて、パーシヴァルに会ってきたのだ。

「あぁそうか。……まだ俺から離れようとするんだな？」

馬車に乗り込んでから普通に会話をしていたために忘れかけていたが、ウォーレンの機嫌は今、とんでもなく悪い。カフェに乗り込んできてから少しも変わっていないことを今更ながら思い知る。

いつものちょっとした喧嘩とは違う。

ただ怒っているだけではなく、失望されてしまった気がした。

「そうじゃなくてっ」

未来のウォーレンが裏切るからと言いたかったわけではない。

アンジェリカは、夢の中に出てくるウォーレンが幸せそうに見えないから、このまま進んだ先にある未来に疑念を抱いている。

パーシヴァルと接触した理由は、ウォーレンにとっての異母弟である彼こそが、愁いの原因になると考えたからだった。

「アンジェリカ。黙って……。未来の俺が君を裏切るなんて話は聞きたくない」

いつもと同じ声のはずなのに、その言葉は耳の奥にやたらと響いた。

（え？　……なに？　声が出ない……）

急に声の出し方を忘れてしまった気分だ。

アンジェリカは喉のあたりを押さえながら、どうにか発声しようと試みる。けれど、普段は簡単にできることが、なぜか難しく、ただ息が吐き出されるだけだった。

必死になって呼吸を繰り返すアンジェリカを眺めながら、ウォーレンが悪い笑みを浮かべる。

「君は知らないみたいだけど、じつは〝剣王〟の異能は、戦闘系の異能ではないんだ」

「……っ？」

「畏怖によって相手を思いどおりに操る……という説明ならわかるだろうか？　暗示みたいなもの。実際に経験している今なら理解できるはずだ」

それなら、先ほどのパーシヴァルの護衛が動かなかった説明がつく。

「……！　……っ！」

十分に理解したので、もう解除してほしかった。

声を奪ったのが〝剣王〟の力だというのなら、解除できるのもウォーレンだ。

アンジェリカは必死に訴えかけるが、ウォーレンは無視をして話を続けた。

「この異能、自分にも使えるんだ。速く動けと心の中で命じれば俊敏になるし、肉体の強化もできる。思いどおりに動けたら、もっと強くなれるのに……って考えた経験くらいあるだろう？　俺にはそれができる。……あくまで強化されるだけだから、努力は必要なんだけど」

異能は時々、他者から見えやすい表面的な現象で名付けられてしまい、実態と乖離《かいり》している場合がある。

おそらくこれまでの王族があえて語らなかったせいだが、王家の〝剣王〟もその傾向にあったのだ。

真剣に話を聞ける状況であれば、アンジェリカもきっと感心していただろう。

けれど、声を取り戻さなければならない状況で、しかもウォーレンが殺気を撒《ま》き散らしているものだからまったく集中できない。

以降、ウォーレンがなにも言ってくれなくなり、馬車での移動の最中はこれまでになく居心地の悪い時間になった。

屋敷に着くとまたウォーレンに手を引かれて歩く。

エントランスホールには帰宅の気配を察した両親とチェルシーがいて、わざわざ出迎えをしてくれた。

「……!」

アンジェリカはとりあえず父に助けを求めようとした。

けれど、オスニエルは可愛らしく首を傾げるだけだった。必死さはまるで伝わっていない。

「……ん?　一緒だったのか。……ウォーレン、過保護はよくないぞ」

友人とカフェに行ったはずのアンジェリカが、なぜかウォーレンと帰ってきた。それについてオスニエルは、ウォーレンがわざわざ迎えに行ったという状況だと勘違いしたらしい。

「……ただいま帰りました。父上、母上、チェルシー。すみませんがアンジェリカと大事な話があるので、明日の朝まで二人っきりにしていただけますか？　……俺たちのことは気にしないでください」

普段ならば「朝まで二人きり」という言葉をオスニエルが許すはずはないのだが……。

「ああ……わかった……」

オスニエルに続いてジェーンとチェルシーも頷く。

アンジェリカとウォーレンが将来結婚することに賛成している両親ならともかく、快く思っていないはずのチェルシーまで同意するなんて、明らかにおかしい。

（ウォーレン……お父様たちに異能を……？）

これまでオスニエルたちが不自然な行動をしていた記憶はないし、アンジェリカ自身も操られたと感じたのは今日が初めてだった。

（違う……私は二回目なんだ……。前にも身体に力が入らなくなって……）

それでもたった二回だ。

しかも前回はすぐに解ける程度の軽いものだった。

これほどの異能があるのなら、今までだってウォーレンはアンジェリカを意のままに操れたはず。

手段を選ばなくなるくらい、ウォーレンを怒らせてしまったのだ。

アンジェリカは戸惑い、そして恐怖を感じた。

やがて強引に連れていかれたのは、ウォーレンの私室だった。

互いの部屋をよく行き来する関係ではあるのだが、今この部屋に足を踏み入れたら身が危ういのはわかる。

けれど抵抗なんてできないまま、部屋の扉がパタリと閉まった。

（ダメ……！）

ウォーレンはいつかの仕置きの続きをしてしまうのだろう。

顔つきだけで、本気さがわかった。

「さっき、二十四歳までは死なないって言っていたけど……」

一方的に話をしながら、ウォーレンがアンジェリカを押し倒す。

柔らかいベッドの上に背中を預けた直後、ウォーレンが覆い被さってきた。

黒い髪をいじりながら、じっとにらみつけてくる。

「こうやって、男に組み敷かれて……それが俺以外の人間だったとしても、君は『死ぬわけじゃないから、大丈夫』って笑っていられるのか？　どれだけ危険を冒したのか理解してる？　……アンジェリカは、俺のものだ」

怒りと焦燥感――負の感情が伝わってくる。

けれどそうなってしまったのは、きっとアンジェリカを心配していたからこそだ。

（私だって……ウォーレンを想って……だから、行かなきゃって……それなのに）

人に説明できるほどの根拠があるわけではないのだが、パーシヴァルを敵と見なすとウォーレンの心に暗い影を落とす気がしてならない。

そのことをわかってほしいのに、彼はどんどんと先に進んでしまう。

太ももを撫でながら、ウォーレンが首筋に唇を落とす。

怒っているのに、手つきだけは優しい。

アンジェリカの身体はたったそれだけのことで早くもとろけてしまいそうになる。

（……私、ウォーレンに触れられたら……）

先日、彼と淫らな行為をしたときから、アンジェリカは自分の身体に不安を覚えていた。

ウォーレンにされることすべてが気持ちよくて、すぐに達し、欲望に呑み込まれてしまう。厳しい剣術の鍛錬を欠かさず、心身ともに鍛えてきたはずなのに情けない身体だ。

(始まる前に、拒絶しないと……っ!)

足をバタバタと動かして、腕にもめいっぱい力を込めた。

けれど急にウォーレンが傷ついた顔をするものだから、アンジェリカの動きは止まってしまった。

「声を封じていてよかった。君から否定の言葉を聞くのはうんざりだから。……言葉でも態度でも伝えてきたのに、予知夢なんて不確かなものを優先するのはひどすぎるよ」

ウォーレンは、今日のアンジェリカが予知夢を根拠に動いたと勘違いしていたのだ。

(違う、のに……そうじゃないのに……。悲しませてしまう)

確かに予知夢があったからこそ、アンジェリカはパーシヴァルに会いに行った。

その認識に間違いはないのだが、ウォーレンから離れようとしたわけではない。

けれど、パーシヴァルと会う約束やその目的を相談せず、結果としてウォーレンを悲しませたのはアンジェリカだった。

今は前向きな未来を目指しているという気持ちを伝えたいのに、これではできなくなってしまう。

「もう、諦めて。……絶対に離すものか」

ウォーレンが唇を寄せてくる。

そうやって所有権を主張するのだろうか。

言葉を封じられたアンジェリカは、ただ拒絶をしないことでしか気持ちを表現できなくなっていた。

柔い口内に容赦なく舌が入り込む。

アンジェリカも呼応して、積極的に深い繫がりを求めていった。

（ウォーレン……ウォーレン……）

恋人同士がする行為について、彼から教わったばかりだというのに、はしたなく思えるほど物覚えがいい。意思なんて無視されて、強引に奪われていっても、すぐに思考も身体もとろけてしまう。

これから始まる行為を、一方的なものにしてはダメだと強く思う。

少し前までのアンジェリカが知っているウォーレンは、賢いうえに優しくて、家族思いで……とにかくしっかりしている完璧な青年だった。

けれどその裏に、複雑な生い立ちとそれゆえの孤独を隠して、アンジェリカにすら見せていなかった。

アンジェリカは、許されるのなら彼のすべてを理解したかった。

だからドレスを奪われて自分だけが生まれたままの姿を晒す状況になっても、一心に彼を見つめ続ける。

「本当に……綺麗な身体だ……。まぁ、今から俺が穢《けが》すんだけど」

自嘲気味に笑ってから、ウォーレンはアンジェリカの身体のあらゆる場所に舌を這わせていった。

首筋、鎖骨のあたり、そして胸の頂……最初は優しい刺激だったのに、どんどん強いものへと変わっていく。

チュッ、チュッ、と肌に吸いつかれるとピリッとした痛みが走る。

唇が離れた場所にうっすらと赤い印が残されているのがわかった。

（痛いだけじゃない……気持ちいい……）

胸の付近が最も弱く、はっきりとした快楽を感じられた。

一応伯爵令嬢であるアンジェリカは、舞踏会など念入りに肌を磨きたいときはメイドに入浴を手伝ってもらっている。石けんや香油を塗りつけるときに他人に触れられても多少くすぐったく感じる程度だ。

それが相手がウォーレンとなっただけで、なにもかもが変わってしまう。

どこに触れられてもなにをされても気持ちがいい。

とくに胸はダメだと感じた。両手で軽く揉みしだかれながら舌で愛されると、それだけで果てそうだった。

どうにかやり過ごしたくて、アンジェリカは身悶える。

けれどそれは、ただどれほどの快楽を得ているのかをウォーレンに伝えるだけだった。

「ここ……そんなにいいのか？　……敏感だな」

右の頂から左の頂へ移動する合間に、彼はボソボソとつぶやく。

「……っ！」

指と唇の両方を使って、彼はアンジェリカを翻弄し続ける。胸の先端は硬く、そしてどこまでも敏感になっていく。

舌先で突いたり、軽く歯を立てられたり、指で弾かれたり――一つの刺激にアンジェリカが慣れるよりも早く、別の刺激が与えられた。

大量の蜜がドッと奥からあふれてくるのが感覚でわかった。

全身が熱く、呼吸は最初から荒い。単純な自分の身体を恥じ、動揺で涙がこぼれた。

(や、やだぁ……胸は、ダメ……あぁっ、あぁぁぁっ！)

頭の中でなにかが弾け、フッと身体が浮き上がる心地だった。

こうなるのは初めてではないから、軽く絶頂を迎えたのだと理解できた。

「すごいな、アンジェリカは……」

顔を上げたウォーレンが目を丸くしていた。

大げさに身体を震わせ、息を荒くする様子で、アンジェリカがどういう状態にあるのかわかってしまったのだろう。

純粋に驚いているその態度に胸がせつなくなる。急に羞恥心が込み上げてきた。

(ウォーレンが悪い、の……)

何度も大きく息を吐き出して、平静に戻ろうとしても簡単にはできない。

アンジェリカが自分のことに精一杯になっているうちに、ウォーレンが服を脱ぎ、上半身を露わにした。

「胸だけで達してしまうのなら、ここに触れたらどうなるんだろうな」

ウォーレンが、アンジェリカの脚の付け根あたりを眺めながらニヤリと笑った。

膝を折り曲げて大きく脚を開く姿勢を取らされる。ウォーレンの身体が入り込んできて、もうどう足掻《あが》いても恥ずかしい部分を隠すことができなくなっていた。

「キスだけで濡らして……どれだけ淫らなんだ」

その場所はすでにシーツにこぼれるくらいの蜜で潤んでいる。

自覚があったアンジェリカだが、心は認めたくないと叫んでいた。「ウォーレンのせい」と頭の中で何度も唱え、現実逃避をする。

言い訳すらさせてもらえない状況に涙がにじんだ。

「ゆっくり進めなきゃ、ね」

ウォーレンの手が伸びてきて、薄い花びらにそっと触れた。

クチュクチュと卑猥《ひわい》な音を立てながら入口付近をさまよっていた指が予告なく奥まで入り込んでくる。

蜜が助けとなり、痛みはない。

まだ本物の交わりを経験していない身体だが、この敏感な場所に触れられることが心地よいものだという事実は、すでに教わっていた。

(気持ちいい……でも、怖い……)

指が二本に増やされると、急に心地よさより異物感が勝るようになった。

脚をばたつかせ、首を何度も横に振って、アンジェリカは彼に違和感を伝える。

「さすがにきついか……力を抜いていて。でないと傷つけてしまうから」

ウォーレンは本当にずるい男だ。

無理やり組み敷いているのに、アンジェリカへの思いやりや優しさのすべてを忘れたわけではないことをわからせてくる。

結局、アンジェリカは彼が大好きで、求められたら拒絶などできないのだった。

それでも力は抜けない。身体の内側はとても繊細にできていて、節のある指が動くたびに引きつってしまう。

するとウォーレンが身を屈《かが》めて、あろうことか股ぐらの付近に顔を寄せてきた。

（ウォーレン？　なにを……）

疑問に思ったのと同時に衝撃が走る。

女性の身体の中で最も敏感な花芽に、彼がキスをしたのだ。

これは耐えられないものだと、すぐにわかる。

猛烈な快楽が込み上げてきて、一気に階段を駆け上がるみたいだった。

恐ろしくなったアンジェリカは、ウォーレンの頭をグイグイと押して、口淫をやめさせようと暴れた。

けれど、身体をよじろうとしても許されず、むしろ仕置きみたいに強く、激しく、舌での愛撫《あいぶ》が続けられるだけだった。

（ウォーレンッ、激しい……あぁっ、耐えられない……もう……！）

先ほどまでの異物感を拾う余裕はなかった。

彼には勝てないのだと諦めた次の瞬間、絶頂の波がアンジェリカに襲いかかる。

胸で達したときの感覚など子供騙しだったのだ。

雷撃に打たれたみたいな衝撃のあと、目の前が一瞬真っ白になる。何度も快楽の波に襲われて、アンジェリカは翻弄され続けた。

ウォーレンは間違いなく、アンジェリカが今どういう状況にあるのかわかっているはずだ。

それなのに、舌での愛撫も指の動きも、止まる気配がまるでない。

（あぁ、ダメ……休ませて……っ、もう限界だからっ）

達したからもうやめてほしいと懇願する術がなかった。

シーツを蹴って、股ぐらに顔を埋めるウォーレンの頭を押し退けようとしても、追いすがってきてどうにもならない。

それどころか不規則な動きが余計にアンジェリカを追い詰めていく。

一度絶頂を迎えたあと、少しも平静になれないまま、心ごと身体が壊されていくみたいだった。

何度目かの絶頂の最中、蜜ではないさらりとしたなにかが秘部から噴き出し、ウォーレンの顔を濡らした。

それでもウォーレンは一瞬うっとりとした表情を見せただけで、いっそうアンジェリカを弄ぶ行為に夢中になった。

（壊れる……本当に、私……壊れて……）

ずっと痙攣が治まらず、けれどもう脚に力を込める体力すら残っていない。

一般的な令嬢に比べて丈夫であるはずのアンジェリカだが、このままでは気絶してしまう気がした。

「アンジェリカ……」

名前を呼ぶのと同時に、ウォーレンが顔を上げて、指を引き抜いた。

アンジェリカははっきりとしない意識のまま、口の動きだけで何度も彼の名前を呼ぶ。

「もう、いいだろう。繋がってしまおう……一つになるんだ」

カチャリとベルトをはずし、ウォーレンがトラウザーズを脱ぎ捨てた。

姉弟として一緒に暮らしていても、一度も目にする機会がなかった男性器がアンジェリカの前にあった。

(怖い……)

太く、上を向いていて、到底アンジェリカには受け入れられそうもない代物だった。

何度も達したせいで惚《ほう》けていた心が、一気に現実に戻される。

「しゃべっていいよ……」

ウォーレンの言葉がきっかけとなって急に喉の締めつけがなくなる。

「はぁっ、あ……ウォーレン……私……」

声を発せられるようになっても、なにを言えばいいのかわからない。

アンジェリカが戸惑っているうちにウォーレンが覆い被さってくる。身体が密着すると猛々《たけだけ》しい男根がアンジェリカの敏感な場所をかすめた。

わずかに力を込められたら、きっと凶器みたいな質量のそれがアンジェリカの体内を侵すのだろう。

「俺とこうなるのは嫌?」

拒絶したら彼が傷ついてしまう。

そうしたら、夢に出てきた常に闇を抱えているみたいな彼に一歩近づく気がした。

卑怯にも、そう思わせる瞳をしている。

アンジェリカは手をめいっぱいに伸ばしてウォーレンを抱きしめ引き寄せた。

「大きい、から……怖いの……。でも嫌じゃない……」

彼を受け入れなければならないと感じるのは使命感みたいだ。

けれど、そういう感情を抱く根底に、好きな相手を救いたいという確かな愛情がある。

これまで彼を散々拒絶してきたのはアンジェリカだが、今はもう愛情を隠したくないし、彼にも伝えたかった。

だからもう迷わない。

「ありがとう、アンジェリカ……」

軽くキスをしてから、ウォーレンがグッと腰を進めてきた。

指で散々慣らされて、滴り落ちるほどの蜜であふれているのに、それでもウォーレンを受け入れるのには痛みが伴う。

「あぁ……うぅっ」

ここで嫌だと言ったら彼を困らせてしまう気がした。

それに、早く繋がりたくて逸《はや》る気持ちもアンジェリカの中に確かにある。

「ごめん……」

「謝らない……で……。あああぁぁっ！」

痛みを長引かせないためなのか、奥まで一気に貫かれた。

指では届かない場所まで押し広げられると、引き裂かれそうだった。

「あ……私の身体……変、なの……」

動かないでほしい、そんなに深くまで入り込まないでほしいという思いと、もっと深くどこまでも一つになりたいという欲求が混ざり、アンジェリカは混乱していた。

痛いのに、はっきりと快楽を得ている。続きがほしくて、まどろっこしくて仕方がない。

ウォーレンが眉間にしわを寄せて、小さく息を吐きながらわずかに腰を揺らしてくる。

本当はもっとめちゃくちゃにしたいのだと、すぐにわかった。

（壊してくれれば……いいのに……）

気遣いなどいらない。もっと強引に進め、欲望を吐き出してしまえばいい。

一瞬、そんな考えに支配された。

苦痛があるのに、どうしてそんな考えになるのか――アンジェリカは我に返る。

「異能……使って、るの？　……あぁ、あ……うぅっ、身体……おかしくなる……」

心がウォーレンに支配され、彼のためならどうなってもかまわないと考えてしまうのは危険だ。

そうなった原因を、アンジェリカは異能の影響だと予想した。

「俺の異能で君が敏感になったってこと？　そんなことができるのか、試していないからわからないけれど……今はなにもしていない。……命じていない、だろう？　……くっ」

最初に腰が抜けたとき「じっとしていて」と命じられていた。そして今回は「黙って」という言葉がきっかけだった。つまり〝剣王〟の異能で他者を操るには言葉が必要なのだ。

最初は気づかなかったが、異能を含む言葉は耳に響き胸の奥まで届く感覚があった。

そうであるのなら、たやすく果てそうになるのはアンジェリカ自身に原因があるのだろう。

「でも……ウォーレンにされると、変になるんだもん……ウォーレンのせいでっ」

ただ自分の身体が恥ずかしいだけだと頭では理解していても、心は認められない。

だからウォーレンの触れ方が特別なのだと主張するしかなかった。

「俺のせい？　……だったら嬉しいだけだよ。……変になってもいいじゃないか。もっと乱れて……」

腰の動きが激しくなる。

最初に感じていた破瓜《はか》の痛みや違和感は麻痺《まひ》してほとんど消えていた。ウォーレンがもたらすべての刺激が快楽に置き換わってしまう。

「あぁ……私の身体、やっぱりおかしい……。初めては……痛いはず、なのに。声、出ないようにして……あっ、ん」

「嫌だよ、もったいない」

抑えようとしても甘ったるいあえぎが止まらない。

いっそ〝剣王〟の異能で、もう一度声を封じてくれればこんな反応をしなくて済むのに。話をしたかったときには言葉が封じられ、むしろ止めてほしいときに異能は使われない。

「……あぁ……もう、遠慮は必要ないみたいだな」

「はぁっ、あっ」

ズン、ズン、と最奥に熱杭《ねっくい》を打ち込まれるたびに嬌声《きょうせい》が上がる。

引き抜かれるときに男根の膨らんだ部分が内壁を引っ掻くのも、再び勢いよく入り込んでくる異物を受け入れるのも、たまらなく気持ちがいい。

（私……どうして……こんなに弱いの……？）

ウォーレンを受け入れている場所が勝手に収斂《しゅうれん》して、より彼を感じ取ろうとしてしまう。

彼が時々小さく笑うのは、そういうアンジェリカのはしたない行動に呆れているからかもしれな

い。

「ずっと気持ちいい、あぁっ、こんな身体、嫌なのに……んっんっ！」

前戯で何度も達かされた身体は、破瓜の痛みなど押し退けてまた絶頂へ向かおうとしている。それが少し怖くて、アンジェリカはウォーレンの背中に手を回した。

「俺も……もう、限界かも……っ」

「一緒に……一緒に……」

ウォーレンの昂りに呼応して、アンジェリカも一際大きな絶頂が訪れる気配を察していた。奥を何度も激しく穿《うが》たれて、瞼《まぶた》の裏がチカチカと光る。

二人とも、もう高みに昇り詰めることしか考えられなくなっているのだ。

「あぁぁ、あぁぁっ！」

熱い飛沫《しぶき》が奥に放たれる感覚に酔いしれながら、アンジェリカはこれまでに経験したことのない絶頂の渦に呑み込まれていった。

恐怖を感じるくらいの快楽がひっきりなしに襲ってくる。

身を反らし、ウォーレンの背中に回した手に力を込めながら、荒波の中を漂う。

「はぁ……はぁ……っ、こんなの……耐えられない……おかしく、なる……あぁっ、気持ちいいの、止めて……あ、あぁっ」

すでに抽送は止まっている。けれど深い場所に留まったままの男根が何度も震え、精を吐き出すたびに快感がじんわりと広がってどうにもならない。

自分の身体の主導権がすべてウォーレンに奪われている気がした。

彼はアンジェリカを解放するどころか、再び小刻みに腰を揺らしはじめた。

「な、なに……？　あ、止まって……止ま……」

下腹部がじんわりと熱を持ち、また新しい快楽を拾ってしまう。

息が上がって、意識も朦朧としていて身体が限界だった。過度な快楽は苦しみを伴うものなのだろうか。

「ぜんぜん萎えない。一度で終わりたくない……アンジェリカだってそうだろう？」

「う……うん……ウォーレンが望むのなら……」

もうそれしか言葉が浮かばなかった。

彼が求めているのなら、それはアンジェリカの願いでもあるのだと素直に思えた。

◇◇◇

いったい何時間交わっていたのかよくわからない。

夕暮れの前から始まった行為が、夜中まで続いていた記憶はあった。

ウォーレンは途中でアンジェリカに水を飲ませ、まどろんでいる最中にまた繋がりを求めてきた。

アンジェリカは無抵抗であえぎ続ける。

そんな一夜が過ぎ、目が覚めると朝になっていた。

「アンジェリカ、おはよう」

ムニャムニャとしながら目をこすると、隣で寝ていたウォーレンが額のあたりにキスをしてきた。

「身体は痛くない？」

朝からすっきりとさわやかな笑みでアンジェリカにほほえみかける。

昨晩の猛獣みたいな彼とは大違いの、素敵な紳士になっていた。

「ちょっと、肌がヒリヒリするけど……平気よ。……でもとりあえず……」

軽い筋肉痛になっている身体をどうにか動かして、アンジェリカは身を起こす。

そしてウォーレンに対峙した。

「とりあえず？」

「殴らせて！」

宣言した次の瞬間、アンジェリカは握りしめた右の拳を全力でウォーレンの左頬に打ち込んだ。

どれだけ身体能力が優れていようとも、警戒心をまるで持っていない状態での不意打ちは避けられない。

「……アンジェリカ、なぜ？」

頬を押さえながら捨て犬みたいな顔をしているが、そんな表情には騙されない。今朝のアンジェリカはかつてないほど冷静だった。

「昨日、話を聞いてくれなかったじゃない！　言いたいことがいっぱいあったし、強引だし……」

「だが、途中からアンジェリカのほうが積極的に……」

指摘され、アンジェリカの顔が一気に赤くなる。

好きな相手に求められたら、そうなるのは当たり前だった。それに睦《むつ》み合いの快楽を覚えたてのアンジェリカが誘惑に負けてしまったとしても、それは仕方のないことだった。

「言い訳はいらないわ！　私は始まりの話をしているのよ。とりあえずここに座りなさい」

先に理性を捨てたのはウォーレンだから、彼が全面的に悪い。

アンジェリカが彼を受け入れようと思ったのは、そうしなければ夢に出てきた暗い表情の彼が現実のものになってしまう予感がしたからだ。

途中からは快楽に溺れ、ほかのことなど考える余裕がなかったが、それだって彼がなぜか上手なのが悪い。

けれど行為の最中の特別な雰囲気から解放されているアンジェリカは、もう騙されない。

「わかった」

ウォーレンが行儀よく座る様子を見届けてから、アンジェリカも姿勢を正す。

自らの姿を確認すると、ウォーレンのシャツとトラウザーズが着せられていた。

彼も似たような服装だ。

残滓《ざんし》で大変な状態だったシーツも綺麗なものに替えられているみたいだ。

アンジェリカが気絶するように眠ってしまったあと、ウォーレンが後始末をしてくれたのだろう。

「着替え？　わざわざどうして……」

アンジェリカはぶかぶかの袖口を見つめながらつぶやいた。

冬ではないのだから、毛布をかぶって眠れば風邪を引くはずもないのに。

「あぁ……裸の君を抱きしめて眠ろうとしたんだけど、目のやり場に困って無理だった」

頬を赤らめながら、ウォーレンは真相を教えてくれた。

（どれだけ欲深いのよ……）

服を着せないとまた欲情してしまいそうだから――という意味だ。

アンジェリカはコホンと咳払《せきばら》いをしてから、努めて厳しい表情をした。

デレデレのドロドロになったこの青年の雰囲気に流されたらまた話が進まない。

「昨日は言わせてもらえなかったんだけど、私が王太子殿下に会ったのは、ウォーレンのためです！」

一番大切な思いを語る機会がなかったせいで、昨日はあんな事態になってしまった。

べつに一線を越えたことに対して後悔はないが、はっきり誤解を正さなければいい未来へたどり着けない。

「少しでも君が危険に晒されるのなら、まったく嬉しくない。……それは逆効果だよ、アンジェリカ」

アンジェリカが危険な行動をしたせいで、我を忘れたウォーレンが暴走してしまったというのが昨日の真相だ。

それでも、アンジェリカは自分の考えが間違っているとは到底思えなかった。

なぜなら――。

「私が見た五年後のウォーレンは少しも楽しそうじゃなかった。私も……幸せじゃなかったわ……」

今日は妙に思考が冴《さ》えている気がした。

未来永劫《えいごう》、二人の想いが変わらない保証などないけれど、今の時点でアンジェリカがウォーレンに愛されているのは真実だ。

昨晩、彼がぶつけてきた感情は間違いなく愛だったと信じられるからこそ、予知夢の問題点が見えてきた。

これまで自分の死を回避できれば、それで終わりだと考えていたのだが、違ったのだ。

モヤモヤと引っかかっていた部分は夢の中に登場するウォーレンのほの暗い表情だ。

「だったらどうしろと？　敵は俺を放っておいてはくれない。こちらが無傷でいられる都合のいい未来なんてないだろう」

「敵は……王家？　それともゴダード公爵？」

ウォーレンがゴダード公爵の陰謀に打ち勝てば幸せな未来が約束されているという単純な話ではないからこそ、アンジェリカはパーシヴァルに接触したのだ。

「今のこの国で、その二つの家はほぼ同義だろう」

「私は違うと思う……。確証はないけれど」

夢の中でパーシヴァルを討たなければならなかった理由は、彼がウォーレンの正統性を認めず反逆者として位置づけ、討伐部隊を指揮する立場となったからだ。

つまり、内戦状態に陥る前にウォーレンの身分を認めさせれば、異母兄弟の対立は回避できるはずだ。

アンジェリカは、ゴダード公爵の罪を明らかにして、内戦を回避し、悪いことをしていない人が幸せになる未来を模索したいと思っていた。

「……具体的にはどうやって？」

「それは頭のいい人が頑張って考えるのよ！」

「アンジェリカ……」

ウォーレンが小さくため息をついた。

結局のところ無策だと、咎めているのだろう。

けれど、方針がなければ策は練れない。間違った方針のまま進めば、未来のウォーレンは闇を抱えた青年になってしまう。

「王太子殿下の動きは不自然すぎるわ。本気で私を人質にするつもりなら、いくらでも方法はあったはず。……なんだか、あなたを挑発しているようにしか見えなかった」

「わかった……君がそこまで言うのなら、一応検討はしよう。だが、勘違いしてほしくないのは、こちらに主導権がほとんどないって部分だ」

権力を持っているのは敵側で、血筋の証明をしてくれる唯一の方法である〝鑑定〟の異能を持つ者も黒幕本人だ。その部分が敵の優勢を覆せない要因になっている。

アンジェリカもそのことは重々承知だった。

「うん。でも、私は……やっぱり予知夢は回避するために見ている気がするの。敵を少なくする努力は、むしろ理に適《かな》っていると思うんだけど」

「そう……かもしれないな……」

「とりあえず、昨日のことは謝って！　反省して」

「うん……ごめん、アンジェリカ……」

ウォーレンは両手を伸ばし、座ったままの体勢でアンジェリカを抱きしめた。アンジェリカも心底怒っているわけではないから、彼の背中を撫でて謝罪を受け入れる。

そしてアンジェリカ自身も反省しなければならないことがある。

「あのね、私……お父様やお母様、チェルシーには秘密を打ち明けようと思う。一人で動いて事態が好転するわけがないって、十分にわかったもの。二人でもそれは同じでしょう？　信頼できる味方には、できる限り秘密は少ないほうがいいわ」

元々、家族が魔女のアンジェリカを疎むようになる可能性は低いと思っている。

それでもどんな反応をされるかを考えると恐ろしかったし、心配をかけてしまうのも嫌だった。

だから打ち明けられずにいたが、昨日の出来事で考えを改める決意ができた。

相談せずに一人で動いたアンジェリカにウォーレンが憤ったのと同じで、家族はきっと秘密を抱えたままアンジェリカが窮地に陥れば悲しみ、後悔するだろう。

話してくれなかったアンジェリカに失望するかもしれない。

「アンジェリカが望むのなら……」

しばらくそうやって過ごしているうちに、どこからかズシン、ズシン、という振動が発せられていることに気づく。

「地震？」

奇妙な振動と音は、どんどんと部屋のほうへ近づいてきて、やがてピタリと止まった。

「ウォーレン、貴様ぁぁあっ！　やってくれたな！」

扉がバーンと開け放たれたのと同時に、抜き身の剣を握りしめたオスニエルが登場した。

「お、お、お……お父様……！」

恐怖におののいたアンジェリカは余計に腕の力を強めてしまった。

結果、ウォーレンを強く抱きしめるかたちとなる。

「なにを……朝からイチャイチャと……私とジェーンですら、朝はひかえめだというのに！」

この瞬間、アンジェリカは無理やり純潔を奪われた被害者ではなく、堂々と婚前交渉に挑んだふしだらな娘に成り下がった。

慌てて離れても、もう手遅れだ。

オスニエルがズン、ズン、と重たい足取りでベッドの目の前まで来たところで無言で二人を見下ろした。

「ウォーレン、どうにかしてっ！」

アンジェリカは必死に訴える。

けれど、ウォーレンは困った顔をしたあとに肩をすくめるだけだった。

「俺の異能って〝自白しろ〟とか〝見るな〟とか〝忘れろ〟……とか。人を操り、ごく短時間の記憶に影響を与える程度ならできるんだけど……。もう一度逃げても異能で操った罪が加算されるだけだから」

だから、どうにもならないと諦めているらしい。

ウォーレンが昨日家族に命じた内容は、「朝まで二人っきりにして」と「俺たちのことは気にしないでください」だった。異能の効果が消えたのと同時に、気にせずにいる時間も終わったのだ。

「ほ……ほかにやり方があったんじゃ？　王太子殿下の護衛にしたみたいに」

カフェの二階では、パーシヴァルの護衛に認識されていない様子だった。

同じようにすればよかったのではないかと今更ながらに思う。

「できるけど、無駄だよ。夜になってもアンジェリカが帰宅しなかったら、父上とチェルシーが大捜索を始めるだろう」

認識されなかったら、帰宅していてもそれがわからず、行方不明を疑われるというのだ。

「初期消火が大切だって言っていたのに」

「今回は家族に異能を使ってしまったし、素直に罰を受け入れるしかないね」

「そんなっ！」

潔いウォーレンはすばらしい。そうだとしても、彼に巻き込まれただけのアンジェリカはやはり納得できないのだった。

「くだらん話し合いは終わったか？　では、行くぞ……」

地鳴りみたいな迫力のある声が響く。

オスニエルが抜き身の剣をチェストの上にそっと置いた。

なにをするつもりだろうかと考える間もなく、アンジェリカの身体がグッと持ち上がる。気がつけばオスニエルの肩に担がれている状態だった。

右肩にウォーレン、左肩にアンジェリカ――〝豪腕〟のオスニエルにとっては二人の人間を運ぶなんて造作もないのだった。

（これ……木に吊るされるやつだ！）

サーッと血の気が引く。過去のお仕置きの経験から、自分たちの未来が想像できた。

屋敷の裏手にある楓の木までやってくると、そこにはすでにロープを手にして怒り心頭のチェルシーと、優雅にほほえむジェーン、ほか門弟たちが待ち構えていた。

「用意がいいな、さすがは我が娘」

オスニエルはドスンと適当にアンジェリカたちを下ろし、仰々しく差し出されたロープを手にした。

あっという間に二人とも楓の木に吊るされてしまった。

今回は最初から逆さ吊りは勘弁してもらえたのが不幸中の幸いだ。

「チェルシー……お母様……ご、ごめんなさい……」

「愛の鞭《むち》ですわ、お姉様」

「そうね、結婚前の線引きを間違えたらどうなるのか……痛い目を見ないとわからないでしょうから」

プンプンと頬を膨らませているチェルシーに対し、ジェーンの表情は朗らかだが、怒っていることには変わりないみたいだ。

「それにしても……！」

チェルシーは吊るされているもう一人の人物に鋭い視線を向けた。

「お兄様の不潔！　腹黒……！　乙女の敵！　発情期の雄犬ぅ」

「そうは言うけど、チェルシー……。俺が昨日アンジェリカになにをしたのか、本当にわかっているのか？」

罵倒されているウォーレンは腹を立てている様子もなければ、反省しているふうでもない。そのことが余計にチェルシーを苛立たせているのがわかった。

「馬鹿にしないでくださいませ！　見えているところほぼ全部……キスマークだらけじゃないですか。きっと隠れている場所なんて目も当てられないほどなんでしょーねっ！　わざわざ自分の服を着せるのも悪趣味よ。お父様が乗り込んでくるってわかっていてわざとお姉様に……最低！　本当に最低よ！」

周囲がざわざわとうるさくなった。

集まっていた門弟たちは、二人がどうして仕置きを受けているのかを知らなかったようだ。チェルシーの言葉で、彼らは理由を察しはじめていた。

「チェ……チェルシー……ちょっと待って……」

ウォーレンの悪行を言葉にしてしまったら、それはアンジェリカの恥を大声で披露されるのと一緒だ。

妹の発言を止めようとしたアンジェリカだが、縛られている状態だと大声が出せない。

興奮状態のチェルシーにその声は届かなかった。

「それでお兄様の穢らわしい欲望の最終形態をお姉様の穢れなき未開の地に突き立てて自分勝手に××して、○○して……何度も何度も……」

（ちょっとっ！　……こういうときこそ異能を使ってよ……）

アンジェリカは必死になって合図を送った。

ウォーレンは身動きを制限された中でもどうにか頷いてくれた。

「さすがはチェルシー。アンジェリカだけではなく、俺のことまでよくわかっているね。見てきたかのように正確だ」

（ひぃぃぃっ！　肯定しないでぇぇ）

すべてを心得たという先ほどの顔はなんだったのか。

当然、それを聞いたチェルシーはさらに燃え上がった。

「開き直っている場合ではありませんわ！　婚約すらちゃんとしていないのに、手を出すクズ男は許しません！　家族の縁を切ってやるんだから」

「……それは悲しいな」

「ぜーんぜん、心が籠もってません。どうせそのあとお姉様と結婚したら結局義理の家族になるんだからどうでもいいって思っているんでしょう！」

「チェルシーのほうこそ。戻れる前提だから気軽に縁を切るって言えただけなのがバレバレだよ」

図星だったのか、チェルシーはツーンと横を向いてしまった。

賢い彼女も年上のウォーレン相手だと分が悪いらしい。

（縁を切ると言いながら、結局兄妹喧嘩なのよね……）

血の繋がりがない兄妹だから、縁切り宣言は気軽に口にしていいものではなかった。

戻る道がある前提で口にしたチェルシーと、彼女の意図を理解してからかうウォーレンみたいな関係こそ、真の兄妹だった。

（って、感心している場合じゃないわ！　なに……このお仕置き……ダメージを喰《く》らっているの私だけじゃ……？）

十九歳にもなって木に吊るされているだけでも恥ずかしいのに、昨晩の情事について大声で叫ばれる。家族の怒りと門弟たちからのニヤニヤとした生温かい視線は、当事者二人に等しく向けられているはずだった。

「私……被害者なのに……っ！」

精神攻撃というものは受け止める者の繊細さによって、破壊力が変わるものらしい。ウォーレンはむしろ一線を越えてしまった事実を皆に報告ができて喜んでいる雰囲気さえある。

理不尽な仕置きは結局そのあと三時間続いた。

第五章　お兄様だぞ、敬え

楓の木から解放されたあとも、アンジェリカの苦難は続く。

これからの計画のために、両親とチェルシーには秘密を打ち明ける覚悟をしたのだが、結局なぜ昨晩一線を越えてしまったのかも話さなければならない状況に追い込まれてしまったのだ。

ひとまずドレスへの着替えを済ませ、リビングルームでそれぞれがソファに座りながらの話し合いとなった。

魔女であること、予知夢を信じウォーレンを疑ったこと、最悪の未来を回避するために動いていること、パーシヴァルの誘いに応じたこと、結果ウォーレンの忍耐力が限界に達して昨晩の行為があったこと……。

直前の出来事が男女の睦み合いであり、それを実の妹と両親に語らなければならないアンジェリカは恐ろしいやら恥ずかしいやらでとにかく大変な思いだった。

「……というわけです」

「つまり、わたくしはアンジェリカの力がなければ先日の襲撃で死亡していたのね？」

すでに回避できたことだからそこまで重い話ではなかったが、予知夢について正確に説明するためにはジェーンの死にも触れなければならなかった。

「確かに……直前にウォーレンが屋敷の警備を強化したいと言い出さなければ、あの数の敵に対処が遅れていた可能性がある……」

最愛の妻の窮地があったと知ったオスニエルは、隣に座っていたジェーンを抱きしめ、ブルブルと震えだした。

想像するだけで悔しいのか、本気で涙まで流している。

「ありがとう、アンジェリカ。ウォーレンも。……オスニエルは話の続きができないから離れてちょうだい」

「そんな……」

オスニエルはしょぼんとして隣へ座り直す。けれど、妻の手はしっかり握ったままだった。

ジェーンはそんなオスニエルの態度に呆れながらも話の続きを求めた。

「アンジェリカは、ウォーレンに暗い顔をさせたくなかったのね？　これまで疑ってしまった罪悪感から、自分の気持ちを証明したくなり、同意した……ということ？」

ジェーンの言葉にアンジェリカは大きく頷いた。

「そ……そうです。お母様……昨日は、それしかない気分になってしまった……というか、放っておけなくて。……ごめんなさい」

後悔はしていないが、軽率だったと反省しているため、アンジェリカは素直に謝る。

「お姉様。『放っておけないから』は、ダメ男を製造してしまう代表的な思考ですわよ」

「心配しなくても大丈夫だ、チェルシー。俺はその程度の甘やかしでダメになる男ではないから」

三人で同じソファに座っているのだが、アンジェリカをあいだに挟んで二人がにらみ合う。ウォーレンもチェルシーも隙あらばアンジェリカにくっついてくるものだから、ソファの中央は窮屈だった。

「最初からクズだからダメにはならないだけでしょうに。一度も反省していないお兄様の図太さだけは認めてさしあげますわ」

「大変ありがたいお言葉だな」

長時間に亘《わた》り初体験についての調査を受ける事態となったアンジェリカの精神がボロボロになっているのに対し、相変わらずウォーレンには少しも堪《こた》えている様子がない。

わりと重要な話をしていたはずだが、またもや兄妹喧嘩になっていた。

「ちょっと二人とも!」

アンジェリカは一応止めに入るが、内心では今日ほど二人の言い争いが心強く感じられた日はないとも思っていた。

魔女という重要な秘密よりも、アンジェリカたちの初体験という家庭内の問題を優先しているのが明らかだったからだ。

そのあともしばらくウォーレンとチェルシーの争いは続く。

見かねたオスニエルがパンッと大きく手を鳴らし、会話を終わらせた。

「二人とも多少は反省しているようではあるし、昨晩の話はそこまでだ。今、検討せねばならないのはアンジェリカの予知夢と今後についてだ。……アンジェリカの希望は、王太子殿下を味方に引き入れるということで間違いないな?」

「はい」

どんな夢を見て自分の異能を自覚したか、そして未来をどう変えたいかはすでに伝えてある。その道筋を考えるための家族会議だった。

「うーむ、王太子殿下か。……私としても少年と敵対するのはあまり気が進まぬから反対するつもりはない。できるだけ穏便に済ませられる方法として〝鑑定〟に頼りたいのも本音だ。……だが具体的な方策が浮かばんな」

権力を持っているのも〝鑑定〟の異能を持っているのも敵側だから、こちらの勢力に決定権がないという状況はアンジェリカも理解はしていた。

そして〝鑑定〟の所有者二人のうち、わずかではあるが正しい判定をしてくれる可能性があるのがパーシヴァルだった。

彼が敵対せずにいてくれるのなら、内戦状態となる前に問題が解決するかもしれない。

けれど、パーシヴァルが〝剣王〟である第一王子の存在を認めると、未来の国王という彼の立場が間違いなく揺らぐ。

さらに外祖父《がいそふ》がかつて王家の異能を隠す大罪を犯した証明にもなってしまう。

評判のいいパーシヴァルだが、自分や血縁者の破滅に繋がる鑑定を素直にするわけもなかった。

「そういえば……どこか公の場にゴダード公爵や王太子殿下を引きずり出して〝剣王〟の異能で罪を自白させることってできないのかしら?」

アンジェリカはウォーレンへと視線を送りながらたずねてみた。

彼が持つ〝剣王〟の異能の本質は、畏怖によって他者を操るものだ。それならば、ゴダード公爵またはパーシヴァルに対して偽りを口にできない状態にしたあとに鑑定させればいいのではないだろうか。

ついでに公爵には、自分がかつてイヴォン妃を暗殺した主犯だと告白させるのだ。

かなりいい案だと思ったのだが、ウォーレンは首を横に振る。

「それはできない。第一王子が生きていることを知っている公爵は、間違いなく精神干渉を防ぐアミュレットを持っているはずだ。下っ端の兵士ならともかく、国王陛下、パーシヴァル、公爵にはまず効かないと考えるべきだ」

「そうなの？　残念」

アンジェリカが思いつく程度の作戦なんて、ウォーレンが考えていないはずもなかった。

「だけど、一度話してみるのはありかもしれない。昨日は俺も冷静じゃなかったから」

「王太子殿下にお手紙を送ったら、返事をくれるかしら？」

「ダメだろう。こちらから手紙を出してしまうと多くの者の目に触れる。……間違いなく公爵の手の者に知られてしまう」

おそらく、パーシヴァルはハイアット将軍家と接触した事実をゴダード公爵には告げていないはずだ。

知っていたら警備の手薄なカフェにお忍びで出かけるなんていう暴挙を、ゴダード公爵が許すはずがない。

あちらからもう一度接触を図ろうとしてくれるのなら応じることはできるが、すでに警戒されているハイアット将軍家側からは、秘密裏にパーシヴァルとの約束を取りつけるのが困難だ。

やはりここでも受け身になってしまうのだろうか。

「じゃあどうするの？」

「ここはハイアット将軍家の流儀に従おう。直接、俺が王宮に忍び込んでパーシヴァルの意思を確認してくる」

「へ？」

昨日までのほの暗い表情が嘘のように、今のウォーレンは前向きだった。

しかも彼は、ハイアット将軍家がゴダード公爵の一派と敵対する理由そのもので、生ける大義名分だ。

そんな最重要人物が直接乗り込むという暴挙が正しいだなんて、アンジェリカには思えなかった。

「あら、お兄様も多少はらしくなってきたじゃありませんか」

「うむ。堂々と忍び込むのはじつにハイアット将軍家らしい振る舞いだな」

頭が父親似のアンジェリカにも「堂々と」と「忍び込む」の二つの言葉に矛盾があることくらいはわかる。

けれど、皆が納得して前向きな姿勢を見せているため、アンジェリカは指摘しようにもできなかった。

それから話し合いのすえにウォーレンが考えたのはかなり無謀な作戦だった。

彼自身の〝剣王〟の異能を活かしつつ、単独で乗り込み、パーシヴァルの真意を確認してくるというのだ。

アンジェリカの役割はオスニエルとともに潜入と脱出のルートを確保し、王宮の外での支援を行うこととなるのだが……。

アンジェリカはそれに納得できなかった。

「ウォーレン、私……自分の身は自分で守るって約束するから、一緒に連れていって」

「危ないからダメだ」

「でも……心配なの！　一人だと暴走しちゃいそうだし……一緒に行くわ」

彼はアンジェリカよりもずっと強い。異能持ちで一人ならばなんなく王宮に潜入できるとわかっていた。

けれどパーシヴァルとの交渉は、ウォーレンにだけ任せないほうがいい気がしている。

（一人で行ったら……予知夢で見た、冷徹な第一王子になってしまいそう……）

兄弟は今のところ、どちらかが幸せになればもう一方が不幸になる関係だ。

もちろん今回は妥協点を探りに行くのが目的だが、血の繋がりがあるからこそ平静ではいられないかもしれない。

「わかった。……そうだな、アンジェリカは俺にとっていい意味で枷《かせ》になるだろうから」

ウォーレンは悩んでいたようだが、しばらくすると困った顔をしつつも同意してくれた。

「暴走しちゃう狼《おおかみ》さんに首輪をつける役割ってところかしら？」

「まぁ、そんなものだ」

これで作戦は決まった。決行は三日後の新月の晩となる。

アンジェリカは最後に、聞きそびれていたことを家族にたずねる。

「……ところでお父様、お母様……チェルシー……。私が魔女だって知っても気にしないの？」

一連の話題の中で当然のように受け入れられてしまったが、アンジェリカの異能は過去の歴史では火炙りになった例もある魔女の力だった。

けれどオスニエルたちは、予知の内容に関して真面目に検討する一方で、アンジェリカが異能を持っている事実をどう受け止めているのかは一切口にしていない。

彼らの中で、優先順位が低いみたいだった。

「もちろん、気にしているに決まっているじゃないか！」

オスニエルが胸をドンと叩きながら誇らしげに言い切った。

「……そうでしょうか？」

「ハハハッ！　万が一露見しても、アンジェリカはこの父が守ってやるから心配するな」

オスニエルは片目をつぶって白い歯を見せる。

さらに、アンジェリカの隣に座るチェルシーが腕に絡みついて甘えてきた。彼らは魔女であってもアンジェリカを嫌わずにいてくれるのだ。

「大丈夫ですわ。もしお姉様が異能を持っているというだけで窮地に陥ることがあれば、そのときはお兄様が国でも大陸でも、とにかく統一なさればよろしいのです。それくらいやってくださらないのなら、ハイアット将軍家の婿として認めません」

「わたくしも同じ考えよ、アンジェリカ」

もし時の国王や民衆が〝予知〟の異能を魔女として断罪するのなら、ハイアット将軍家が国家を乗っ取り、いっそ文句を言わせない国に変えてしまえばいい。

かなり過激な思想だが、心強くもあった。

「ありがとう！　私、いいことにしか力を使わないって約束します、絶対」

家族に秘密を打ち明けたことが幸いし、より団結力が高まった。

アンジェリカは堂々と自分の進むべき方向へ歩んでいける気がした。

◇◇◇

新月の夜。早めの夕食をいただいてから、作戦は始まった。

暗闇に紛れるため、この日のアンジェリカは黒ずくめの男装だった。腰や太ももに装着しているベルトには潜入や脱出に使う武器と道具を取りつけてある。

髪はしっかりと高い位置で束ね、音が鳴らないように加工してあるブーツを履けば準備は完了だ。

ウォーレンや、潜入の補助をするオスニエルもほぼ同じ格好なのだが……。

「チェルシー……？　どうしたの、その服」

剣術や武術の鍛錬を可愛くないからという理由で拒否しているチェルシーも、今夜はなぜかアンジェリカと同じ服装だった。

「格好悪いので言いたくなかったんですが。……お姉様が重大な秘密を打ち明けてくださったのに私だけ協力しないのはどうかと思って……あの……ええっと……」

いつもはきはきとしたもの言いをする彼女にしてはめずらしく、なにかを言い淀《よど》んでいた。そんな彼女が申し訳なさそうにしながら口にしたのは、衝撃的な事実だった。

「お父様とお母様とお兄様はお気づきだったと思いますが……私、本当は〝豪腕〟の異能を受け継いでおりましたの！　黙っていてごめんなさい」

「ええ!? ……嘘でしょう……」

アンジェリカにとっては寝耳に水の告白だった。

「お姉様に大切なことを隠していたなんて、許されないかもしれませんが……」

「そうじゃなくて、私だけが鈍感で気づいていなかったってことにショックを受けているのよ」

こんなにも可憐で、賢いチェルシーがとんでもない怪力を持っているだなんて、どうあっても想像できない。

けれど、片鱗《へんりん》は見せていた。

例えばウォーレンの誕生日パーティーのとき、チェルシーはいつの間にかアンジェリカとウォーレンを引き離しあいだに入り込んでいたのだ。

あのときの動きを「可愛いチェルシーは非力」という先入観を持たずに思い返すと、こっそり力を使っていたと言われても納得できる。

ウォーレンやオスニエルはともかく、戦う力を持たないジェーンすら察していたらしい。

剣術や武術をたしなむ者として、身のこなしで相手の力量を推し量る目を持っていなければならないのに、最も身近な存在を見誤っていたのは衝撃的だった。

「お姉様は鈍感なんかじゃありません。私が落ち込んでいるときとか、悩んでいるときとか……絶対に気がついてよしよししてしてくれますもの。誰よりも繊細な方ですわ」

「チェルシー」

今がまさによしよしを求められているときだった。

アンジェリカはすり寄ってくる妹の頭をこれでもかと撫でてあげた。

「というわけで、私も今回はお父様と一緒にお姉様をお助けいたします。……ついでですが、お兄様もちょっとだけ助けてあげます」

「心強いけれど、チェルシーはまだ十二歳なんだから、危なくなったらすぐに逃げるのよ」

「はい、お姉様を悲しませることがないように努めます」

一行は、商人がよく使う幌馬車《ほろばしゃ》に乗り王宮の外壁に面した通りを進む。

揺れる車内では王宮の構造が詳細に記された地図が広げられている。

「いいか、アンジェリカ。警備は大体五分間隔で回ってくる。そのあいだに一番高い城壁をよじ登り侵入。このルートでパーシヴァルが暮らす王太子宮へとたどり着く必要がある」

「わかったわ。騒動を回避するため、警備の兵に見つからないように注意しながら進まなきゃいけないのよね？」

「いざとなったら俺の異能を使うが、王宮内は異能対策がされている場所もあるから慎重に」

馬車が作戦地点に到着すると、ウォーレン、アンジェリカ、オスニエル、チェルシーの四人は外壁近くの大木の陰に身を潜める。

王宮の外を巡回する警備の軍人が一回通り過ぎるのを確認してから、潜入作戦が始まった。

「お姉様、ロープなんて必要ありませんわ。ここは私とお父様にお任せを。……お兄様はお姉様を抱っこしていってください」

オスニエルとチェルシーが示し合わせたかのように、同じタイミングで笑う。

妹の指示に従って、ウォーレンがアンジェリカを抱き上げる。

「え……？　ちょっと待っ」

「なにがあっても悲鳴を上げるなよ。舌を噛むし敵に見つかってしまうからな！」

戸惑っているアンジェリカの言葉をウォーレンが遮って、さっさと行動に移ってしまう。

そのあいだにオスニエルとチェルシーが両手を繋ぎ、腰を低くしていた。

（嫌な予感しかしない）

覚悟をする間も与えられず、ウォーレンが数歩下がってから、父と妹目がけて走り出す。

抱き上げられているアンジェリカからはよく見えないが、踏み台となった二人がウォーレンを投げ飛ばしたとしか思えなかった。

（ひぃぃぃっ！）

王宮の外壁は一般的な建物の二階以上の高さがある。

それを悠々と越える跳躍と、直後に始まった落下の衝撃で、アンジェリカの意識は遠のきそうになる。

（怖い、怖い、怖い――――！）

高所から飛び下りる訓練はしていたが、ロープなどのしっかりとした装備をつけてのものだ。

普通の人間なら、二階以上の高さから身一つで落ちれば怪我をする可能性が高いし、場合によっては命も危うい。

これはウォーレンが着地前に自分の身体を強化できる〝剣王〟の異能を使うことが前提の作戦だった。

剣術の心得があるとはいえ、戦闘系の異能を持っていないアンジェリカには恐怖でしかない。

「よし、いいところに着いたみたいだ」

落ちる感覚が消えて、気がつけば整備された芝生の上に立っていた。

ウォーレンはゆっくりとそのあたりにある茂みまで移動してから地図を眺める。

「王太子宮はすぐそこだ。……大丈夫か？」

「ギリギリ、大丈夫だったわ」

悲鳴を上げなかったし、気絶もしなかったので「大丈夫」とする。

大きく深呼吸をして心を落ち着かせてから、アンジェリカも地図を覗き込んだ。

「行けそう？」

「もちろんよ、足手まといにはなりたくないもの」

王太子宮までは人目につかないように注意を払いながら進み、宮に着いてからは堂々と正面入り口から侵入した。

もちろん、二人の姿を見つけた者にはウォーレンが異能を使う。

そうやって難なくパーシヴァルの私室の前までたどり着く。

一際大きな扉をノックすると、すぐに返事があった。

「こんな夜更けになんだろうか？　できれば一人にしてほしかったんだが……」

人払いをしていたのに、仕えている者が扉をノックしたと思っているのだろう。

ウォーレンは静かに扉を開けて堂々と中へ入った。

「……あなたは……っ！」

パーシヴァルはソファに腰を下ろし、書類を読んでいた。

服装はトラウザーズにシャツ、そしてベストというシンプルな装いだった。近くに従者はおらず、本当に一人きりだ。

アンジェリカもウォーレンに続き入室し、扉を閉めた。

「あなたが、なぜここに⁉　人を呼びますよ！」

パーシヴァルは当然非難の視線を向けてくる。

けれどそれ以上の動きはない。すぐに侍従なり護衛なりを呼んで対処すべきだろうに、そうしないのだ。

ウォーレンは堂々とした態度でパーシヴァルのそばまで行くと、向かいのソファにどっしりと座り、あろうことか脚を組んだ。

アンジェリカは居心地の悪さを感じながら、ウォーレンの横に立つ。

さすがに王太子の許可を得ずに座るという大それた態度のウォーレンと同じにはなりたくなかった。

「お兄様だぞ、敬え」

「なにを言って……」

「人を呼ばないのか？」

パーシヴァルがあからさまなため息をついてから首を横に振った。

「無駄でしょう。……あなたに勝つ方法があるとしたらアンジェリカ殿を人質にするくらいしか思いつきませんよ」

前回は一応、王太子とただの軍人という立場で会話を進めていたはずの二人だが、今回は最初から兄と弟として対峙するつもりのようだ。

ウォーレンは不遜だし、パーシヴァルは敬語になっている。

「賢明だな。だからこそ、先日その機会を逃した意味がわからなかった」

ウォーレンの動きを封じるためにアンジェリカを人質にするのが有効だと思うのなら、カフェにもっと多く人を配置すべきだったし、異能対策をすればウォーレンの乱入を防げたはず。

あの日のパーシヴァルはどう考えてもちょっかいをかけに来た程度だった。

そんなことをすればハイアット将軍家側が警戒を強めるのが目に見えている。

「兄上……」

「兄と呼んでくれるのか？」

「あなたがおっしゃったのでしょう⁉　兄だ、敬え……と。軍での評判とまったく違うんですね！　いいんですか？　恋人の前でそんな横柄な態度で」

「恋人にはできる限り隠し事をしない主義なんだ」

肩をすくめ、おどける態度はやはり不遜だ。

軍人としての彼は〝豪腕〟のオスニエルに勝利するほどの剣技を持ちながらも偉ぶったところがない、品行方正な青年と思われている。

アンジェリカも先日までは大差ない印象を抱いていた。

チェルシーと言い争いをしたり、アンジェリカにはわがままな一面を見せたりはしていたが、身内に対する気安さから来るものだと考えていて、そういう部分を隠さずにいてくれることが嬉しかった。

彼がしたたかな部分を前面に出してくるようになったのは最近だが、アンジェリカはそれすら嫌ってはいない。

「あ、そうですか……。とりあえず、目的をおうかがいしてもいいでしょうか？」

「確認したいんだが、パーシヴァルはどこまで知っている？　俺が兄だと確信しているってことは、おまえの祖父がなにをしたかも理解しているってことでいいのか？」

「スターレット侯爵家を冤罪で陥れ、赤ん坊だった第一王子の鑑定結果を偽り、イヴォン妃共々暗殺しようとした……。そして自分の娘を次の王妃に推挙し、生まれた王太子の後ろ盾として権力をほしいままにしている……くらいでしょうか？」

意外なことに、パーシヴァルは驚くほど素直に答えた。

「随分とよく知っているんだな」

「隠すのも面倒なので」

内容の重さに反して、パーシヴァルの口調も態度も冗談を言っているみたいに軽かった。

「はっきり言って、俺自身はべつに王家に戻りたいとは思っていなかった。だが、ゴダード公爵が放っておいてくれないからな。この先、俺とゴダード公爵の対立は避けられない。それはパーシヴァルにもわかるだろう？」

「わざわざ宣戦布告ですか？」

「弟は随分ひねくれた性格をしているみたいだ。……俺が問いたいのは、おまえが誰の味方になるのか……という一点だ。公爵か、それ以外の全員か」

パーシヴァルの目が見開かれる。彼にとっては予想外の言葉だったのだ。

「それ以外の……？　あなたの敵の中には僕や父上も含まれるはずだ」

先ほどまでの落ち着いた雰囲気が消え、わずかに声が震えていた。

初めて、十五歳の未熟な少年らしい部分が垣間《かいま》見える。

「無関心で無能な父親は……正直どうでもいい。だが、おまえは事件当時生まれていなかったじゃないか。なんでそんなふうに決めつけるんだ？」

「だって……僕は……ゴダード公爵の孫ですよ⁉」

「はぁ？　祖父の罪が孫にまで及ぶのがこの国の法なのか？」

「それは……」

「共闘できないか？　パーシヴァルが〝鑑定〟の異能を使い、俺を認めれば争いは避けられるはず」

ウォーレンがパーシヴァルに向けて手を差し出す。

すでに陰謀を巡らせ、今も命を狙ってくるゴダード公爵との敵対は避けられないが、パーシヴァルは彼の孫である一方でウォーレンとも兄弟だ。

外祖父と運命をともにする理由はない。

実際、パーシヴァルも祖父の言いなりにはなっておらず、自らの意志で行動をしている。

アンジェリカは、期待を込めて兄弟のやり取りを見守った。けれど……。

「な……なるほど。それはじつに……あなた方にとっては最高の案ですね」

パーシヴァルの手が兄のほうへと差し出されることはなかった。

急に厳しい視線を向けてきたのだ。

「パーシヴァル個人にとっても有益な提案のはずだが？」

「ええ、そうでしょう。要するに、命までは奪わないから降伏しろってことですね？　ハハッ、本当にお優しい。……でも無理ですよ、僕は王太子なんですから」

戦を回避できたとしても、王太子としての地位を奪われるのだとしたら、彼にとっては意味がないというのだ。

先ほどウォーレンは祖父の罪が孫に及ぶかどうかをパーシヴァルにたずねた。

法的には、孫がなんらかの刑を科されることはない。それでも間接的には制裁を受ける。

かつてスターレット侯爵家が反逆者となった折に、イヴォン妃と第一王子クラレンスが離宮送りになったのと同じだ。

クラレンスが戻ればパーシヴァルが今の立場を失う。

因果応報だが、パーシヴァルにとってそれは決して手放せないものなのだ。

パーシヴァルは立ち上がり、窓側にある机の前に移動する。

引き出しを開け、なにやら古めかしい本を取り出した。

それをしっかりと抱えたまま、再び口を開く。

「兄上……あなたは僕と共闘なんてしなくても、十分にお強いでしょう？　多くの仲間がいて、王の証とも言える異能を持っている。近い将来王となることが約束されているんだから、それで満足すべきです」

「ふーん。で？　なんで俺が将来王になると思うんだ？」

王となることが約束されているというパーシヴァルの発言はかなりおかしい。

現在のウォーレンは地位を奪われた状態で、法によって約束されているのは王太子の称号を持つパーシヴァルのほうだ。

にもかかわらず、彼はまるで共闘しなくてもウォーレンが勝つと確信している様子だ。

戦闘系の異能を持つオスニエルとウォーレンがいるからだろうか。

（そういえば王太子殿下は、なんでこんなにすべてをご存じなのかしら？）

外祖父であるゴダード公爵が侯爵家を冤罪で陥れて妃や王子を暗殺したなんて話を、孫に聞かせるはずもない。

そして父親である国王は、今のところ公爵の陰謀を知らないはずだ。

過去の出来事に詳しいのも、客観的な認識を持ちすぎているのも不自然に思えた。

「だって……それは定められた……」

そこまで言ったところで、パーシヴァルは急に口をつぐむ。

答えたくないようだ。

「定め？　……あぁ、やっぱりな。要するに、おまえの近くに〝予知〟の異能を持っている者がいるんだろう？　……そしてアンジェリカが予知夢を見たことも把握していた。そういうことだな？

……魔女は二人いるのか？」

飛び出した「魔女」という言葉のせいで、アンジェリカの鼓動が急激に速まる。

（火炙りは嫌――っ！）

ウォーレンは今、アンジェリカが魔女だと明かしてしまった。パーシヴァル側にも魔女がいると言ったが、その予想がはずれていたら、アンジェリカだけが断罪される対象になる。

この兄弟は先ほどから味方側の情報を、相手に流しすぎだ。

アンジェリカは額に汗を浮かばせながら、パーシヴァルの反応を待つ。

「かついていた、と言うべきでしょうか……。それから、アンジェリカ殿は魔女ではないと思います。あなたはおそらく本物の魔女が見た夢を植えつけられただけでしょう」

「へ？」

　初めて出てくる推測の意味がわからなくて、アンジェリカはまぬけな声を上げてしまった。

「じゃあ、デリア妃か。……そうだろう？　パーシヴァル」

「全部、お見通しだったのですね。……さすがです、兄上。やっぱり王にふさわしいのはあなたですよ」

「おまえが俺を挑発して、ヒントを与えまくったせいだろう」

「どういうこと？」

　一人だけ、真相が見えていない気がした。

　するとパーシヴァルが抱えていた本に視線を落としながら語りはじめた。

「ここに、本物の魔女――王妃デリアが残した日記があります。母は魔女になりたくなくて自分の異能を両親にすら打ち明けず、そして悪い未来が見えても、あえてそれを受け入れる道を選び続けていたようです」

「ゴダード公爵は、娘を鑑定しなかったのか？」

　ウォーレンの疑問はもっともだ。〝鑑定〟の異能は貴重だから、ほとんどの者が能力に目覚めたときに初めて、自分が異能持ちであることを自覚する。

　けれどゴダード公爵家の娘なら、生まれた直後に鑑定を受けていてもおかしくはない。

「……鑑定は当時の公爵……ええっと、つまり……僕の曾祖父にあたる人物が行ったんだと思います。母に異能を使わないように教育したのも曾祖父です」

「先代までは良識があったってことか」

現ゴダード公爵に対する嫌みを、パーシヴァルは苦笑いで受け止めた。

「……未来が見えていたから、自分の父親の人格もよくわかっていたのでしょう。母は本気で魔女の力を隠していました」

「だったら、なぜ……私は夢を……？」

パーシヴァルの話はどこかおかしい。デリア妃が悪い未来を受け入れていたのならアンジェリカに予知夢を植えつけるはずはない。

「自分の死すら逃れる努力をしなかった母ですが、僕が若くして死ぬ未来だけは受け入れられなかったんでしょう。……そして、人を操って都合の悪い未来を回避することを思いついたんです」

「それでアンジェリカには予知夢を植えつけて、パーシヴァルには日記を託したのか？」

ウォーレンの言葉にパーシヴァルは頷く。

死後に発生する事件には、いくら望んでも介入できない。

アンジェリカ、そしてパーシヴァルは魔女の代理人だったのだ。

「残念ながらアンジェリカ殿の名前は日記には書かれていませんでしたが、おそらく兄上の予想が正しいと思います。……以前、ピアスをなくしたと言っていたでしょう？　あなたのそのピアスはアミュレットで、母が細工師に頼んで効果を書き換えたと推測できます」

植えつけられたという言葉で思い出されるのが、一度だけデリア妃に会った日の出来事だ。

パーシヴァルの仮定に基づくなら、〝予知〟の異能を持っていたデリア妃は、アンジェリカが迷子になると知っていて、保護したのだろう。お茶を勧められてすぐに眠ってしまったのは、きっと薬か誰かの異能の影響に違いない。

そしてあの日、デリア妃はアンジェリカからピアスを奪い、定められた日に予知夢を見るように細工したのだ。

複数の異能持ちや細工師が事前に準備すれば可能ではある。

「なぜ私なんでしょうか？　……でも、植えつけられたとしても予知夢なら、やっぱりウォーレンが私を殺すっていうことですか？」

「殺す？　……兄上が、アンジェリカ殿を？　まさか……」

かなり驚いた様子だった。アンジェリカよりも多くの情報を持っているはずなのに、パーシヴァルはその未来を知らないらしい。

「違うのですか？」

「アンジェリカ殿が兄上に殺されるというのなら、それは嘘ですね。……日記には、お二人が固い絆《きずな》で結ばれた伴侶だと書いてあります」

日記の後半部分をパラパラとめくり目を通しながら、パーシヴァルが指摘する。適当な嘘を言っているようには見えなかった。

「本物の予知夢の中に、偽りを一つ混ぜたんだろうな……。俺とアンジェリカの仲を引き裂いて、ついでにハイアット将軍家の協力も得られないようにするために」

「……そう、だったんだ……」

ウォーレンがアンジェリカと将軍家を裏切る――あの場面だけ、どうしてそうなったのかがまったくわからず、だからこそ怖かった。

偽りを一つ混ぜたという説明は、アンジェリカが抱いていた疑問や違和感を解消してくれる。

アンジェリカは魔女ではなかったし、ウォーレンに殺される未来なんて訪れない。

このまま真面目に生きていけば、ウォーレンと夫婦になれるのだと、デリア妃の魔女の力が保証してくれた気がした。

ほっとした一方で、パーシヴァルのことを思うと、アンジェリカは素直に喜べなかった。

「さてと……あなた方が知りたかったことは、大体説明できたはずです。……満足でしょう？」

パーシヴァルが日記を閉じる。

「目的は事実確認ではないんだが」

「答えは変わりません。……あなたの血筋を証明する手助けをするのはご免ですし、あなたの下につく気もありません」

背筋を伸ばし、堂々たる態度だった。

彼は自分の祖父が多くの者を陥れ、国王の側近に上り詰めた事実を知っている。

にもかかわらず後ろめたい様子は一切感じられない。

交渉の余地はもうないのだと理解させられてしまう。

「取りつく島もないな」

「ええ。これ以上の対話は無意味です。……僕は、僕と祖父の地位を守るために全力を尽くします。

……さようなら青薔薇の君」

パーシヴァルは、ウォーレンのことを兄と呼ぶのをやめてしまった。

それが彼の心情を物語っている。

「そうか、残念だ。……アンジェリカ、騒ぎになる前に退散しよう」

ウォーレンはあっさりと引き下がる。

王家の異能を持った異母兄の存在が、王太子の地位を脅かすのは事実だ。

正統性がウォーレン側にあるとしても、自らの立場を危うくし、肉親である祖父を見捨てる行為なんて、パーシヴァルにはできないのかもしれない。

それでもパーシヴァルが悪い人間には思えない。

後ろ髪を引かれる思いで、アンジェリカはウォーレンとともに外へ出た。

王太子宮から離れ、最初の着地点のあたりまで来ると、茂みの中からチェルシーがちょこんと顔を出す。オスニエルの姿もあった。

「ご無事でよかったですわ、お姉様。……ささ、どうぞ！」

彼女は満面の笑みで踏み台になってくれる。

侵入したときと同じ手順でウォーレンに抱かれ、跳躍する。

（うぅっ！　この浮遊感、好きになれないわ……）

一気に外壁を飛び越えると、お腹の付近がひやりとする。

二度目だから慣れるなんてことはなく、恐ろしさのあまりウォーレンに抱きついているしかない。

アンジェリカたちが降り立つと、遅れてチェルシーとオスニエルも追いついてくる。

巡回させていたハイアット将軍家の馬車に乗り込めば、今回の任務は終了だった。

「お姉様、お怪我はありませんでしたか？」

「チェルシー、ありがとう！　あなたとお父様のおかげで簡単に潜入できたし、ウォーレンの異能もあったから、大丈夫よ。……私の妹は本当にすごいわ。可愛くて、賢いうえに強いだなんて……」

妹の頭を撫でながら、アンジェリカは悲しい宿命を背負う兄弟について考えていた。

アンジェリカにとってチェルシーは、大切な妹で、絶対的な信頼を置き、ずっと甘えん坊でいてほしいと思える愛する家族だ。

だから、そうでない家族のあり方を目の当たりにして、自分たちのように……と軽々しく理想を押しつけることもできないが、諦めてほしくはないと思ってしまう。

できる限りの行動はしたけれど、苦い任務になってしまった。

◇◇◇

屋敷に帰ったあと、家族が集まるリビングルームで、パーシヴァルとの話し合いの結果を報告することになった。

ウォーレンが予知夢の真相や、パーシヴァルからの協力が得られなかったことを説明すると、オスニエル、ジェーン、チェルシーの三人はそれぞれ表情を曇らせ感想を口にした。

「うむ……どうあっても、戦いは避けられぬか……」

「ですが、ウォーレンがアンジェリカを裏切る未来が偽りだったとわかったのだから、収穫と言えるでしょう」

「王族って、本当に面倒くさい生き物ですね」

こちらにとって有益な情報が得られた一方で、結局骨肉の争いが避けられないことを改めて確認したという結果だ。

疲労も溜まっていたため、アンジェリカは夜食としてパンと燻製《くんせい》肉を食べてから、身を清め、就寝の支度をした。

しばらくベッドで横になっていたのだが、衝撃的な事実をいろいろと聞いてしまったために、目が冴えていて、まったく眠れなかった。

あまり物事を深く考えないアンジェリカにしてはめずらしい夜だ。

日記を抱きしめていたパーシヴァルの表情が忘れられない。

間違いなく卑怯な悪人であるゴダード公爵に味方し、なんら罪を犯していない実の兄と敵対するつもりにしては、妙に堂々としていて瞳が澄んでいた。

悪者も、それに加担する者も、本来ならもっと醜く見えるはずではないだろうか。

「あぁ！　ダメ。気になって眠れない」

勢いよく起き上がったアンジェリカはガウンをしっかりと羽織ってから部屋を出て、ウォーレンの私室を訪ねた。

「……ウォーレン、話があるの」

ノックのあと、小声で話しかけると入室の許可が出る。

手元の明かりだけが残された暗い室内で、ウォーレンは出窓のあたりにたたずんでいた。

「こんな夜更けにどうしたんだ？　真夜中の部屋の行き来はさすがにひかえたほうがいいと思うけ

ど」

「真面目な話をしているときだけは、ウォーレンを信用しているから大丈夫」

するとウォーレンはあからさまなため息をついた。

「男に対しては信頼を寄せるより、危機意識を持ったほうがいい」

つい先日、家族から怒られて楓の木に吊るされたばかりだから、ウォーレンも適切な距離を保とうとしてくれているのだろうか。

これまで散々過激な行動をしておいて、今更アンジェリカに常識を諭す側になっているのは、さすがに調子がよすぎるというものだ。

「そうやって追い出そうとしても、居座るわ」

アンジェリカは譲らず、ツカツカと部屋の中まで入り込み、出窓にちょこんと腰を下ろした。

普段の彼なら隙あらば二人きりになろうとするし、両親やチェルシーにバレてお仕置きをされてもどこ吹く風だ。

そんなウォーレンがあえてアンジェリカを遠ざけるのはらしくなかった。

彼はおそらく今、一人になりたいのだ。

それを察しているからこそ、彼を一人にしてはならないと感じた。

「なにを考えていたの？」

「とくになにも……今夜は星がよく見えるから眺めていただけ」

べつに彼のすべてを理解したいとは思わないアンジェリカだが、今のは本心を隠したいがためのごまかしに思えた。

きっとウォーレン自身、パーシヴァルとの決別に納得していないのだろう。

それはアンジェリカも同じだった。

「嘘でしょう？　……やっぱりおかしいと思うの」

「なにが？」

「王太子殿下は、私よりも正確に未来の出来事を把握しているのよね？　それなのにどうして私たちは……まだ負けていないの？」

先ほど、〝予知〟の異能がアンジェリカのものでなかったことや、魔女の代理人が二人いた事実を知ったばかりだ。

アンジェリカは、これまで予知を自分で見たものとして受け取ってきた。だからこそ感じるものがある。

パーシヴァルの行動は、デリア妃が残した日記を読んでいたとしたら妙なのだ。

例えばアンジェリカの場合、あの夢が予知夢だとわかった瞬間に最悪な未来を変えようと足掻きはじめた。ウォーレンの求婚に応えずにはぐらかして彼を追い出そうとしたし、その後ジェーンを救うために動いた。

一方のパーシヴァルには足掻いた形跡が一切ない。

アンジェリカが意図して変えた部分のみ未来が改変され、公爵や王太子側が有利になっている事柄が一つもないのは不自然すぎる。

「気づいたか。さすがだね」

「さすが……って。ウォーレンはどうせとっくにわかっていたんでしょう？」

ウォーレンは愁いを帯びた瞳で、星空を見つめつぶやく。

「パーシヴァルの目的は、俺たちに勝つことじゃないんだ。……実際に話をして、そう確信した。だから今日の対話は意味のあるものだったと思う」

「じゃあ、負けること？　ゴダード公爵をやっつけるつもりだったら共闘できるはずなのに。まさか公爵と運命をともにしたいとか？　破滅願望でもあるの？」

「破滅願望か……。当たらずとも遠からずってところだ。おそらく彼は、デリア妃を魔女にしないために予知夢どおりの未来に進もうとしているんだ」

「魔女にしない、ため……？」

淡々と語るが、ウォーレンはやりきれない思いを抱えているのだ。

「パーシヴァルがアンジェリカに初めて接触してきたのがいつか、覚えてる？」

「舞踏会よね？　武術大会のあとの……」

「そう。本来のアンジェリカはこの時期すでに俺と婚約しているはずだった。……それが変わってしまったから、原因を探るために接触してきたんだろうな」

パーシヴァル自身が介入していないのに、わずかではあるが予定されていた出来事が起こらなかった。

だから彼は、差異が生じた原因を探るために当事者であるウォーレンやアンジェリカに接触してきた。

二回目の接触もそうだ。

予知夢どおりに襲撃が発生したが、ジェーンの生死に違いが生じた。

大きな差が生まれた原因を本気で確認しようとして、ハイアット将軍家の者の中で一番簡単に会えそうなアンジェリカを呼び出したというのがウォーレンの推測らしい。

「カフェで直接手を握られなかったか？　君を鑑定したんだろう。……だからさっき、アンジェリカが〝予知〟の異能を持っていないと断言できたんだ」

舞踏会ではしっかり手袋をしていたが、カフェで会ったときはパーシヴァルに直接手を握られた。正確には手首を掴まれたのだが、あのときに〝鑑定〟の異能を使われてしまったのだろう。

デリア妃を魔女にしないためという動機で、自分が外祖父と一緒に滅びる未来を受け入れることが彼の正義だというのなら、すべての辻褄《つじつま》が合う気がした。

「ねぇ、ウォーレン。魔女……つまり〝予知〟の異能って、そんなに悪いものなの……？」

間接的ではあるものの、アンジェリカも本来あったはずの未来を変えた。それは悪だったのだろうか……。

「さぁ……？　正しさなんて、人それぞれだ。……デリア妃やパーシヴァルが考える正義と俺の正義は違うんだろうね」

ウォーレンがどんな力も使い方次第だと考えているのに対し、パーシヴァルのほうはなにがあっても未来を変えてはならないと考えているのだろう。

「……そんなの、悲しすぎるわ」

誰かに自分が思う正義を強要するなんて、いけないことだ。わかっているけれどアンジェリカは納得できずにいた。

同じく魔女から知識を授けられた者として、パーシヴァルに同情しているのかもしれない。

「デリア妃がアンジェリカに夢を植えつけた時点で、未来は変わってしまった。……だから余計に意地でも一番の願いだけは叶えないつもりなんだろう。……本当に、愚かな弟だ……」

デリア妃の一番の願いはパーシヴァルの生存だ。

祖父を捨てて内戦を回避し、ウォーレンの鑑定を行い第一王子の生存を認める——たったそれだけのことで少なくとも命は助かるはずなのに、本人にその意思がないのならどうしようもない。

「もう……共闘の可能性はないのね……」

「滅びたがっている者を救うなんて、さすがにできない。それに訪れるべき未来をすでに変えてしまった今、こちらだって安泰じゃないからね。……冷たい兄だと思う？」

自嘲気味に笑うウォーレンの姿に、アンジェリカの胸が痛む。

パーシヴァルとの交渉を希望したのは、アンジェリカだ。

そのせいでウォーレンは、知らずにいたほうがよかった事実まで理解してしまった。

そう思うと胸が痛くなり、瞳から涙がこぼれ落ちる。

傷つけた側が泣くのは卑怯だと思うのに、止める方法がなかった。

そんなアンジェリカをウォーレンは抱きしめて、子供にするみたいに背中をさすってくれた。

「……ウォーレン、ごめんね」

「なぜアンジェリカが謝るんだ？」

「私が理想を押しつけたから」

どうせ敵対するしかないのなら、相手の思いなど知らないほうがよかったという後悔に襲われる。

アンジェリカの浅慮のせいで、余計にウォーレンを苦しませている。

「……アンジェリカまで暗い顔をするのは、それこそ俺の理想でもないんだけど……」

アンジェリカは慌てて顔を上げ、袖口でゴシゴシと涙を拭いた。

泣く権利を持っているのはアンジェリカではない。

「私、絶対にウォーレンを幸せにする！　どんな立場になっても、もう迷わないし大切にする」

彼を疑わず、どんなに険しい道を進んでいくのだとしてもついていく。

それくらいしか、アンジェリカにできることはない。

「俺からのプロポーズにちゃんと答えなかったくせに、君からプロポーズするなんて……馬鹿だな、アンジェリカは……。だけど、ありがとう。一緒にいるだけで、俺は救われているんだ」

第六章　アンジェリカのめざす大団円

それからしばらくのあいだ、表面上だけの穏やかな日常が続いた。

けれどウォーレンとオスニエルは、水面下で様々な人物と接触し、自分たちの立場を守るために動いている。

配下の軍人の中でも、信頼できる幹部たちには、すでにウォーレンが陰謀によって存在を消された第一王子である事実が知らされていた。

決行が宣言されれば、ハイアット将軍家と将軍家を支持する者が蜂起する予定になっている。

「ゴダード公爵を捕らえることができれば、国王陛下も俺の話を聞かざるを得ない。公平な鑑定が望めない部分がかなり痛いが……」

公爵を捕らえ、アミュレットなどを奪った状態でなら彼に真相を語らせることが可能だ。

それが叶わず内戦状態になれば、敵は公爵一人ではなく王命によって動く正規の軍人になってしまう。

そこまで騒動が大きくなった場合、骨肉の争いは避けられないだろう。

ウォーレンはまだ、公爵だけを断罪し王家とは対話で解決するという道を諦めてはいない様子だ。

けれど、常に私兵に守られ、こちら側の異能への対策もしているはずの公爵を捕らえるのは困難を極めた。

（予知夢の中の私たちも、ここで躓《つまず》いているのよね……）

正確な年は不明だが、予知夢では今よりも少し大人びたウォーレンが、将軍家の所領にある屋敷で親兄弟と敵対することへの覚悟を語っていた。

そして、二人が二十四歳の頃にウォーレンが国王となるのだ。

ということは、蜂起してから短期間で公爵を捕らえることや、王家との平和的な交渉はできなかったと推測できた。

そして今回、あちらにはアンジェリカより予知の内容に詳しいパーシヴァルがいる。

彼がゴダード公爵にどれくらいの助言をするかはわからないが、簡単に勝てる相手ではない。

予知夢どおりの長期戦を覚悟するしかないのだ。

チェルシー、そしてジェーンは戦えない者を引き連れてハイアット将軍家の所領へ向かっている。

ウォーレンはアンジェリカにも避難をしてほしかったみたいだが、アンジェリカは残る選択をした。戦力としては大して役に立たない。それでも、彼が悩み苦しくなったときにせめてそばにいてあげたいと思ったのだ。

（なんだか、すごく嫌な予感がする……）

前回までの襲撃時は相手がこちらの予想どおりに動いてくれたから楽だった。

けれど、アンジェリカはこれから起こる争いについての予知夢を見ていない。急に視界を閉ざされた感覚だった。

そして、悪い予感は当たってしまう。最初に動いたのは敵だった。

国王からの使いが百人を超える兵士を引き連れてハイアット将軍家にやってきたのだ。

この時点で、ハイアット将軍家は、屋敷を守っていた者たちと蜂起する予定の主戦力が分断されている状況に陥っていた。

兵士が屋敷を取り囲む。国王からの使いだけが敷地内に入ってきて書状を手渡した。

それを受けて作戦司令室となっている書斎にオスニエル配下の軍人たちが集まり、今後の方針が話し合われることとなった。

「お父様とウォーレンに出頭命令、ですか？」

どうやらゴダード公爵が中心となり、謀反の兆しがあるとしてハイアット将軍家を告発したらしい。国王はそれを信じ、王命としてハイアット将軍家に対し、王宮への出頭を命じた。

「うむ、期限は明日までか……。相手もこちらの動きを読んでいたか」

それまでに投降しろという要請だ。

期限を過ぎたら、現在屋敷を取り囲んでいる兵が武力行使に及ぶのだろう。

謀反の兆しがあるという指摘は、間違っているとは言えない。

ただし、先に王家を欺き陥れた者が今も国王のそばに侍《はべ》っているという歪んだ状況を打破するためなのだが……。

王宮へ行ってまともに話を聞いてもらえるのならそうしたいところだ。けれど、間違いなくなんらかの理由で捕縛され、二度と戻ってこられなくなるのは目に見えている。

「ウォーレン、どうするの？」

「一度は正統性を主張しておかないとまずいな。まぁ、信じるはずもないんだけど」

ウォーレンは、ゴダード公爵の手から逃れるため二人の将軍に匿われていた第一王子クラレンスであることを主張する抗議文を、国王へと送った。

罪があるのはゴダード公爵であり、ウォーレンはこの国の中枢に巣くう者を断罪したいのであって、国王に逆らうつもりはないという主張だ。

王宮へ出向いても、かつて鑑定結果を偽ったゴダード公爵が真実を告げるわけもなく、だからこそ鑑定以外の方法で調査を行うのならば、命令に従うという文言も付け加えた。

けれど、抗議文には反論しか返ってこなかった。

どうせ、鑑定を回避することで、亡き第一王子クラレンスになりすますつもりに違いない。

潔白を主張するのであれば、異能の鑑定を受けるしかなく、拒否するのならば王子を騙った罪で軍を出動させるというのが王家——というより、公爵の主張だ。

「……まあ、当然の返答だ。国王に手紙が届いているかどうかすら怪しいが」

こうしてハイアット将軍家は王宮への出頭を拒否し、夜のあいだに臨戦態勢に入った。

屋敷は一般的な貴族の邸宅よりも堅い守りだ。

最近あった二度の襲撃を理由にして、私兵や配下の軍人をある程度屋敷に置いている。

軍人の中にはシールドを作る異能持ちもいて、守りは完璧なのだが、それでも倍の戦力差がある。

「……籠城って、不利になる気がするんだけど、デリア妃の予知夢でもそうだったのかしら？」

そもそも籠城は、勝利するための策ではないはずだ。

敵の動きが速かったために、最初から受け身で本格的な争いが始まってしまいそうな雰囲気だった。

「あの日記が手元にないから正確にはわからないが、違った可能性は高いな」

「それってかなり危ないいんじゃ……？」

アンジェリカは危ないという言葉を否定してほしくて質問したのだ。

ウォーレンなら、なんらかの打開策を持っている――そんな気がしていた。それなのに彼は、あっさりと肩をすくめて頷くだけだった。

「すでに別の道に進んでいるんだから……予知夢どおりの勝利が確約されているわけじゃない。わかっていたことだ」

「そんな……っ」

嘆いても、敵の動きが速かった時点でもはや選択肢はない。

今できる最善はこの屋敷を拠点にして敵を迎え撃ち、怯んだところで都を脱出するという策だった。

そして、おそらく似たような状況に陥っているると推測されるオスニエル配下の主戦力とも合流しなければならない。

しばらく二階の見晴らしのいい窓辺から、外の様子をうかがう。

夜が明けて、ちょうど国王の使者がやってきてから丸一日経った頃、取り囲んでいた兵が動き出す気配があった。

「あれはおそらく、ティロトソン将軍配下の部隊だな。……父上とは不仲で、ゴダード公爵に近い立場だ。ゴダード公爵本人も来ているのなら、捕まえてやりたいところだが」

ハイアット邸の塀付近ではすでにシールドの構築が始まっている。

（ここから本当の戦いになるのね……）

これまでもゴダード公爵の手の者に何度も平穏を脅かされてきた。

けれど、ハイアット邸に侵入したのは賊や暗殺者と呼ばれる類の者たちであり、アンジェリカにはわかりやすい悪人を倒すことへの躊躇がなかった。

今から相手にするのは、王命を受けた正規の軍人だ。

彼らに剣を向ける行為は、これまでとは比べものにならないくらい重い。

アンジェリカは何度も深呼吸をして、心を落ち着かせた。

ウォーレンが敵を迎え撃つために歩きだしたので、それに従う。

鉄柵でできた門の先には透明なシールドがあるが、声はよく通る。

敵の司令官——ティロトソン将軍と思われる屈強な体躯《たいく》の軍人が前に歩み出て、取り出した書状を読み上げた。

「王命によりオスニエル・ハイアットおよびウォーレン・ハイアット二名を連行する。……大人しく従えば、配下の者には温情を与えよう！」

これは宣戦布告だ。

ウォーレンも門の近くまで歩み出た。

「私は、ゴダード公爵のたくらみによってその存在を抹消された第一王子クラレンスである」

名乗った瞬間、外からのどよめきが起こった。

使者やティロトソン将軍はこちらの主張を知っていたはずだが、一般の兵士たちはなぜハイアット将軍家が王家と対立しているのか、理解していなかったのだろう。

「戯言《たわごと》を！　皆の者、不敬な輩《やから》の言葉に惑わされるな」

　ティロトソン将軍が怒りに顔を歪ませて、すぐさまウォーレンの言葉を否定した。

「……私は逆臣ゴダードに操られ、国益を損なう行為をやめない国王陛下をお諫《いさ》めし、本来の地位を回復するつもりだ。……真実が明らかになったあと、この蛮行に与《くみ》した者は反逆者となるだろう。謀反人となる覚悟があるのならその剣を抜くといい！」

　ウォーレンの声は落ち着いているがよく響く。

　もしかしたら、他者を畏怖によって跪かせる〝剣王〟の力を使っているのかもしれない。

　ハイアット将軍家側の私兵たちは、ウォーレンの言葉を後押しするかのように雄叫《おたけ》びを上げる。

　門の外の敵が戸惑っているのが手に取るようにわかった。

「惑わされるな！　ハイアット将軍ならびに、ウォーレン・ハイアットの捕縛は王命である！」

　王族に剣を向けているのかもしれないという疑念は、敵の勢いを削《そ》ぐことに繋がる。

　ウォーレンの言葉には意味があると信じたかった。

　それでも、まだ王族であるという証明がされていない者の言葉より、実際に出ている王命が優先されるのは当然だ。

　叱責を受けて、門の前の兵が剣を抜き放つ。

　敵の異能持ちと思われる者からの攻撃も始まった。

　ドーンという爆音が周囲に響き渡る。

「石？」

　異能によって飛ばされてきた人の頭ほどの大きさの石が、次々とシールドにぶつかる。

ひびが入ったシールドは、すぐに補修されていく。

「投石の軌道を読み、発射地点に矢を放て！」

地響きみたいな声による命令は、屋敷の屋根の付近から発せられた。

オスニエルが弓隊を率いて、投石を行っている敵を狙い撃ちにしようとしているのだ。

敵の姿が塀や屋敷の外の建物に阻まれて見えなくても、軌道から位置は捕捉できる。

シールドは重たい石が越えられない位置に引き上げられている。

それに対し、高い位置から放たれる軽い矢はシールドを越えて敵に攻撃することが可能だった。

けれどいくら矢を放っても、投石は続く。

こちらと同じく、敵もなんらかの異能で投石部隊を守っているのだ。

「さすがに厳しいな。……こっちの消耗が激しい」

ウォーレンがつぶやく。

すでに、ガラスみたいなシールドの至るところにひびが入っている。すべての修復は間に合わず、そして使い手の異能にも限界がある。

（シールドが破られたら、人と人との戦いになってしまう）

破られたとしても、負けが確定するわけではない。

こちらには国内最強と言われていたオスニエルと、先日彼を超える実力を見せつけたウォーレンという、戦闘を得意とする異能持ちが二人もいる。

敵の戦力が倍だとしても、簡単に負けるとは思いたくなかった。

「破られたわ！」

門の前にあったシールドが砕け散り、鉄製の門がギーッと音を立てて開きはじめる。

アンジェリカは剣を構え、これから一気になだれ込んでくるであろう敵を迎え撃つ準備をした。

屋根にいたオスニエルが飛び下りて、アンジェリカたちの近くまでやってくる。

きっと誰よりも前に立ち、迎え撃つ気なのだ。

「父上。俺はあなたに守られるだけなんてごめんですよ、下がってください」

声色は軽かったが、瞳は真剣そのものだ。

努めて余裕のあるふりをしているのだとわかる。

「確かに、役割を奪うのは無粋だ。さあ、息子よ……〝剣王〟の力を奴《やつ》らに見せつけてやれ」

誰よりも好戦的なオスニエルがめずらしく下がった。

絶対に失ってはならない旗印であるウォーレンが先陣を切るなんて、戦術的には間違っている。

けれど止める者はいなかった。

ゴダード公爵やパーシヴァルが〝鑑定〟を使う気がない以上、ウォーレンはその強さを証明することでしか、自分の異能を敵に認めさせることができないからだ。

ついに重い扉が破壊され、敵がなだれ込んでくる。

「ちょっと寝ていろ」

ウォーレンの言葉と同時に、目の前の敵数名が倒れ込む。

後方から迫っていた敵が、倒れた兵の身体に足を取られ無様に転んだ。

(今のところ敵の侵入ルートは一箇所だけ……！　このまま異能で押しきれば)

けれどそんなにたやすく事は進まない。

シールドが完全に破壊され、敵が外からはしごをかけて敷地の中へと侵入してきたのだ。

味方のそれぞれが侵入者の対処にあたり、混戦状態になりかけている。

「くっ！」

アンジェリカの目の前に敵が迫る。

振り下ろされた剣を軽く躱《かわ》してから、敵の利き手を狙って剣身で打撃を与えた。

手から剣が落ち、敵がうずくまる。

（私のほうが強い……はず。でも……！）

そこらの男性にだって負けない剣技を持っている自負があるアンジェリカだが、今日は自由に剣を振れなかった。

ただ王命に従って攻め入ってきた彼らが、本当に敵であるとは思えないせいだ。

（そんな甘い考えじゃ……死んじゃうわ！）

ためらう感情を切り捨てようとしても、難しい。

おそらく、これまではわかりやすい悪としか対峙してこなかったせいだ。

迷っているあいだにも次の敵が迫っていた。

「はぁぁっ！」

大声で叫びながら、敵が剣を振り下ろす。

それをどうにか受け止めたアンジェリカだが、わずかに体勢を崩してしまう。

命のやり取りをしている自覚をしっかり持て――そう自分に言い聞かせながら踏ん張るが、側面から新たな敵が近づいてきて、窮地に陥っていた。

「アンジェリカッ！」

ウォーレンが側面の敵、そしてアンジェリカと対峙していた敵を次々となぎ払う。敵が血を流し、倒れていく姿がはっきりと見えた。

アンジェリカよりずっと強いはずのウォーレンですら、もう余裕を失っている。

敵は本気だ。平和的な解決の道を閉ざさないようにだなんて、甘いことを考えていたら殺されてしまう。

ウォーレンの周囲からも殺気が漂いはじめた。命のやり取りをする戦士の顔つきだ。

「私も……」

次に対峙する者をウォーレンは容赦なく斬り捨てるだろう。彼を支える決意をしているアンジェリカにも同じ覚悟が必要だった。

ゴクリとつばを飲み込んでアンジェリカは剣を構え直す。

けれど、そのとき……。

ハイアット将軍家を取り囲んでいた者たちがざわつきだした。

「まさか敵の増援⁉　完全に取り囲まれたら脱出も難しいわ」

新たな集団は王家の紋章――グリフォンが描かれた赤い旗を掲げている。

その旗を掲げられるのは、王族が直接指揮する部隊のみだった。国王か、パーシヴァルか――予知夢から得た知識で、指揮官が誰なのか予想できてしまう。

「嘘でしょう？　王太子殿下までもう参戦してくるなんて！」

パーシヴァルの目的は、デリア妃の予知夢による改変を防ぐことだ。

だから彼は、できるだけ忠実に日記に記されたとおりの行動をすると思っていた。この状況もデリア妃の示したとおりなのだろうか……。

（本当に、私たちはこんなに多くの敵と戦って……それで所領までたどり着けるの？）

予知夢の中でできていたのなら、今のアンジェリカたちにもできるはず。

そう信じたいのに、あまりの敵の数の多さに、アンジェリカは焦りと軽い絶望を感じはじめた。

「……ようやくお出ましってところだ」

「お出ましって……？」

先ほどまで殺気をまとっていたウォーレンが、なぜか余裕の笑みを浮かべている。

劣勢を覆す秘策でもあるのだろうか。

しばらくすると赤い旗を掲げる一団の中から、パーシヴァルが姿を現す。

「双方、剣を収めよ。……先の命令は撤回された。これは国王陛下からの勅命である。ハイアット将軍家に剣を向けた者は王家に仇なす罪人として処分を下す」

十五歳とは思えない堂々とした態度だった。

やがて戸惑いつつも、若き王子の言葉を、そこにいた誰もが受け入れた。

「……パーシヴァル殿下。お待ちを！　お待ちください」

パーシヴァルを追いかけるようにして、ゴダード公爵が姿を現す。

遠目で見てもわかるくらい汗をダラダラと流し、顔色が悪い。

「お祖父様《じいさま》……いいえ、ゴダード公爵。あなたの嘘の報告を根拠に出された王命は、すでに撤回されました」

「なにを、おっしゃるのですか……？」

ゴダード公爵がパーシヴァルに触れようとした。

けれど、王太子の護衛が立ちはだかり、その行動を妨げる。

「公爵にはスターレット侯爵家を冤罪で陥れ国益を損ねた罪、十八年前に第一王子クラレンスへの鑑定で偽りの報告をした罪、イヴォン妃暗殺とクラレンス王子暗殺未遂の罪で捕縛命令が出ている」

パーシヴァルの言葉は冷ややかだった。

「だ、騙されてはなりません！　その男は第一王子クラレンス殿下の名を騙る詐欺師です」

「あなたは……僕が〝鑑定〟の異能を有していることを忘れているのか？　……ウォーレン・ハイアット殿の血筋は、すでにこの僕が証明している」

「殿下……あぁ、殿下！　この祖父が信じられないのですか？　私の行動はすべてあなた様の利益のために……」

「見苦しいぞ。……連れていけ」

数人の兵士に引きずられながら、ゴダード公爵が連行されていった。

孫の名前を何度も叫んでいたが、やがてその声は聞こえなくなる。

ゴダード公爵の姿が完全に見えなくなってから、パーシヴァルはティロトソン将軍にも帰還命令を出す。

残ったのは、負傷した兵士とパーシヴァルが率いてきた兵士だった。

パーシヴァルの指示によって、さっそく手当てが施されていく。

敵に本気を出せなかったのは、アンジェリカだけではなかった。倒れている者のほとんどが、ウォーレンの異能によって戦闘不能にさせられた者ばかりだ。

死者はおらず、この戦いが新たな怨恨の連鎖には繋がらずに済みそうだった。

(王太子殿下……どうして?)

共闘しないと言い切っていたパーシヴァルが、土壇場で態度を一変させたということだけはわかっている。

けれど、どうしてそうなったのか、見当もつかない。

アンジェリカは同じくきょとんとしているオスニエルと顔を見合わせる。

そうこうしているうちに、パーシヴァルがウォーレンのそばまでやってきて、その場で膝をついた。

「兄上、これまでのご無礼……お許しください」

パーシヴァルは、目の前にいる人物が兄であり目上の存在である事実を認めた。

「随分と格好いい登場だったな、パーシヴァル」

ウォーレンは、異母弟に手を差し出し立たせる。

けれど、感動的な和解に見えたのは短い時間だけだった。

「……」

無言で立ち上がったパーシヴァルは、突然敬うのをやめて、ウォーレンをにらんだ。

それだけで、この状況が不本意だったと伝わってくる。

敵意を向けているというより、拗《す》ねているみたいな印象だった。

「いじけるな、弟よ。とりあえず立ち話もなんだから、中へ」

ウォーレンの提案で、話し合いの場が設けられることになった。

将軍家のサロンに集まったのは、ウォーレンとパーシヴァル、オスニエル、そしてアンジェリカの四人だ。

意外なことにパーシヴァルは護衛を外に立たせ、人払いをした。

デリア妃の〝予知〟に関する話題が出ることを想定しているのだろうか。

「それで、なんなんですか、この手紙はっ！　……こんな、卑怯な手紙を枕元に置いていかないでください！　僕が動くしかないじゃないですか」

パーシヴァルが白い封筒をテーブルに叩きつけた。

妙に子供っぽく、先ほどまでの凛《りん》とした若き王子様の印象がまぼろしのようだ。

「どういうこと……？」

アンジェリカが首を傾げていると、向かいのソファに座っていたパーシヴァルが一瞬だけ腰を上げ、手紙を押しつけてきた。

「あなたの未来の夫がどれだけしょうもない男か、その目で確かめてください」

アンジェリカは封筒から中身を取り出し、綺麗に折りたたまれている紙を広げた。

オスニエルも興味津々という様子で覗き込んでくる。

どうやら、ウォーレンがパーシヴァルに送ったらしい。

「ん？　んん……!?」

少し読み進めると、その内容に困惑したアンジェリカは、変な声を漏らしてしまった。

『親愛なる弟へ。これまで犠牲者が出なかった反動で、予想よりもこちらの士気が低い。そして負けが続いた公爵側はかなり苛立ち好戦的になっている。きっとパーシヴァルならば公爵の行動も把握していることだろう。今後、予定になかった襲撃が起こった場合、お兄様が勝てる保証はない。そもそも次に発生する大きな出来事をこちらは知らない。当然、なんの対策もできない。……これはピンチだぞ！　パーシヴァルが動かないとお兄様死んじゃうかも……。助けてぇ、パーシヴァル！

——たった一人のお兄様より』

情けない内容に呆気《あっけ》に取られ、ポカンと口を開けたまましばらく放心してしまう。

これが、多くの命が失われるはずだった内戦を止めた手紙だというのだ。

「三日前、我が愛しの弟の寝室に忍び込んで、枕元にこっそり手紙を置いてきたんだ。効果てきめんだな。それから、パーシヴァルの寝顔は可愛かったよ……」

ウォーレンはキラキラとした笑顔だった。

単身なら彼が王太子宮に忍び込むのはたやすい。

ちょっと散歩に行く程度の軽さで、ウォーレンは異母弟への手紙を置いてきたのだろう。

「……なにそれ、格好悪い！　兄の威厳はどこに⁉」

アンジェリカは思わず叫んでしまった。

置き手紙はいいとしても、文面がとにかく弱腰で情けない。

「仕方がないんだ。実際、こちらは相当不利だったんだから」

「ウォーレンよ。もう少し、書き方があったのではないか？　こ……これがハイアット将軍家の近

い将来の婿とは……なんとも情けない」

オスニエルが涙ぐむ。普段の彼ならウォーレンを一喝していたはずだ。らしくない反応が、彼が受けた衝撃を物語っている。

「でもほら父上。家族や戦友を守るためにプライドを捨てることができる男こそ、格好いいと思うんですよ」

「うむ……それは否定できないが……それにしても」

口が達者なウォーレンにオスニエルが丸め込まれるのはいつものことだ。

そしてウォーレンの行動はきっと最善だった。

あのまま戦い続けていたらどんな結果になっていたかを考えると、アンジェリカも情けない手紙を認めざるを得ない。

兵士たちは、あくまでハイアット将軍を慕っているだけの存在だ。

今の時点では、戦友であるウォーレンを助けたいという気持ちはあっても、王子としてのウォーレンに忠誠を誓っているわけではない。

彼らは取り潰されたスターレット侯爵家の関係者ではないし、個人的にゴダード公爵家を恨んでいる者たちでもないのだ。

予知夢では、二度目の襲撃によりジェーンほか、こちらの陣営に犠牲者が出ていた。

皮肉なことに、味方の死は団結力を高める道具になる。十八年前の出来事ではなく、実際に不当な扱いを受けたからこそ、味方は奮起したのだろう。

けれど現実は違う道を進んだ。

実際にはアンジェリカの介入により襲撃で死者は出ていない。ゴダード公爵に対する憎しみも育ちきっておらず、兵士たちが命を懸ける動機が薄かった。

アンジェリカですら本気で戦うことに迷っていたくらいだ。

だから、予知夢では勝てていたはずの戦いに、現実では負けてしまう可能性があるというウォーレンの予想は正しい。

実際、パーシヴァルが動いてくれなかったら多くの犠牲を払っていただろうし、死亡する予定ではなかった誰かが命を落としていたかもしれない。

都から離れ、ハイアット将軍家の所領を本拠地にして長期戦に挑むという予知された未来にたどり着けなかった可能性は高い。

「つまり、ウォーレンは……王太子殿下を脅したの?」

「人聞きが悪い。手紙を読めばわかるだろう?　真摯にお願いしたんだ」

(そうか……そもそも王太子殿下はウォーレンの死を望んでいなかったから……敵ではなかったんだ)

パーシヴァルがウォーレンに協力せず、対立の道を選んだのは、デリア妃を魔女にしないためだった。

彼が望んだ結末は、異母兄に討たれる未来だ。

そして、彼にとって最も進んではならない道は、ウォーレンがゴダード公爵に討たれ、パーシヴァルが唯一の王位継承者になる未来のはずだった。

アンジェリカの介入により、現実が本来あるべき方向に進まない可能性が生じた結果、パーシヴァルは最悪の事態を回避するため、兄への協力をするしかなくなったのだ。

「よく考えるとすごいわ、ウォーレン。……弟にわざと情けない姿を見せて、不安を煽りまくって、理想的な未来を選ばせるなんて」

最初は格好悪いと感じていたアンジェリカだが、話を聞けば聞くほどウォーレンの思慮深さに胸が打たれた。

これはプライドを投げ捨て、結果だけを追い求める理性と、他者の思惑をすべて読み取る思慮深さがなければ到底得られない理想だった。

悪者は捕まって、これから裁かれる。調べが進めば、スターレット侯爵家の汚名もそそがれるだろう。

王族同士が争う内戦は、すんでのところで防ぐことができた。

この結末なら、未来のウォーレンが身内を手にかけた罪の意識に苛まれることもないはずだ。

「アンジェリカがいたからだ」

「え⁉　私？　あまり役に立っていない気がするけど」

パーシヴァルと会うことを勧めたのはアンジェリカだが、結局二人の仲を取り持つことはできなかった。

そして一度共闘の可能性はないと言われてからはパーシヴァルのことを諦めて、なにも行動していない。

異母弟の本質を理解し、策を練って、プライドを捨ててまで実行したのはすべてウォーレンだ。

けれどウォーレンは首を横に振り、穏やかな瞳でアンジェリカにほほえみかけて、そっと手を取った。

「もし俺が未来に起こる出来事を知っていても、きっと効率的に勝つことだけしか考えなかっただろう。本質的な敵が誰か……手を取り合える者が誰か……アンジェリカが教えてくれたんだ」

「そうだった、かしら……？」

「今回の件だけじゃない。初めて会った日から何度も、俺は君に救われている……君はそういうつもりで言ったわけじゃないかもしれないが……」

直感や本能で行動してしまいがちなアンジェリカの言葉が、ウォーレンの救いになっていたという。本人から直接言われても、いまいちどの言葉が彼によい影響を与えたのかわからない。

それでも、嬉しかった。

パーシヴァルが破滅する未来は、予知夢で何度か目にした寂しげなウォーレンが現実のものとなる未来だ。もし、アンジェリカが別の道を示せたのだとしたら誇っていい気がした。

「ウォーレン……」

彼の言葉に感極まって、アンジェリカの瞳から涙がこぼれそうになる。

思わず手を握り返し、しばらく無言のまま見つめ合った。

その状況を壊したのは、パーシヴァルの咳払いだった。

「お二人だけの世界に行ってしまっているところ、申し訳ないのですが……僕はまだ、諦めていませんからね」

「なにを、ですか？」

アンジェリカは聞き返す。

パーシヴァルは自らの意志で内戦を未然に防いだのだ。皆が幸せになれる未来が見えているのに、なにをしようというのだろう。

「今回は、そうしなければ兄上の命が危ういから動いただけなんです。……僕は、母上の望みを絶対に叶えません！」

まだ自身の破滅を望み続けるという宣言だった。

（いくらなんでも、強情すぎるわ！）

短気なアンジェリカはだんだんと苛立ってきた。

誰も喜ばない方向へ進むことになんの意味があるのか、まったくわからない。

「王太子殿下。私が見た予知夢の中で、ウォーレンは国王になりました。……でも、幸せそうではありませんでした」

「だとしても、それが正しいはず。……受け入れなければ……」

「私には無理です。魔女の力を使ったことが罪になるとしても、知ってしまった以上、あんな未来はお断りです！　殿下がそれでも修正しようとするのなら、受けて立ちますよ」

「それでも本来は……」

「もう！『正しい』とか『本来』とか、うるさいです！　……たぶん、私が選ばれた時点でデリア妃の勝ちだったんです。……自分勝手な理由で運命を変えた魔女がいたとしたら、それは間違いなく私です。だとしても、誰も不幸にしていないから謝りません」

「母上の勝ち……？」

「ええっと……。なんというか、ウォーレンがあなたに倒される未来がデリア妃の望みではなかっうまく言えないんですが」

デリア妃が見せた予知夢の内容に対し、アンジェリカはよくわからない矛盾を感じていた。けれどうまく説明できなくて、ウォーレンに助け船を求める。

「それは俺も考えていた。アンジェリカに予知夢を信じさせるためにいくつかの未来を見せる必要があったとして、母上――ジェーン・ハイアットの死の回避をさせた理由は？」

「そう！　それよ……」

「未来がどう変わるかなんて予想できるはずもないんだが、デリア妃は俺とパーシヴァルの決定的な対立……つまり恨みが増幅される事態を避けたんではないか？」

ウォーレンがハイアット将軍家を切り捨てるという嘘の夢には間違いなく悪意があった。

けれど、予知夢を信じ込ませるための材料としてジェーンの死を見せた部分にアンジェリカは優しさを感じた。

（優しさ……というより、弱さなのかしら）

弱いから矛盾し、どっちつかずの、どう転ぶかわからない情報を散りばめた。

そんな印象に思える。

「デリア妃の望みが、王太子殿下とウォーレンの未来を入れ替えることだったら、それは悪いことで、魔女というそしりを受けても仕方がないと思うんです。でも、結果としてそうはならなかった」

パーシヴァルも矛盾している。

彼は自分だけがいずれ消えればいいと思っていそうだ。

予知夢どおりなら、ジェーンと多くの兵士たちが犠牲になるはずで、そこも正さなければならない。

　当然、優しい彼にはできるはずもなかった。

「あなたは、僕の母を否定しないでいてくれるってことですか？」

「ええ。……正しいかどうかより、幸せかどうかのほうがわかりやすくて好きってだけですけど」

　話しているうちにパーシヴァルの目にも涙がにじんでいた。

　彼はまだ十五歳で、本来なら大人がやったことの責任なんて負わなくていい若者だ。

　王太子で、母親が異端とされる異能持ち、さらに祖父の悪行を強制的に知ることになった彼は、本来背負わなくていい重責を無理やり押しつけられているみたいだった。

「……そう、ですね。アンジェリカ殿の言うとおりかもしれません」

「そうですよ！　もう諦めましょう」

「ハハッ。兄上があなたを特別に想う気持ちがわかる気がします」

　軽く涙を拭ってから、パーシヴァルは不器用に笑った。

「いや……そこはわからなくていい。アンジェリカの取り合いなんてしたくないから」

　せっかくいい雰囲気だったのに、心の狭いウォーレンがすぐさま不機嫌な顔で牽制を始めてしまう。

「しませんよ、兄上。本当に困った人だな……」

　完全に納得できていない部分もあるかもしれないが、パーシヴァルは自らの幸せを考えてくれるだろう。

　結論を出すことなんて急ぐ必要はない。あとはゆっくり時間をかけて、自分の心と折り合いをつけていけばいいはずだ。

「それにしても、よく国王陛下を説得できたな？」

国王はゴダード公爵ほか重臣たちの言いなりで、政に興味がない人だという。

けれどプライドがあるだろうから、一度出した王命を撤回させるのは難しかったはずだ。

「ええ、あの方はイヴォン妃を憎んでいたわけではないですし、幼い王子を失ったことを嘆いておられたようですから。兄上からの抗議文に、僕の鑑定結果を添えれば王命の撤回は簡単でしたよ」

実際には、パーシヴァルはウォーレンを鑑定していないのだが、そこはうまくごまかしてくれたらしい。

「その抗議文がゴダード公爵に握りつぶされずに済んだのも、パーシヴァルのおかげだろう？　ありがとう」

ウォーレンの素直な感謝にパーシヴァルがはにかむ。

「兄上はそれすら想定済みなのに、今更です。……父上は、僕がここへ向かう直前まで、ゴダード公爵の裏切りにショックを受けて、放心状態でしたが……」

「へぇ」

「ですが兄上。日を改めて国王陛下への謁見は必要です。あなたは〝剣王〟の異能を持った第一王子なのですから」

「面倒なことだな」

彼は、息子として実父に会う機会を「面倒」のひと言で片づけた。

宿敵の孫であり、憎んでもおかしくない相手と言えるパーシヴァルに対しては相手が拒絶しても無理やりにでも寄り添おうとしたのに、真逆の対応だった。

（ウォーレンは……将来どうするつもりなのかしら？）

二人の王子が武力によって王位を争う事態を回避した結果は、まだ決まっていない。

アンジェリカの将来にも影響するのだから、知りたい気持ちは強かった。

けれど、実父との会話すらしていないウォーレンには時間が必要だろう。

アンジェリカはウォーレンがどんな決断をしても受け入れるつもりで、その日が来るのを待つべきだった。

話し合いが終わると、パーシヴァルは待機していた護衛を伴い、帰っていった。

途端に疲れが押し寄せてくる。

「そういえば、昨日からほとんど寝ていなかったわ」

王命を携えた使者がやってきて、敵兵がハイアット将軍家を取り囲んでいる状態ではさすがのアンジェリカも安眠などできなかった。

今後の策を考えながら、交代で見張りをしていたら、朝になったのだ。

まだ昼食も食べていないが、このまま眠ってしまいたい気分だ。

アンジェリカは、だらしなくソファに座った状態で天井を仰ぎ見た。

「……あ、あれ？」

無意識に右の耳たぶに触れたアンジェリカは、そこにあったはずのピアスの感触が失われていることに気づく。

左耳を確かめると、そちらは無事だった。

「どうしたんだ、アンジェリカ」

「ピアスがないの！　もしかしたら戦っている最中に落としたのかもしれないわ」

眠気が一気に吹き飛んだ。アンジェリカは慌てて立ち上がり、屋敷の門付近の捜索を始めた。ウォーレンもそれに付き合ってくれる。

ピアスは、祖母ターラが不眠に悩むアンジェリカに贈ってくれたアミュレットだった。デリア妃によって改造されていたとわかっていてもなお、アンジェリカはピアスを手放せなかった。

手入れのときに一時的にはずすことはあるし、そのときになにか起こるわけではないから、きっとおまじない程度の効果に違いない。それでも大切なものだ。

アンジェリカは自分がどこで戦っていたかを思い出しながら地面に目をこらす。するとさ硬い石が敷き詰められた門と屋敷の入り口を結ぶアプローチの上に小さな青い粒を発見した。

「どうしよう。割れちゃった……」

石が半分に砕け、金属部分も折れ曲がっていた。

急いで拾い上げ、綺麗なハンカチで包む。

割れてしまったから、アミュレットとしての機能は失われているだろう。もう耳につけられないが、それでも祖母からもらった大切なものには変わりない。

「修復できるか、専門家に相談しよう。それから、お祖母様《ばあさま》に手紙を書いたほうがいいかもしれない」

「……うん」

不幸な事故だから誰かを責める気持ちはないけれど、大事にしていたピアスを失ったアンジェリカは少しだけ落ち込んだのだった。

◇◇◇

ハイアット将軍家と王家が一触即発となった事件から三日後、アンジェリカはウォーレンと一緒に国王への謁見に臨んだ。

謁見用に選んだのは水色のドレスだ。

片側だけになってしまったピアスは公の場にはふさわしくないため、ジェーンから銀細工のピアスを借りてそれをつける。

軍服のウォーレンと一緒に、近侍の者の案内で謁見の間に進む。

そこには絢爛《けんらん》豪華な玉座に座る国王と、姿勢よく隣に立つパーシヴァルの姿があった。

ウォーレンは堂々としていたが、アンジェリカは緊張から不自然な歩き方になってしまう。

「そなたが我が息子……第一王子クラレンスか……？」

挨拶もしないうちから、国王が玉座から立ち上がり、ウォーレンのそばまでやってくる。

亡くなったはずの王子が生きていたことを、彼は心から喜んでいるみたいだ。

「さようでございます、陛下」

一方ウォーレンは冷めていた。

無礼ではないけれど、父親に対する態度ではまるでない。

内心、アンジェリカはヒヤヒヤしていた。ウォーレンが国王を父親として認識していないのはわかりきっていたが、国の最高権力者に対してはもう少し取り繕ってもいいと思うのだ。

「イヴォンによく似ている。……亡くなったスターレット侯爵にも……」

スターレット侯爵とは、ウォーレンの祖父にあたる人物のことだろう。

「クラレンス。そなたには、本来与えられていたものをすべてやろう。第一王子……つまり、王太子としての地位も、スターレットの所領も。そなたは優秀だと聞いているし、パーシヴァルも納得している。……もう、なにも心配はいらない」

その言葉にウォーレンが顔をしかめた。

国王はウォーレンの人となりを人づてでしか知らない。それなのに、次期国王へと据えようとするのだから、為政者として危ういとしか言いようがなかった。

（……それでウォーレンが喜ぶと思っているの？　その短慮さが、こんな事態を招いたんじゃない！）

アンジェリカは国王の今の言葉について、為政者としてだけではなく、父親の対応としてもどうかと感じてしまった。

「国王陛下……。恐れながら、妻を信じず、息子を捜さなかった者がなんの報いも受けないなんて都合がよすぎると思いませんか？」

不敬すれすれだが、長く見つけてもらえなかった息子としては許される問いかけだった。

「それは……」

生き別れ状態だった息子から放たれた拒絶に近い言葉に、国王が狼狽《うろた》える。

「私は、これからもウォーレン・ハイアットとして生きます」

ウォーレンとして生きることを許してほしいと国王へ願い出るわけではなく、そのように生きるという宣言だった。

これには国王だけではなく、同席していたパーシヴァルも目を丸くしている。

(あぁ……やっぱり……ウォーレンは……)

アンジェリカはとくに驚かない。彼の宣言の意味をわかっているつもりだった。

「なぜだ？　……そなたは私の息子であり、第一王子クラレンスだろう？　偽りの名のままでいいと申すのか？」

「ウォーレンとして生きてきた期間が長すぎるのです。……それに愛する女性も、私をこの名で呼びますから」

アンジェリカのほうをチラリと見ながら、彼は揺るぎない思いを言葉にした。

以前、アンジェリカは「ほかの名前は知らない」と彼に言ったことがある。それは亡くなった過去の人よりも、自分《アンジェリカ》を優先してほしいという勝手な発想だったかもしれない。

それでも、彼がウォーレン・ハイアットの名を選んでくれるのなら、こんなに嬉しいことはない。

「そんな理由で⁉　だが……クラレンスは〝剣王〟で……未来の国王としての義務があるはずではないのか？」

「未来の国王となるために懸命に王太子としての務めを果たしてきたのは、パーシヴァルですよ、国王陛下。今回の事件でも、彼は誰よりも王族としてふさわしい行動をして、戦を回避し、民を守りました。これ以上の資質があるのでしょうか？」

内戦になりそうな状況を変えたのは、パーシヴァルの働きだと彼は言う。

実際にはウォーレンの策にパーシヴァルが応えたのだが、持っている権力を正しく使ったという点において、パーシヴァルは立派な王太子だ。

「兄上、なにをおっしゃって……」

パーシヴァルが焦って口を挟む。

けれどウォーレンが彼を一瞥《いちべつ》し、黙っているようにと促した。

「異能が他家に移るなんて、今ではめずらしくもないでしょう。それに、平和な時代なら王家の異能が〝鑑定〟であるほうがむしろよいのではないでしょうか？　そうであれば、悲劇の一つは防げたはず」

イヴォン妃と第一王子が軽く扱われたのは、ゴダード公爵が鑑定結果を偽ったからだ。

さらにウォーレンが自分の正体を隠さなければならなかったのも、名乗り出たところで正しい鑑定がされないとわかっていたからだ。

王家が常に公明正大というわけではないけれど〝鑑定〟という特別な異能は、私物化されたら都合が悪い力だと言える。

「息子と王家の異能を失うのが、私への罰……だというのか……？」

「恐れながら、陛下が選択なさったのでは？」

「そんなことはない！　私はずっと……イヴォンとクラレンスが生きていればいいと願って……」

国王は必死だった。きっと本気でそう思っていたに違いない。

けれどウォーレンの心には、少しも届いていないみたいだった。

「私がクラレンスだと名乗ったにもかかわらず、兵を差し向けてきたではありませんか」

「それは……ゴダード公爵が……偽者だと……」

「そうです。陛下は私よりも、ゴダード公爵を選び、息子を殺そうとした……パーシヴァルが止めなければあなたは……」

むしろ、亡き息子の名を騙る不届き者の罪人として、ためらわずウォーレンの命を奪う決定をしていたに違いないのだ。

「知らなかった……知らなかったのだ……！」

おそらく「息子を殺そうとした」という言葉が、国王の心を深く抉《えぐ》ったのだろう。

真っ青な顔をして動揺する国王に対して、ウォーレンは淡々としていた。

「この国から〝剣王〟の異能が消失するわけではありませんし、問題ないのでは？　……私は今後も自らの責任を果たし続けるつもりです。ですがあくまで軍人として……未来の国王である王太子を支える道を選びます」

国王ではなく王太子を支えるという言葉は、かなり過激な主張だった。それでもすでにこの話し合いの場の主導権はウォーレンが握っているため、誰も咎めない。

「そ、そんな……。あぁ、なんということだ……」

国王はふらつきながら一歩だけ後退し、ウォーレンから距離を取る。

納得できなくても、ウォーレンがなにを言いたいのかだけは一応理解したみたいだ。

「臣である私が申し上げるのは不敬であると重々承知ですが……」

ウォーレンは前置きをしてから、立ち尽くしたままの国王の前に跪く。

「陛下がもっと妃や王子に関心があれば、このような悲劇は起こらなかったはずです。済んでしまったことは取り返しがつきません。せめて……一人息子である王太子を大切になさってください。ふさわしい行動をした王太子から、なにかを奪ってどうなさるのですか？」

それは決別の言葉だった。

ウォーレンについては手遅れで、このままではパーシヴァルも同じになってしまうという警告だ。

放心状態の国王は、やがて冷たい大理石の床に膝から崩れ落ちる。

「あ、あぁ……。そ、そうか……私はパーシヴァルの親たる資質すら、失いかけていたのか……？」

能力が未知数の第一王子に、つぐないのために王太子の地位を与え、これまで立場に見合う行動を取り続けてきた第二王子から地位を奪う。

それがどんなに愚かな行為か、ようやく理解したらしい。

結局、謁見の時間はそこで終了となる。

控えていた近侍に支えられ、国王は去っていく。

うなだれる背中を見つめながら、アンジェリカは彼について考えていた。

（なんて弱い人なんだろう……。ちょっとかわいそうだけれど、これからきっと罰を受けるんだわ）

国王に明確な罪はない。

けれど、為政者に限っては弱さも罪になる。

長きに亘りゴダード公爵の裏切りを見抜けなかった国王は、いっそう力を失うだろう。

第一王子からも拒絶され、政治的に厳しい立場に追いやられる。

それでも、いつかパーシヴァルに受け渡すために玉座を守り、後悔に苛まれながらも足掻き続けなければならない。それが国王に科される罰だった。

ギーッという音を立てて扉が閉まる。

この場に残ったのは、ウォーレンとアンジェリカ、そしてパーシヴァルだ。

「帰ろう、アンジェリカ」

ウォーレンは立ち上がり、アンジェリカに呼びかけた。

「兄上！　僕は納得できません」

予想どおりではあるものの、やはりパーシヴァルは王太子の座を兄に明け渡すつもりだったらしい。

近づいてきたパーシヴァルはさっそく食ってかかった。

「納得していただかなければ困ります、王太子殿下」

「先ほどまで呼び捨てだったくせに！　僕は兄上に玉座を譲ってもらうつもりはありませんよ。今すぐ撤回を」

立ち去ろうとしたウォーレンの進路を塞ぎながら、パーシヴァルが必死に訴えてくる。

そんな異母弟の姿を見て、ウォーレンはやれやれと肩をすくめた。

「……というか、なんで俺が王太子にならなきゃいけないんだ？」

また、くだけた口調に戻った。第一王子という立場を拒絶したウォーレンだが、パーシヴァルの兄であることは受け入れているのだ。

「それはっ！　そうなる未来が正しいことをあなたも知っているはずです」

「すでに前提が崩れているんだ。いい加減、アレから離れて物事を考えたほうがいい。……頭が固いのはよくないぞ」

アレとはデリア妃の予知夢のことだ。

夢の中ではウォーレンが国王となった。けれど、それはほかに王位を継ぐ者がいなくなってしまったからだろう。

現実のウォーレンはゴダード公爵に存在を知られるまで、王家と事を構える覚悟をしていなかった。

スターレット侯爵家の名誉を回復し、母の仇を討ちたい気持ちは当然あっただろう。それでも、個人的な復讐のために誰かに戦いを強要することができず、ハイアット将軍家の養子として生きる道を望んでいたはずだった。

正直、アンジェリカはほっとしていた。アンジェリカが好きなウォーレンは、ハイアット将軍家で一緒に鍛錬をしてくれて、楓の木の下に寝転がる彼だから。

今更、第一王子クラレンスになんてなってほしくなかったのだ。

「俺は、王位なんて望まない。むしろ迷惑でしかない。……そういうわけで王太子殿下。これからは、あなたの臣としてこの国を支えて参ります」

強い意志が籠もったウォーレンの瞳からは、妥協ではなく、報われない弟への哀れみでもなく、心からの望みであることが伝わってくる。

パーシヴァルはしばらく鋭い瞳で兄を見つめていたが、やがてフッと表情を柔らかくした。そして、ウォーレンに手を差し出してきたのだ。

「でも僕は……あなたを『兄上』と呼びますよ。たぶん、ずっと」

「それは、大変光栄なことです」

ウォーレンは弟の手を取り、しっかりと握手を交わす。

どうやら兄弟のあいだでも話がまとまりそうだった。

内戦は回避できたものの、これからこの国には多くの困難が立ちはだかるはずだ。

大貴族にして、長く国王を操っていたゴダード公爵が失脚し、貴族たちは宙に浮いた国王の側近の座を巡り争うだろう。

そんな国王は今まで重臣の言いなりで、己を持たない弱い人だった。

パーシヴァルは名君になる素質を持った王子だが、若いし、外戚による後ろ盾を失っている。

それでも、この兄弟が手を取り合えば、きっと大丈夫だと思える。

身びいきかもしれないが、アンジェリカはこの国がよい未来へ進んでいけると確信していた。

「あぁ、そうだ。兄上……一つ重要なことを伝え忘れていたんですが」

今度こそ謁見の間から去ろうとしたところで、パーシヴァルがウォーレンを引き留めた。

パーシヴァルは一瞬だけアンジェリカのほうへ視線を送ったあと、ウォーレンの耳元でなにかをささやく。

ごにょごにょとした聞き取れない言葉と一緒に「アンジェリカ」という単語が何度か登場している。

話を聞き終えたウォーレンは、驚いた顔をしたあと悪い笑みを浮かべた。

「なに？　どうしたの!?　今、私の話をしていなかった？」

「いいや、していない。……男同士の大事な話だから秘密だ」

ウォーレンだけでなく、パーシヴァルまで笑っている。

なんだか嫌な予感がして、アンジェリカはウォーレンの上着を掴み、揺さぶって、秘密を吐かせようとした。

けれどその程度では動じないウォーレンは、結局パーシヴァルからなにを言われたのか教えてくれなかった。


パーシヴァルと別れた二人は最後にもう一つの目的を果たす。

これまで、訪れたくても入る権利を持っていなかった王宮に併設された墓地だ。

この場所でウォーレンは、初めて母の墓参りをした。

装飾が少なめの墓標の前で膝をつき、ウォーレンは長い時間祈っていた。

きっと母と別れてから十八年の人生と、これからのことを報告していたのだろう。

◇◇◇

その日の夜。アンジェリカは就寝前にウォーレンの部屋を訪ねた。

彼は少しはだけたシャツにトラウザーズという姿で、出窓のあたりでたたずんでいる。

確か、以前にパーシヴァルとの話し合いで決別したあとも、そうやって外を眺めていた。

「ウォーレンって星を見るのが好きなの？」

同じ場所に立っているからこそ、表情の違いが浮き彫りになる。

あの夜は、いつかの予知夢で見た悲しい瞳のウォーレンに近づいていく気がして、アンジェリカは不安になった。

今はアンジェリカのよく知っている、いつもの彼だ。

「あぁ。頭がすっきりする気がするんだ。それより、どうしたんだ？　なんだかニヤニヤして……」

「ニヤニヤじゃないわ。ただ嬉しいだけ！」

せっかく楽しくおしゃべりでもしようと思って訪ねたのに、からかうなんてひどい。

アンジェリカはムッとしながら、出窓にちょこんと腰を下ろし、ウォーレンの頰を抓《つね》ってやった。

ウォーレンからの反撃はない。

彼もアンジェリカの隣に座る。窮屈な場所だから自然と肩同士が触れ合う。

「今更だけど、私とウォーレンって結局ハイアット将軍家を継ぐのかしら」

「それは〝豪腕〟の異能……つまりチェルシーのことを気にしているんだろうか？」

「ええ」

「おそらく父上はまったく気にしないし、チェルシーは『可愛くないから嫌！』って言って拒絶するだろうな」

「そうよね」

オスニエルはずっと、アンジェリカとその夫が将軍家を継ぐことを願っていた。

それはウォーレンが養子となる前からの方針だから〝豪腕〟の代わりに〝剣王〟が手に入る見込みがあっての希望ではないはずだった。

さらにアンジェリカを除いた家族は、チェルシーが異能持ちである事実をずっと前に把握していたらしい。

出生の順番に関係なく、異能を持った子が後継者として指名されるのも貴族の中では当たり前だった。

それなのにオスニエルは、戦いが嫌いなチェルシーには日々の鍛錬を強要していないし、家を継ぐのはアンジェリカであると決めていた。

きっとオスニエルは強くてやる気のある者が後継者なら、それでいいと思っているのだろう。

「じゃあ、これにて一件落着……なのかしら？」

「そうだな。ゴダード公爵は間違いなく大罪人として極刑になるだろうし、きっと裁判の中でスターレット侯爵家の冤罪も証明されるはず」

「よかったね、ウォーレン。頑張ったし、今日はとくに格好よかったわ」

「ありがとう。……だったら、そうだな……アンジェリカからご褒美がもらいたい」

急に雰囲気が甘くなり、アンジェリカはドキリとした。

(ご褒美って……たぶん……)

ウォーレンが望んでいるものがなにか、アンジェリカとしてはわかるつもりだった。

あとでオスニエルに怒られて、また楓の木に吊るされるかもしれないが、それでもウォーレンの望みを叶えたい想いがある。

「私も……ご褒美……もらいたいかも……」

彼の望みはアンジェリカの望みでもある。

最初は偽の予知夢に惑わされ、彼を傷つける言動をしたけれど、結局離れられなかった。アンジェリカも、ウォーレンにずっと笑っていてほしくて頑張ってきた。

だから少しくらい褒美をもらう権利があるはずだ。

「あぁ……アンジェリカ……」

ウォーレンの膝に乗り、キスを求めた。

彼がしてほしいことは、自分もしたいことだと素直に思える。

そういう感覚が不思議だった。

触れるだけの軽いキスの最中、ウォーレンがアンジェリカのガウンを奪う。

パサリと床に落ちる音が聞こえた。

とくに扇情的なデザインではないけれど、寝間着一枚では体型が丸わかりで落ち着かない。それでもキスをやめようだなんて思えなかった。

はしたないことだと知りつつも、アンジェリカのほうから彼の口内へ舌を滑り込ませた。ウォーレンもすぐに応えてくれる。

舌を絡ませ、相手の敏感な場所がどこであるかを探っていくうちに、ふわふわとした心地に満たされていく。

(なんだろう……やっぱり、今日は特別に……)

憂いが取り払われ、誰にも後ろめたい気持ちを持たずにいられるようになったからか、今夜のアンジェリカはこの行為にためらいがなくなっていた。

するといつにも増して身も心も敏感になっている気がしてくる。

心はウォーレンの想いに寄り添って、身体は境界が溶け合うことを望んでいた。

すでにキスだけでは物足りなくなっている。

「……ウォーレン……もっと……」

一度唇を離し、彼を見つめながら希《こいねが》う。

彼の表情はなんだかアンジェリカを咎めているみたいだった。

胸のあたりがズンと疼《うず》く。これから意地の悪いことをされそうな気がするのに、急に鼓動が速くなるのはどうしてだろうか。

「脱いで。……そうしたら続きをしてあげる」

「え……？　う、うん……」

返事をしたアンジェリカだが、すぐには実行できなかった。

ただ裸になるだけならともかく、彼の視線を感じながら服を脱ぐことにはさすがにためらいを覚える。

無理やり暴いてくれたら、どれほどいいだろうか。

手が震えて、なかなか先に進めない。

アンジェリカは縋るような思いで、ウォーレンの様子をうかがう。意地の悪い顔をしていて、協力するつもりがないことがよく伝わってきた。

「続き、ほしくないの？」

その質問は、完全に催促だった。

ウォーレンのほうが口が達者で賢く、そして我慢強い。相手を求めているのは同じでも、主導権は常に彼のほうにあるみたいだ。

アンジェリカができるのは、結局彼の言葉に従うことだけになってしまう。

「……ウォーレン」

まずは寝間着のボタンを一つ一つ丁寧にはずしていく。柔らかい生地でできた寝間着はするりと肌をたどって、ガウンと同様に床に落ちていった。

シュミーズは着ていない。アンジェリカは思わず胸の頂を覆い隠す。羞恥心で一気に身体が熱くなっていった。

「まだ終わりじゃないだろう?」

かろうじて残っているのはドロワーズだけだった。

それを脱ぎ捨てるためには、手を胸元から移動させなければならなかった。

本来なら大した労力を必要としない作業で、心がかき乱され、泣きそうになっていく。

最後はギュッと目をつぶって、腰を浮かせ、勢いに任せてドロワーズを下ろした。

まだ理性が残っているから、なにもまとっていない姿をまじまじと見られるのは耐えられない。

アンジェリカはウォーレンに抱きついて、距離を縮めることで彼の視界に入らないようにした。

ウォーレンの胸が小刻みに震える。きっとアンジェリカの幼稚な行動を笑ったのだ。

「もう……!　んっ」

抗議する前に熱い吐息を感じて、なにも言えなくなってしまった。

ウォーレンがアンジェリカの髪を撫でながら、耳たぶにキスをした。

(ぞわぞわ……する……!　ちょっと触れられただけなのに……)

普段とは違いお気に入りのピアスがついていない。

だから舐《な》めやすくなっているのだろうか。薄めの耳たぶが口に含まれ、時々歯が触れる。

たったそれだけで体温が一気に上昇している気がした。

「……んっ、やっぱり……変っ、あぁっ」

背中を反らし逃げようとするも、ウォーレンに引き戻されて無理だった。

そのままうなじや鎖骨に舌が這う。

「変じゃない……だけど、とびきり敏感なんだろうな。……いいことだよ」

ボソボソとしゃべってから、ウォーレンは胸の谷間に顔を埋めた。

「はぁっ。あぁ、ん。……ん！」

彼の言うとおり、きっとアンジェリカの身体は敏感なのだろう。

剣術を学び身体を鍛え、忍耐力は人並み以上にあるはずなのに、この刺激には耐えられず乱れた姿をたやすく晒す。

皆がこうだとは、到底思えない。それなら多くの女性がこの快楽の虜《とりこ》になり、退廃的な生活を送ることになってしまいそうだ。

「うぅっ！　ダ、ダメ……。強い、の。どうにかなってしまうっ」

胸の頂に吸いつかれると、ビリビリとした感覚がそこから生まれてくるのをはっきりと感じた。

ウォーレンは左手でアンジェリカの背中を支え、逃げられないようにしながら、舌と右手で胸を執拗《しつよう》にいじめている。

柔く少しザラついた舌が先端に絡みつくと、腰が浮き上がりそうになる。

指先で摘《つま》まれるのも、胸全体を揉みしだかれるのもダメだ。

これ以上続けられたら壊れてしまう。

「もう、いいの……十分なの！　あっ、あぁ……ん」

「逃げるな。まだ始まって五分しか経っていないじゃないか。……十分なわけがない」

言葉ではそう言いながら、ウォーレンは胸ばかりに触れるのはやめてくれた。

だとしても、アンジェリカの救いにはならない。

今度は秘部に指を滑り込ませて、繋がる準備を始めてしまったのだ。

見えなくても、滴り落ちるほど蜜があふれてくるのがわかる。ウォーレンはそれをすくい取って花びらに塗りつけながら、指を深くまで差し込んでくる。

抜き差しが始まるとクチュクチュといやらしい水音が部屋の中に響いた。

アンジェリカは、自分の身体が急速に昇り詰めていくのを感じていた。

「やぁっ、指……気持ちいいから嫌、やめて……！」

勝手に呼吸が荒くなり、身体が熱い。

限界がすぐそこまで来ているのがわかる。

「ハハッ。……その言葉でやめる男がいたら見てみたい」

気を遣ってしまわないために、全身に力を込める。

不安定な姿勢では身体が浮き上がりそうだ。ウォーレンにしっかり抱きついて快楽を追いやろうと必死に足掻く。

ぼんやりとした思考で、どうやったらこの苦しみに似た快楽から解放されるのかを考える。

アンジェリカは、先ほどなんと口走ったのだろうか。「気持ちいいから嫌……」という言葉がいけなかったのだ。

それならば……。

「き、気持ちよくない！　……だから、手加減……してっ、そこ……触らないで！　お願い、お願い……」

とくに弱いのが淫芽だった。

軽く撫でられただけで、なにかいけないものが迫《せ》り上がってくる。

長い指が膣に留まったまま、別の指でそこに触れられたら、どうあっても耐えられない。

焦って暴れても、ウォーレンは許してくれなかった。

それどころか、いっそう動きを激しくして、アンジェリカを追い詰めた。

「達っちゃ……達く——あ、あぁぁっ！」

アンジェリカはあっけなく絶頂を迎えた。

ドクンドクンと心臓が大きな音を立てる。目の前がチカチカとして、自分がどこにいるのか、なにをしているのかも一瞬忘れかけた。

「ダメだろう？　見え透いた嘘は、逆効果だ」

「はぁ……はぁっ、ご、ごめんなさい……でも、私……」

これは気持ちよくないと言ったことへの罰だった。

アンジェリカはビクビクと身を震わせながら、ウォーレンの胸にしなだれた。

脚が震え、力が入らない。膝の上にしっかり座ると、彼のトラウザーズを汚してしまう。

わかっているのに、どうにもならない。

「恋人に触れられて気持ちよくなるのは、変じゃないはずだ。だから、嘘なんてつかないでいい」

優しい言葉のあと、またキスが始まった。

伝わってくる熱によって、アンジェリカは身も心も溶けてしまいそうだった。

夢中になって貪っているうちに、秘部になにかが押し当てられているのを感じ取る。

いつの間にかトラウザーズをくつろげたウォーレンが、男根を花園にあてがったのだ。

けれどアンジェリカが協力して腰を浮かせなければ、きっと繋がれないのだろう。

内股や淫芽に硬いものが当たるのは心地よいけれどもどかしい。

ウォーレンも同じはずだ。

キスの合間の吐息で、だんだんと余裕を失っているのがわかった。

臀部《でんぶ》が優しく撫でられる。

呑み込めという催促みたいだった。

アンジェリカは彼に跨がった体勢のまま膝を使って腰を上げ、たくましい男根をたっぷりと濡れた秘部にあてがった。

自重のせいで、勝手に奥へと入り込んでくる。

「ふっ、あぁ……」

痛みはなく、心が喜びで満ちていく。

身体を繋げるのは、決して悪い行為ではないと信じられた。

「アンジェリカ。もう二度と俺を疑わないでくれ。こうやって身体を繋げると……心まで一つになった気持ちになれるだろう？　俺の愛がどれくらい深いか、君にはわかるはずだ」

「うん……わかる……。不思議な気持ち。……ウォーレン、大好き……。あぁっ！」

急に下からの突き上げが始まった。

一人で乱れているときとは違い、ウォーレンもこの行為に溺れているのがわかった。

彼に望まれている気がして、アンジェリカも腰をゆらゆらと動かす。

息苦しいけれど、そんなことより今は快楽を貪ることを優先したい。

奥を穿たれるたびに弾ける予兆を感じ取る。そこにたどり着きたくて、律動を激しくしてしまう。

「……そんなにされたら、もたない……っ！」

交わる体勢のせいで、今夜の主導権はアンジェリカのほうにある。

彼の切羽詰まった様子がなんだか可愛らしくて、より夢中になってしまう。

「あっ、あぁ！　うぅ……ウォーレンッ、私……」

もうひたすら彼を導き、二人で達することしか考えられなかった。

しっとりと濡れた肌同士がぶつかり合う。秘部からはひっきりなしに水音がしていた。

（達きそう！　……もう、限界……）

彼を心地よくするためには、激しい動きが必要だった。

そうするとアンジェリカが追い詰められていく。

限界に達する寸前、ウォーレンは低く呻《うめ》いた。

その直後だ。ドッと温かいものがアンジェリカの中に放たれた。

吐精と同時に、信じられないほどの快楽がそこから生まれる。

「や、やぁ……あぁぁっ！」

すぐに身体中に行き渡り、あまりの衝撃に身が強《こわ》ばる。

脚がガクガクと震え怖くなり、アンジェリカはウォーレンにしがみつく。

肩で息をして、どうにか落ち着こうとしてもまったくできなかった。

「……はぁっ。……締めつけすぎ。出されて達った？」

「あぁ……ダ、ダメ。うぅっ。だって、ウォーレンにされたら、身体が浮いちゃうから……」

言い訳をしながら、膣の収斂が止まらない。

もっと欲望のなれの果てを解き放ってほしいという催促みたいだ。

ずっと気持ちよくて、けれどまだ上がある気がして、おかしくなってしまう。

やはりアンジェリカの身体は普通ではない。特別に淫らな女なのだと認めるしかないみたいだ。

「変になる。ずっと気持ちいい……気持ちいいよ」

「大丈夫、俺も……くっ、同じだから」

ずっとこうしていられたら二人とも幸せなはず。それなのに、ウォーレンはアンジェリカの肩を軽く押して、姿勢を変えさせようとした。

反動で、中に留まっていた男根がズルリと抜け落ちる。

「あぁっ、抜いたら……ダメッ。ずっとこうしていて……」

「疲れてしまうだろう？　ベッドに行こう。……だから、いい子にしていないと……」

そのまま抱きかかえられ、ベッドに落とされる。

うつ伏せの姿勢を取るようにと促された。

衣擦《きぬず》れの音がして、ウォーレンが服を脱いでいるのがわかった。

しばらくするとわずかにベッドが軋み、彼がそばまでやってくる気配がした。

ウォーレンはアンジェリカの腰骨付近を摑み、持ち上げた。

自然と猫みたいな格好になる。

そんな姿勢は恥ずかしいと抗議する間もなく、彼は再びの繋がりを求めてきた。

「キャァッ！　奥……ズン、てされたら……っ」

今度はウォーレンの主導で、激しい抽送が始まる。

アンジェリカが腰を揺らしていたときよりも、一度が重かった。

「ひゃぁっ……苦し、い……深いところ、変になって……ぁっ」

「また達きそう？　……本当に、心配になるほど敏感なんだ。交わるたびに覚えて、どこまでも淫らになりそう」

「好きな、人と……したから。ウォーレンが気持ちよさそうだから、私も……」

初めてのときよりも、今夜のほうが乱れている自覚がアンジェリカにもある。

けれどそれは、ウォーレンの憂いがなくなったからだと信じたかった。彼の中にあった先に対する不安がなくなり、全力でアンジェリカを愛せるようになったから、抱き方も変わったのだ。

「俺限定なら……まぁ、いいけど……っ」

「もっと。……終わらないで。……ひっ、あぁっ。止まらない……ん」

先ほどからひっきりなしに頂が訪れて、ずっと戻れない。

完全に息が上がり、体力だって限界なのに、どうしてもやめられなかった。

「あぁっ、ん。これ……異能？　ウォーレンの……だから、気持ちいいの？」

「使ってないよ。そんな必要ないだろう？　前も人のせいにしていたじゃないか……！」

「うぅっ、あ……あぁっ！」

仕置きみたいに奥を突かれた瞬間、アンジェリカの中でまた快楽が弾けた。

アンジェリカが一度達すると、体勢を変え、そのたびに弱い場所を徹底的に教え込まれた。

ウォーレンの男根は何度果てても萎えなかった。

彼が絶頂を迎えるたびにアンジェリカも心地よくなってしまい、終わりが来ない。

結合部から白濁した体液が漏れ出て、身体がベトつき、シーツもひどい有様だった。

きっと二人とも獣に堕ちてしまったのだ。

ただ気持ちいいだけではなく、交わりの最中の軽いキスや労りにウォーレンの愛情を感じた。

その晩は、空が白みはじめる時刻まで、二人で互いを貪り尽くした。

◇◇◇

短い眠りのあと、アンジェリカは一応目を覚ました。

身体の感覚で朝の鍛錬の時間はとっくに過ぎているのがわかったが、着替える気は起きない。

きっともうすぐ朝食の時間だ。家族が集まるダイニングに二人とも姿を見せなかったら、どうなるのかはわかっている。

それでも、疲労感のせいで身体が言うことをきかない。

（朝食……行かないと……）

重い瞼が持ち上がらない。アンジェリカは手を伸ばし、隣で横になっているウォーレンに抱きついた。

たくましい胸板に顔を埋めると、とにかく安心する。

（ウォーレンを起こして……お父様たちには申し訳ないけれど……異能で……）

そんな悪巧みをするが、眠気が勝ってしまい真剣に彼を起こすことができない。

すると突然、バーンと扉が開く音がした。

「おお、お、お父様！　ごめんなさいっ。……って、え？」

命の危険に晒されると、一気に目が覚めるものらしい。

アンジェリカはオスニエルへの謝罪を叫びながら飛び起きた。

けれど、そこに立っていたのは、白髪交じりの黒髪をきっちりと結った貴婦人だった。

「お……お祖母様!?」

彼女はジェーンの母であるターラだ。

夫を亡くしてからは、地方で隠居生活を送っていて、ここ何年も都を訪れていなかった。

そんな彼女がなぜ、早朝からハイアット将軍家にいるのだろうか。

「ごきげんよう、ウォーレン。そしてアンジェリカ」

「おはようございます、お祖母様」

「ご、ごきげんっ、おはよ……よよ、よ……」

動揺のあまり声が裏返る。

二人とも一糸まとわぬ姿だった。

アンジェリカは焦りながらどうにか毛布をたぐり寄せ、必死に素肌を隠す。ついでにまったく動揺していないウォーレンにも毛布を半分押しつける。

同性の祖母に裸を見られるのは大したことではない。問題は、情事のあとだと丸わかりである部分だ。

耐え難い羞恥心と焦りで、アンジェリカの思考は停止寸前だった。

「朝の挨拶はきちんとなさい！　まったくもう」

「はいぃぃ。……おはようございます、お祖母様」

お説教が始まりそうな勢いだが、若い男女が二人きりで過ごしている寝室に堂々と入り込む祖母に、怒られるのは納得がいかないアンジェリカだった。

「なんだか既視感が……。愛し合った翌朝に誰かが扉を開けるのは、ハイアット家のしきたりなんでしょうか？」

ウォーレンがターラに問いかけた。アンジェリカとは違い、彼はいつもどおり落ち着き払っている。

そして、孫のとんでもない状況を眺めているターラも、普段と変わらず優雅な立ち居振る舞いだった。

「わたくしはハイアット家の者ではないので知りません。……それにしてもウォーレン、あなた……アンジェリカの異能がどんなものか知っていてこんなことを？」

「言葉では伝わらないものもありますから」

自信に満ちあふれたウォーレンの答えを聞いたターラが深いため息をついた。

ウォーレンが世間話をしているみたいな受け答えだったので、一瞬流しそうになってしまったが、先ほどターラは重要な言葉を口にしていた。

「私の異能……？」

「そうよ。それを説明するためにわたくしはやってきたの」

ウォーレンやチェルシーと違って、アンジェリカは異能を持っていないはずだった。

それなのに、なぜ……。

「私の力は、デリア妃に植えつけられただけで、私自身に異能は……」

「デリア妃？　なんのことかはわからないけれど、アンジェリカは異能を持っているわ。わたくしはね、ウォーレンから手紙をもらって、急いでここまでやってきたのです。……この惨状を見るに手遅れのようだけれど」

ターラは部屋を見渡しながらため息交じりにつぶやいた。

昨晩、なにをして過ごしたか一目瞭然な惨状ではあるものの、それのどこが手遅れなのかが不明だった。

「手遅れって……私の異能、そんなに悪いものなんでしょうか？」

「ええ。だってあなたの異能は〝淫乱〟なのよ」

「いんら、ん……？　いん乱……!?　いっ、淫乱――っ？」

アンジェリカは胸に手を当てて考えた。

淫乱とは、男女の交わりが大好きなとてもエッチな人という意味だろう。

さすがにそれはわかっていた。

ターラはアンジェリカの異能が〝淫乱〟だと断言したのだが……。

(どうしよう⁉　ものすごく、思い当たる節がある！)

ウォーレンと初めてキスをした日から、彼と触れ合うたびに感じていた疑問が、その言葉で解決した気がする。

これまで何度か、自分の身体が敏感すぎることが気になり、誰かに相談したいと思っていたが、恥ずかしくてできなかったのだ。

昨晩なんてとくに気分が高揚して、自分から腰を揺らしたり、ウォーレンにもっとしてほしいとせがんだりしていた。

これもすべて、異能のせいだというのだろうか……。

ウォーレンにキスされただけで腰が抜け、痛いはずの初体験でも何度も絶頂を経験し、やたらと快楽に流されやすいこの身体は、確かに淫乱だった。

「そ、そんな……そんな恥ずかしい異能があるなんて……」

「そうね、恥ずかしすぎてわたくしの家系が隠していた異能だもの」

それからターラは〝淫乱〟の異能について詳しく説明してくれた。

ターラの家系では、不眠症が覚醒への初期症状とされていた。そういう症状に悩む者が現れた場合、まずは異能を抑制するためのアミュレットをつける。

多感な時期の子供にこの恥ずかしい異能について知らせることは憚《はばか》られ、ピアスでの抑え込みに成功しているあいだは、本人にも秘密にしておくつもりだったらしい。

そもそもこの異能は、性交渉をしたときに発現する。本来なら未婚女性が自覚できない異能のはずだった。

「あなたに婚約者ができて、そういう行為をする可能性が高まったら、伝えるつもりだったのよ。ジェーンにはまったく兆候がなかったから、いっそこんな異能なんて消失してくれればいいと思っていたのにね」

そして、ウォーレンは予知夢の話を聞かされた直後、ターラ宛にピアスの効果について教えてほしいという手紙を出していたらしい。

彼は以前から、アンジェリカのピアスに対するこだわりが気になっていたという。それで、アンジェリカの〝予知〟がピアスや祖母の家系に関係がある可能性を考えたのだ。

「あれ？　でも〝予知〟の異能は勘違いで……予知夢はお祖母様の家系とは関係がないし……。それなのに、私には異能があって……抑え込むのがピアスで……？」

アンジェリカの脳内は大混乱だ。

すると、補足してくれたのはウォーレンだった。

「お祖母様は一つ誤解されています。アンジェリカの異能は〝淫乱〟ではなく〝同調〟です。パーシヴァル……王太子殿下が鑑定したので間違いありません」

「あら〝同調〟というの？　初めて知ったわ。……なるほど、これまで鑑定したことがなかったから、症状からそう勘違いしていたのね。教えてくださってありがとう」

ターラは一瞬だけ驚いていたものの、すぐに納得したらしく、頰に手を当てうんうんと何度も頷いた。

「……どういうこと？」

まったく理解が追いついていないアンジェリカは、ウォーレンにさらなる説明を求めた。

「アンジェリカは人の感情を読み取ってしまう異能を持っているんだ。今のところ、ふんわりと喜怒哀楽を感じる程度で……思考や言葉を読み取る精度ではなさそうだけど」

「感情を読み取る……？」

それだけ聞くと、とてもすばらしい異能である気がした。

「他者の夢を、自分のことのように感じただろう？　あれは綿密に用意され、アミュレットの効果を書き換えたから可能だったんだろう。だけど、それだけじゃなく、アンジェリカ自身に受け入れる適性があったんだ」

アンジェリカが夢を植えつける対象に選ばれた理由の一つが、自覚のない異能だったというのだ。未来が見えていたデリア妃ならば、アンジェリカの異能を知っていてもおかしくない。

「それで……どうして〝淫乱〟に繋がるの？」

持っている異能が〝同調〟だから予知夢を受け入れやすい体質だったという話には納得ができる。わからないのは、それがなぜ〝淫乱〟と誤解されたのかという部分だ。

すると急に、ウォーレンが顔を赤らめた。

「ごめん、恥ずかしいんだけど……俺の興奮や快感を感じ取っていたんだと思う」

「ええっ！」

その言葉を受けて、否応なしに昨晩の行為を振り返らなければならなくなった。

確かにウォーレンが果てるときは釣られて果てていたし、ウォーレンに求められる行為はなんでもしたいと願った。

完全に同じ想いを共有している気分に、アンジェリカは何度も歓喜したのだった。

よく考えると、初期症状が不眠症であることにも納得ができる。

誰かの興奮を無意識に感じ取って目が冴えてしまったのだ。

図太く成長したアンジェリカは、ピアスが壊れて以降もきちんと眠れていたが、この先ウォーレンと婚約者や夫婦という関係になった場合に、平気でいられるとは到底思えない。

自分の能力を知れば知るほど、不安に苛まれていく。

「お祖母様っ！　私、無理です……絶対に……昨日みたいな……あんなの、毎日したら……本当に、死んじゃう」

行為の最中は気持ちよかったけれど、目が覚めたら身体の節々が痛むし、声が嗄《か》れている。結婚して毎日一緒に眠ったら、身体を壊してしまいそうだ。

そして、身体の前に間違いなく心が壊れる。

依存して、ウォーレンなしには生きられない人間になってしまうだろう。

「あなた、なにを言っているの？　……べつに夫婦でも毎日なんてしないわよ、たぶん」

「そうなんですか？」

「それにほら見て」

ターラは布製の小さな袋をポケットから取り出して、中身をアンジェリカに見せた。

広げられた手のひらにあったものは、青い石のピアスだ。

数日前の戦いで壊れたものとそっくりだった。

「アミュレットの力が弱まったかもしれないと思って、新しいものを細工師に作らせたの」

「わざわざこれを届けに来てくださったのですか⁉」

ターラが暮らす地方都市から都までは馬車を使って数日の距離だ。

細工師にアミュレットを作らせるのにも時間がかかったはずだから、きっとウォーレンからの手紙を受け取ってからすぐに動いてくれたに違いない。

「孫の一大事だもの」

「ありがとうございます！　お祖母様。……これでもう昨晩みたいな現象は起こらないんですね」

さっそく、受け取ったピアスを耳につける。

すると手を離したせいで身体を隠していた毛布がずれ、胸元が露出してしまった。

「わわっ！」

急いで両耳にピアスをつけて、毛布を引き戻す。アンジェリカは朝から大忙しだった。

（それにしても……私たち、いつまでこの格好なんだろう？）

今更ながら、着替えてから話をするべきだったと後悔する。

けれど、ターラの話はまだ続くようで、アンジェリカたちはそのまま聞かされることになった。

「安心するのはまだ早いわ。そのピアスはあくまで抑制効果であって、完全に封じる力はないの」

「……と、言いますと……？　なんだか嫌な予感が……」

アンジェリカは直感で、この話は聞きたくない、などと思ってしまった。

「心を許した相手……つまり想い人に対してはどうしても警戒心が薄れるし、身体接触があるとアミュレットの力では完全にははね除《の》けられないわ」

本能的に受け入れたいと思う相手の心とは勝手に同調してしまう。

言われてみると思い当たる節がいくつもあった。

例えば、まったく好意のない男性とダンスをしたときだ。

なんだか妙に興奮していた男性に息を吹きかけられて、普通に気持ちが悪いと感じたし、相手に釣られた記憶はない。

けれどウォーレンに対してのみ、なにかされるたび、ダメだと思っても流されている。

「そ……それって、かなりまずいんじゃ……」

好きな人との交わりでは相手が得た快楽まで自分の感覚として受け取ってしまう——つまり、通常の女性の倍、感じやすいということになるのだ。

「だから〝淫乱〟の異能だと言っているのよ！」

人の感情を自分のことのように受け取る異能を、パーシヴァルは〝同調〟と名付けた。

一方、能力によって引き起こされる現象を主としてタ―ラの一族が考えた名は〝淫乱〟だった。

「ひどい……こんなの、困る……それに……あ、あれ？」

ウォーレンはアンジェリカの異能について知っていた。それはパーシヴァルがアンジェリカを鑑定したからだ。

そして、ウォーレンが〝同調〟について聞かされたのは、謁見のあとの内緒話のときだと推測できるのだが……。

「ウォーレン……このこと、知っていて……昨日私と……？」

彼は少なくとも、アンジェリカが特別感じやすい人間である事実を把握していた。

そして賢いから、そうなる理由が〝同調〟の影響だと推測できていたに違いない。

さらに、ピアスの役割がただの安眠効果ではない予想もあったはずで……。

(それって、つまり……ピアスなしでエッチなことをしたらどうなるか、わかっていたってことじゃない!)

ウォーレンはさわやかな笑顔だ。

長い付き合いだから、これは開き直っているというか、そもそも悪いとすら思っていないのだとわかる。

「うわーん! 普通の人間になりたい——っ!」

アンジェリカは子供みたいに叫んでいた。

本気で自分がかわいそうで仕方がない。

「せめて……結婚相手はあっさりした殿方がふさわしいのだけれど……。品行方正な人に限って、夜だけ別人になったりするのよね。困ったものだわ」

ターラはため息をつきつつも、なぜか頬を赤らめているし、大して困っていないみたいだ。おそらく、彼女の夫——つまりアンジェリカの祖父について思い出し懐かしんでいるのだろう。

子を産み育てそういうことからは引退しているであろうターラにとっては、すでに過去の出来事だ。

けれど、アンジェリカにとってこの異能は、将来を悲観するほどの大問題だった。

「……うぅ。ウォーレン……私の結婚相手として相性が悪すぎる……!」

悪いと言っていいのか、むしろよすぎると言っていいのか、言葉選びが難しい。

昨晩一緒に過ごしてわかったが、彼はいわゆる絶倫というやつだ。

一度昂ったら体力が尽きるまで萎えることを知らない。

ウォーレンが終わりたくないと願えば、アンジェリカはそれを自分の感情として受け取ってしまうとしたら……。

しかも、アンジェリカには二人分の快楽が押し寄せてくるうえに、体力だけは彼のほうがだいぶ上という状況だ。

続けていたら心が壊れて、本当に彼なしでは生きていけない淫乱な女になってしまう。

「……そんなに悲観しないで。俺も気をつけるから。……心配なら、せっかくだし今からピアスをした状態でもう一度してみようか？」

「じょ……冗談でしょう？　不安が増すだけよ……」

昨晩何度も果てたというのに、あわよくば今日もピアスの効果を試すためにもう一度交わろうとするその発想が、すでに危険人物の証だった。

「……と、とりあえず……着替えてもいいですか？」

ターラの盛大なため息が聞こえる。

このときのアンジェリカは予想していなかった。

ちゃっかり抱きついてくるウォーレンを全力で押し退けながら、着替えを終えた瞬間に、オスニエルが突入してくることを……。

結局、アンジェリカは短い期間で三度も楓の木に吊るされることになった。

◇◇◇

騒動から半年後。この日は王太子パーシヴァルの誕生日だ。それに伴い、舞踏会が王宮内で開かれる予定だった。

ゴダード公爵は、かつてスターレット侯爵家を陥れた陰謀から始まる一連の罪により、絞首刑となった。

公爵家は取り潰しとなり、パーシヴァルは外戚の後ろ盾をすべて失っている。

そのため今日の舞踏会は、彼にとっても審判の日だ。

隙あらば王族を傀儡にしようとする貴族たちに対して、強き次期国王であることを印象づけないと近い将来の治世が危ぶまれる。

十六歳の王太子は年齢に見合わぬ重圧を背負っているのだろう。

そして、兄との関係もパーシヴァルにとって重要だ。

すでに貴族たちのあいだで、ウォーレンが第一王子クラレンスであるという事実は知れ渡っている。

王家の異能を受け継いだ第一王子が王太子になるべきでは、という意見はそこかしこから聞こえてくる。

一方で、たとえデリア妃が二番目の妃として迎えられた経緯が陰謀の結果だったとしても、パーシヴァルが王子であることには変わりなく、王太子として実績を重ねてきた彼こそ次の国王にふさわしいという主張をする者も多い。

下手に動くと、本人たちが望んでいないのに勝手に派閥を作り上げ、権力闘争を始めてしまう懸念があった。

二人の王子は、暴走しかねない貴族たちに意思を示さなければならない。

そんな経緯で、ウォーレンは新たな道を歩み出す選択をしたのだった。

王宮に用意された控え室にはハイアット将軍家の五人がそれぞれ正装に着替え、身だしなみの確認をしている。

「格好いい！　……本当に、素敵っ。さすがはウォーレンだわ」

彼は白を基調とした普段より豪華な軍服で着飾っている。これは、王族を守護する軍の近衛兵のための装いだった。

ウォーレンは今日、王太子に仕える身であることを明確にする。

そしてパーシヴァルは異母兄への信頼の証として、身辺警護を任せる。

二人が率先して自らの立場を示すことによって、貴族たちがくだらない派閥争いをしないように牽制する目的だ。

「汚れが目立ちそうで、当分慣れないだろうな。でも、アンジェリカが気に入ってくれたのならよかった」

「……お兄様って顔はいいものね。それくらいじゃなきゃ、お姉様とつり合いませんし」

今日は、チェルシーも薄ピンクのドレスでおめかしをしている。

舞踏会の前に、パーシヴァルがウォーレンを近衛兵として任命する儀式が行われる段取りだ。

チェルシーは、社交界デビュー前ではあるものの義兄の晴れ舞台を見守るために、特別に参加することになっていた。

あえて大人っぽい服装ではなく、この年齢だからこそ着られるフリルたっぷりのドレスは最高に似合っているのだが……。

「チェルシーったら。……一般的には、私のほうがウォーレンとつり合うかどうかが問題だと思うんだけど」

姉至上主義であるチェルシーの目はとてつもなく曇っていた。

アンジェリカは所詮『中身が残念な令嬢第一位』である。

本人としては努力家で忍耐力もあるつもりだが、努力の方向性が剣術など、令嬢のたしなみとしては評価されない方向に向いているために中身の評価が低い。

一応、ダンスが得意だとか、踵《かかと》の高い靴でも走れるとか、コルセットをきつく締めても気絶しない健康体であるとか、女性として生きるために必要な能力を持っているのだが、一般的な令嬢の規格に合わないのだ。

「そんなことありませんわ。お姉様は今日も完璧です！　悔しいですけれど、お兄様が選んだドレスも似合っていますし」

「そう？　ありがとう、チェルシー」

アンジェリカのドレスには青薔薇があしらわれている。

スターレット侯爵家の象徴だった青薔薇は、長いあいだ社交界で避けられてきた。

青い衣装は認められているけれど、それに同色の薔薇のコサージュなどをあしらうデザインは不のだ。

吉とされているという具合だ。

話題としても避けられていたから、ほとんどの若者はスターレットの青薔薇を知らない。

それでももし、娘が青薔薇をあしらった衣装を選びそうになったら母親がそれとなく止めていたのだ。

ウォーレンはあえて、自分の婚約者に青薔薇の衣装を着せることで、そのタブーがすでに存在しなくなったことを知らしめるつもりだった。

このドレスは、スターレット侯爵家の名誉が回復した象徴となる。

これまで立ち入ることができなかったイヴォン妃の墓参りにも、申請すればいつでも行けるようになった。また、罪人として適当に葬られていたスターレット侯爵ほか、かつての内乱で死亡した一族の者たちにも立派な墓標を用意することができた。

内乱当時赤ん坊だったウォーレンには、滅んだ一族を背負い続ける必要は本来ないはずだ。

それでも精一杯亡くなった人々への弔いができたのなら、これからの彼は前だけを向いて歩んでいけるようになるのだろう。

アンジェリカはそうであることを祈った。

「そろそろ予定の時間ですわね」

ジェーンがチェストの上にある置き時計を見ながらそう言った。ソファでくつろいでいたオスニエルが立ち上がり、妻へと手を差し出す。

「では、参ろうか！　おまえたち、私に続け」

まるでこれから戦いにでも行くような、場に適さない大声だった。

「あらあら、あなたったら。今夜はウォーレンが主役なのだから、先頭は譲らなくてはなりませんよ」

「そうだったな」

妻にたしなめられたオスニエルは、可愛らしく頭を掻き、扉を塞ぐ位置から離れた。

ウォーレンはすぐには出ようとせず、アンジェリカの前まで移動すると片膝をついた。

「アンジェリカ、お手をどうぞ」

まるで、物語に出てくる騎士みたいだった。

普段のアンジェリカなら、ウォーレンが気障な行動をすると気恥ずかしさを隠したくなり冗談を言ってごまかしてしまう。

けれど、今日は到底そんな気にはなれなかった。

「はい」

素直に手を取り、立ち上がったウォーレンと一緒に歩き出す。

「さあ、行こうか。……君が望んだ、俺が笑っていられる未来のために」

アンジェリカは愛する人と一緒に迷いのない一歩を踏み出した。

番外編　ハイアット流、結婚の作法

結婚式の準備は四ヶ月前から始まる。

まずはなんと言ってもドレスだ。アンジェリカのドレスは、チェルシーとジェーンの監修、そして一流の仕立屋の努力で作られていく。

「お姉様のスタイルは完璧なので、すっきりとしたラインのドレスにしましょう！　装飾は少なめで、気品があって……」

「あらあら、一生に一度のドレスですから、もっと豪華にしてもいい気がしますけれど」

チェルシー、そしてジェーンはまるで自分のことのようにああでもない、こうでもないと議論を続ける。まとう予定のアンジェリカのほうがいつも消極的だった。

アンジェリカは綺麗なもの、可愛いものは好きだけれど、自分になにが似合うかはよくわかっていない部分がある。

普段の服装からして、チェルシーのおすすめやウォーレンが贈ってくれたものばかり好んで着ていたせいかもしれない。

そんなわけで、母と妹にほぼすべてを任せた結果、本当に美しいドレスができあがった。

チェルシーの意見に従いシルエットは比較的シンプルに。けれどジェーンのおすすめも取り入れてレースとビーズの装飾はたっぷり入れて……かなり豪華だ。

（当日、このドレスを見たら……ウォーレンはなんて言うのかしら？）

ウォーレンも一緒にドレスのデザインを決めたかったみたいだが、チェルシーの鉄壁防御に阻まれて不参加となっている。

この国では、花嫁の衣装は生家が用意するのが昔からの慣《なら》わしだ。

花婿はそれに従い、衣装制作には関わらないほうがいいというのがチェルシーの考えだった。

（当日までウォーレンにウェディングドレスを見せない……っていうのもなんだかその日だけが特別になる気がして素敵だわ）

すでに義理の姉弟として一緒に暮らしているため、結婚でなにかが大きく変わるわけではない。

だからこそ、可能な部分ではしきたりを守り、けじめを大切にすることが大事だった。

そのウォーレンは、広めの空き部屋を新婚夫婦の部屋にするための改装を取り仕切っている。

こちらのほうはウォーレンとオスニエルが担当していて、アンジェリカは見ていない。

時々、職人が出入りする改装中の部屋から、相談というには大きすぎる声が響くことがある。

「隠し扉から秘密の地下迷宮に繋がっているなんて……いいと思わないか？」

「父上、それにはまず地下迷宮を造らなければならないのですが……ここ、二階ですよ？」

「じゃあせめて、壁に触れると矢が飛んでくる仕掛けを！」

「不用意に家族が触れたらどうするんですか？　非現実的な提案はいらないので、父上はそのあたりで体力作りでもしていてください」

男性陣は女性陣とは違い、本人がきちんと主導して結婚の準備を進めていることだけはよくわかった。

そうやってたっぷりの時間をかけて、ウォーレンが二十歳となった直後に、二人の結婚式が執り行われた。

ウォーレンは一応、臣に下った王族という扱いになっている。

彼が第一王子であるという事実が公表された直後は、ウォーレンを次期国王として担ぎ上げようとする者たちが大勢いた。

そんな彼らに対しウォーレンは、パーシヴァルとの仲が良好である様子を見せ、婚約者《アンジェリカ》をとにかく大事にしていてハイアット将軍家から離れる気がまったくないことを強調し続けている。

この結婚式も、その立場を周囲に印象づける行事の一つだった。

国王の参列こそウォーレンの拒絶と警備上の都合で見送られたが、代わりに王家からは王太子パーシヴァルが出席する予定だ。

王族が参列する式だから、みすぼらしいものにしてはならない。

けれどあくまで一貴族の立場をわきまえ、王族としての結婚式よりはひかえめにするべきだ。

そういう気遣いで、すべてが調えられていった。

アンジェリカは都にある教会の聖堂に、エスコート役のオスニエルと一緒に入場したのだが……。

「あ……あれ？」

足を踏み入れた先は、アンジェリカが想像していた教会とはかけ離れた状態だった。

まず、祭壇も参列者が座るための椅子もない。柱に飾る予定だった花もない。

ただ広いだけの空間を取り囲むようにして、集まった人々が声援を送っていた。

「それではこれから、ウォーレン・ハイアット、アンジェリカ・ハイアット——二人の結婚式を執り行います」

司会進行は、神父ではなくパーシヴァルだった。

「な……なんなの？」

聖堂の奥には大きな板が置かれている。

「一回戦？　二回戦？　……武術大会じゃない！」

一回戦はウォーレン対ハイアット家の門弟、二回戦はウォーレン対同期の軍人……九回戦の相手はチェルシーで、最後がオスニエルだ。

木の板はどこからどう見ても対戦表だった。

広々とした空間の中央には、新郎らしいフロックコート姿のウォーレンが剣を構えている。

そして、ハイアットの門弟の中でも兄弟子にあたる実力者と対峙していた。

「ウォーレンよ。全勝せねば、娘はやらん！　これが最後の試練だ」

アンジェリカと一緒に入場したはずのオスニエルが大声で宣言した。

「待っていてくれ、アンジェリカ。……必ず勝利し、君との結婚を皆に認めさせるから」

さわやかな笑顔をアンジェリカに向けたあと、ウォーレンは兄弟子に向かって突進していく。

「……フフッ、お兄様ったら。最初から全力なんて出したら、体力が持ちませんよ。私のところまでたどり着けるかしら？」

九回戦の相手であるチェルシーは、豪華な椅子に座り脚を組んでいた。

普段の可愛らしいドレスではなく、今日は黒ずくめの男装で、体型に似つかわしくない大剣を抱えている。

「チェルシーったら、目が本気になってるじゃない……！」

これはきっと余興などではない。

チェルシーは本気でこの結婚を阻む気でいる。アンジェリカにはそのことが長い付き合いからわかってしまう。

一回戦の兄弟子だって決して弱い相手ではなかった。

あと九人……しかも九回戦以降の相手は異能持ちである。万が一にもウォーレンが敗北したら、二人はただの姉弟に戻るのだろうか。

「嫌ぁぁ！　……私……普通に結婚したいだけなのにっ！」

大声で叫んだ瞬間、周囲が輝き、なにも見えなくなった……。

◇◇◇

「は……っ！」

目を覚ますと、よく知っている天井が見えた。

今日がこの部屋で眠る最後の日になるというのに、朝の目覚めは最悪だ。

「……まさか予知夢じゃないわよね？」

教会の中で結婚の権利をかけた戦いが繰り広げられる――アンジェリカはそんなふざけた夢を見

た。

常識では考えられないが、ハイアット将軍家ならば起こらないとは言い切れない気がして冷や汗をかく。

さすがに神聖な教会で剣の打ち合いなんてするはずはないのだが、一年前に予知夢を見た経験があるアンジェリカにとっては笑えない内容だ。

「大丈夫、大丈夫……私の異能は〝予知〟じゃないんだから」

何度も首を横に振り、不吉な予感を追い出した。

この日はコルセットを締めつけても気分が悪くならない程度の朝食をとり、すぐに入浴を済ませる。そしてメイドやチェルシー、ジェーンに手伝ってもらいながらウェディングドレスに着替えた。

派手ではないけれどしっかりと化粧をほどこし、髪を結い、長いヴェールをかぶせれば素敵な花嫁のできあがりだった。

「私、完璧だわ……！」

お調子者のアンジェリカは、鏡の前でいろいろな角度から自分の姿を確認し、ため息をついた。

「お姉様……綺麗です……」

チェルシーは目を輝かせ、賞賛の言葉を贈ってくれる。

「皆のおかげよ、ありがとうチェルシー」

チェルシーのほうも髪に花の飾りをつけてとびきりのおめかしをしている。アンジェリカは互いのドレスや髪が乱れないように注意しながら、妹をギュッと抱きしめたのだった。

教会までの道程も、ウォーレンとは顔を合わせないように時間をずらして向かう。

そして式が始まるときになり、アンジェリカは大量の勲章が飾られた軍服姿のオスニエルに手を取られ、聖堂の中へと進んだ。

(よかった……!　ちゃんと祭壇がある)

ヴェール越しに、聖堂内が武術大会の会場に変わっていないことを確認し胸を撫で下ろす。

装花の百合《ゆり》の花から漂ってくる強い香りが厳粛な雰囲気をわずかに和らげている。

参列者に見守られながら、ゆっくりと聖堂の中央を進むと、ヴェール越しでもウォーレンの姿がはっきり見えるようになった。

(フロックコートは夢と同じだけれど、髪型は少し違う。撫でつけるように整えて……大人っぽい雰囲気……)

十二歳からずっと一緒に過ごした人ではあるのだが、アンジェリカは彼のすべてを知っているわけではない。今日の凛々しい姿のウォーレンもそうだ。

ヴェール越しに見とれているあいだに、オスニエルが歩みを止めた。

ここからはウォーレンと一緒に祭壇の前まで進む。

やがて聖歌が響き、式が始まった。

司祭の導きで互いに誓いを立てる。

それから、ウォーレンの手によってヴェールが取り払われていく。ようやく彼としっかり目が合う。

すでに儀式は始まっているから、言葉は交わせない。それでも彼の柔らかなまなざしだけで、感想がわかってしまう。

最高に綺麗だ――そう言われている気がした。

ゆっくりとウォーレンが顔を寄せてくる。誓いのキスをする段取りはわかっていたけれど、直前まで目をつぶることを忘れてしまうくらい彼に釘付けになっていた。

『アンジェリカ、愛している……』

軽く唇が重なった瞬間、頭の中にウォーレンの声が響いた気がした。

それはおそらく、ピアスで抑え込んでいるはずの〝同調〟の異能によるものだ。好きな相手に対してはどうしても無防備になる。

とくに身体の接触があると同調しやすかった。

(同調なんかしなくても……同じ気持ちなのに……)

この力は、想い合う者同士のあいだではよい方向に作用する。

ウォーレンの言葉と心が一致している証明になるからだ。

けれど、二人の心がわずかであっても離れたら、害悪になる可能性を秘めている気がした。例えば、ウォーレンがアンジェリカに負の感情を向けてきて、それを感じ取ってしまったら、互いに心がどんどんと離れていってしまうだろう。

もしもの話なんて考えても仕方がないが、ウォーレンがいつまでも今と同じでいてくれることをアンジェリカは祈った。

それにはもちろん、アンジェリカの努力も必要だ。

教会での儀式はあっという間に終わる。

ハイアット家の三人、祖母のターラ、パーシヴァル、そして軍関係者や知人友人——多くの人々からの祝福を受けながらアンジェリカはウォーレンと一緒に退場するのだった。

儀式のあとは、ハイアット邸でのガーデンパーティーだ。

大食漢の門弟や軍人たちが多く参加するため、臨時の料理人やメイドも雇って大量の料理がテーブルに並べられた。

もちろんお酒も振る舞われる。

オスニエルは豪快に葡萄酒を飲み干し終始ご機嫌だったし、ウォーレンも同僚の軍人たちと何度も乾杯をして、楽しそうだった。

パーティーは大いに盛り上がり、夕方頃まで続いたのだが……。

「ではフィナーレに、ハイアット将軍家伝統の……花婿承認の儀を始めよう！」

突然、オスニエルからそんな宣言があった。

「で、伝統……？」

アンジェリカは嫌な予感に苛まれていた。

すでに教会で二人の結婚は認められているというのに、いったいどうやって、誰が承認するのだろうか。

「うふふっ、お兄様、お姉様。大注目ですわよ」

いつの間にか男装になっているチェルシーが、巨大な木の板を運んできて、楓の木に立てかけた。

満面の笑みのチェルシーが勢いよく布を取り払う。そこには夢の中で見たような対戦表が現れた。

やたらと可愛らしい文字で書かれているから、おそらくチェルシーのお手製だろう。

もちろん、アンジェリカにはもう予知夢を見る力はないから対戦相手までまったく同じにはなっていない。それでも、チェルシーとオスニエルが最後の相手という部分はそのままだった。

「聞いておりませんが？」

わりと常識人であるウォーレンは、当然だが困惑している。

「言ったらつまらん！」

「まったく父上は……。まあ、仕方がないか」

ウォーレンは上着を脱ぎ、軽く身体をほぐしはじめた。

オスニエルがやると決めたら、逃げられない。それをわかっているウォーレンは、応じることにしたようだ。

常識人ではあるけれど、プライドが高いから勝負から逃げるなんていう発想はないのだろう。

「お母様、伝統って本当なんですか？」

アンジェリカは小声でジェーンに問いかける。

「……ええ、伝統かどうかはわからないけれど、わたくしたちのときもあったわ。先代様が『オスニエルに妻帯者としての覚悟があるかどうかを見極める』なんておっしゃって」

ジェーンの言う先代様というのは、アンジェリカたちの祖父にあたる人物のことだ。

残念ながらアンジェリカが小さな頃に病で亡くなったのだが、オスニエルにそっくりで、豪胆な人物だったことはよく覚えている。

何代にも亘ってハイアット将軍家がこんな常識から逸脱した結婚式をしているのなら困ったものだが、伝統なら仕方がない気がしてきた。

（でも、今日は大事な初夜だし……）

結婚式とパーティーのあとは、新しい寝室で初めて過ごす夜を迎えるはずだった。

皆に祝ってもらえるのは嬉しいけれど、アンジェリカとしてはそろそろウォーレンと二人きりになりたい気持ちも強い。

「……ええい、もう！　だったら私も参戦するわっ」

ウォーレン一人に戦いを強いるのは、自分たちらしくない。

そう考えたアンジェリカは、急ぎ私室に向かい、ウェディングドレスから男装へと着替えてパーティー会場に戻る。

「ハハッ！　それでこそアンジェリカだ」

すでに剣術勝負は始まっていた。兄弟子を倒したウォーレンは、アンジェリカの姿を見て笑う。

それからは二人で役割を分担し、対戦相手を撃破していった。

最後に残ったのは、オスニエルとチェルシーだ。ウォーレンがオスニエルと対戦し、アンジェリカはチェルシーの相手をすることになったのだが……。

「ず、ずるいですわ、お姉様。……私、お姉様にはどうしたって勝てませんもの」

そもそもチェルシーは剣術の鍛錬が好きではなく〝豪腕〟の異能頼りの戦いしかできない。けれど、戦闘向きの異能を持っていないアンジェリカに対してその力を使うなんて、彼女の性格的に許されないらしい。

「フフッ、そういうチェルシーが可愛くて大好きよ」

「もう、お姉様の卑怯者ー！　せっかくお兄様をやっつけるチャンスでしたのにぃ」

こうしてほぼ不戦勝状態で、アンジェリカは妹に勝利したのだった。

残るはウォーレンとオスニエルの勝負だ。

こういうとき、ウォーレンが本気で〝剣王〟の力を発動させると勝負が成立しない。

だから自身に対する身体強化のみを使うようにしているらしい。

「それにしても一年前に勝ったはずですが……なんでこんな日まで」

文句を言いながらも、ウォーレンは生き生きとしていた。

「あれは求婚の権利をかけた勝負だろう！　今回は結婚の権利……とでも言っておこう！」

異能持ち同士の戦いは、結婚式の余興とは思えないほど激しいものだった。

けれどそれだけではない。二人の剣技は迷いがなく、美しい。

心から楽しんでいることがうかがえる。

（もしかして、お父様とチェルシーがウキウキでこの計画をしていたから、私の夢に出てきたのかしら？）

ピアスの抑制効果は完璧ではないという。

異能に目覚める初期症状は不眠症だ。静かな夜は感覚が鋭敏になる。近しい者に同調するせいで眠れなくなるという仕組みだった。

それならば、ああいう夢を見てもおかしくない気がしてくる。

アンジェリカは父の様子を眺めながら、そんな予想に行き着いた。

数えきれないほどの打ち合いのあと、どうにかウォーレンが勝利を収める。

オスニエルに一礼をし、応援してくれた客人たちに手を振ったウォーレンは、アンジェリカの近くまで歩み寄った。

「すでに誓いは済んでいるけれど……改めて。今日から夫婦としてともにあり続けることを約束していただけますか？　アンジェリカ……」

ウォーレンの姿は、一年前の武術大会を彷彿《ほうふつ》とさせた。

あのときは予知夢のせいで迷い、すぐに答えられなかったのが嘘みたいだ。

「ええ、もちろんよ」

アンジェリカは迷わず、彼の言葉に頷く。

それから勝利を称《たた》えるために、頬にキスをした。

「じゃあ、行こうか……」

その言葉と同時に、ウォーレンが軽い力でアンジェリカを抱きかかえる。

お酒が入っていることもあり、からかい交じりの祝福を受けながら、アンジェリカとウォーレンはパーティー会場となっていた裏庭から離れた。

たどり着いたのは、改装が終わったばかりの二人の部屋だ。

ウォーレンはアンジェリカを下ろし、仰々しい態度で扉を開けた。

「わぁ……！」

これまでよりも広い部屋は、落ち着いた雰囲気だった。

天蓋付きの大きなベッドや家具は、ダークブラウンの木材で統一されている。絨毯は深い青、カーテンは白、クッションは水色だった。

青系の色が多いのは、ウォーレンの好きな色だからだろう。

アンジェリカの瞳の色であり、やや淡い印象だがウォーレンの色でもある。そして失われたスターレット侯爵家を象徴している色も青だ。

アンジェリカは部屋を隅々まで見回してからソファに腰を下ろす。

新調したソファはふかふかで、そのまま寝床にできるくらいの心地よさだ。

「ねぇ、ウォーレン」

隣にやってきたウォーレンの肩にもたれながら、呼びかけてみた。

「なんだろう？」

「結婚式で誓いのキスをしたとき……あなたの声が聞こえた気がしたの」

「へぇ……俺はどんなことを言っていたんだろう？」

「私のこと、愛しているって……それだけ」

「正解だ」

ウォーレンは心を読まれたことに怒っている様子はない。それどころか、アンジェリカの手を取って自身の胸のあたりに持っていった。

もっと読んでいいという主張かもしれない。

アンジェリカの異能は今のところ自分の意思で使えるものではないため、そんな行為は無駄なのだが……。

受け入れてもらえることは、素直に嬉しかった。

「私の異能って少しずるい力でしょう？　きっと、これから……あなたが言いたくないことまで感じ取ってしまうわ」

「そういう見方もできるかもしれない。だが……言葉ならいくらでも嘘をつけてしまうから、俺にとってはありがたい異能でもあるよ」

植えつけられた嘘の予知夢で、未来のウォーレンが裏切るかもしれないと考えていたときですら、アンジェリカは今のウォーレンを疑っていなかった。

ひたすらに、なにが彼を変えてしまうのかがわからず、だから恐ろしくて遠ざけようとしてしまった。

そしてアンジェリカの態度にウォーレンが傷ついていることもわかったから、本気の排除はできずに迷ってばかりだった。

「でもそれじゃあ不公平だから、私はできるだけあなたに想いを伝えるようにする！　言葉でも、態度でも……」

それがアンジェリカの決意だった。

「そうか……じゃあ、今は態度のほうで示してほしいかも」

照れた表情で、ウォーレンが願いを口にした。

彼の肩に寄りかかっている時点で、相当わかりやすいはずだ。それなのに満足していないらしい。

「ウォーレンの欲張り」

そう言いながらも、アンジェリカは一度座り直し、彼を正面に見据えて進んでキスをした。勝利に対する祝福のキスとは違い、しっかりと唇同士を重ねる。

『大好き、愛している……ずっと一緒にいたい……』

するとやはり、ウォーレンから伝わってくる感情で心が満たされていく。

ここで負けるわけにはいかなくて、アンジェリカはウォーレンを抱き寄せて態度で愛を伝え続けた。

あとがき

ご愛読ありがとうございます！　日車《ひぐるま》メレです。

本作はややポンコツで武闘派なヒロイン・アンジェリカが、複雑な事情を抱えているヒーロー・ウォーレンを、ポジティブ思考で救うお話です。前半のアンジェリカは保身に走りウォーレンから距離を置こうとして空回るのですが、やがて皆を大団円に導く存在に成長していきます。もちろん、ティーンズラブ小説なので、一つ屋根の下設定ならではのドキドキシーンもたっぷり入っております。

そして本作のイラストですが、松山《まつやま》たいぺい先生に描いていただきました。主役二人がイメージしていたそのままというか、想像を超える美しさでとっても幸せです。

松山先生、本当にありがとうございました。

それから今回は表紙のタイトルデザインにもご注目いただきたいです。担当編集さんとデザイナーさんが『可愛い血糊』風タイトルを爆誕させてくださいました！　私は可愛すぎて一瞬だけ不穏な要素を見逃しました。

担当編集者様、デザイナー様、松山先生、編集部の皆様、大変お世話になりました！

また次の作品をお届けできるように、これからも頑張っていきたいと思います。

日車メレ

私を殺す予定の腹黒義弟に陥落させられそうです

著者　日車メレ
イラストレーター　松山たいぺい

2025年3月5日　初版発行

発行人　藤居幸嗣

発行所　株式会社Ｊパブリッシング
〒102-0073　東京都千代田区九段北3-2-5 5F
TEL 03-3288-7907　FAX 03-3288-7880

製版所　株式会社サンシン企画

印刷所　中央精版印刷株式会社

ISBN：978-4-86669-750-5
Printed in JAPAN